土與火

Tanah Melayu

黃錦樹

著

麥田文學 167

土與火

作　　者／黃錦樹
責任編輯／胡金倫
版　　權／吳玲緯　蔡傳宜
行　　銷／艾青荷　蘇莞婷　黃家瑜
業　　務／李再星　陳玫潾　陳美燕　枻幸君
副總編輯／林秀梅
編輯總監／劉麗真
總 經 理／陳逸瑛
發 行 人／涂玉雲
出　　版／麥田出版
104台北市民生東路二段141號5樓
電話：(886)2-2500-7696 傳真：(886)2-2500-1967
發　　行／英屬蓋曼群島商家庭傳媒股份有限公司城邦分公司
104台北市民生東路二段141號11樓
書虫客服服務專線：(886)2-2500-7718、2500-7719
24小時傳真服務：(886)2-2500-1990、2500-1991
服務時間：週一至週五09:30-12:00・13:30-17:00
郵撥帳號：19863813　戶名：書虫股份有限公司
讀者服務信箱E-mail：service@readingclub.com.tw
麥田部落格：http://blog.pixnet.net/ryeeld
麥田出版Facebook：https://www.facebook.com/RyeField.Cite/
香港發行所／城邦（香港）出版集團有限公司
香港灣仔駱克道193號東超商業中心1樓
電話：(852) 2508-6231　　傳真：(852) 2578-9337
E-mail：hkcite@biznetvigator.com
馬新發行所／城邦（馬新）出版集團【Cite(M) Sdn. Bhd. (458372U)】
41, Jalan Radin Anum, Bandar Baru Sri Petaling,
57000 Kuala Lumpur, Malaysia.
電話：(603)9057-8822
傳真：(603)9057-6622
E-mail：cite@cite.com.my
印　　刷／中原造像股份有限公司
2005年5月15日 初版一刷
2017年3月20日 初版二刷
定價／300元
ISBN 986-7252-17-9

序／作家的作家

朱天心

我試著回憶，並非印刷字上呈現的錦樹和我的「創作年表」。

錦樹來台的那一日，民進黨成立。稍早，我在搶用半歲大的嬰兒盟盟每日小睡兩小時午覺的五六個工作日，寫成〈我記得……〉參加時報文學獎，決審第一輪和大春的〈將軍碑〉全票通過，經一番討論表決後，大春勝出，我的名落孫山，沒騙到尿布奶粉錢。那時候的我，比現在的錦樹小十歲。

九二年夏天某週三晚，在社民黨（我唯一參加過的政黨）開例行的決策會議（其他政黨所謂的中常會），會後一位老左前輩給我一本那期的《海峽評論》，其中有署名黃錦樹的一篇論文〈被都市化遺棄的眷村：台灣——從朱天心新作《想我眷村的兄弟們》談起〉，匆匆讀完，印象是，嗯，眼光滿利的，也挺敢講，只不知能撐多久。之前，我對錦樹淡淡的印象是，好像得過一些文學獎的新人。

次年底，接到錦樹寄來他剛在中正大學「第二屆台灣經驗研討會」發表的論文〈從大觀園到咖啡館——閱讀／書寫朱天心〉。老實說，我非常驚訝他加總了包括聰明、學養、不從眾、勇氣……的洞察力，因爲當時即便是學院的評論也在在充斥著因我父母出生地（我實在不願用血統如此不文明的字眼）所衍生的種種猜測乃至論定，極致是，我尚且被我極爲喜歡的年輕世代小說家邱妙津不免隨俗的問：「妳認爲妳的作品屬於台灣嗎？」當時她是《新新聞》做藝文線的採訪記者。

不寫信的我，並沒有因此回應錦樹任何隻字片語，只回寄兩本剛出的新書《學飛的盟盟》、《小說家的政治週記》，我記得錦樹當時的地址是在淡水。

之後兩年間，陸續讀了他不少發表或得獎小說，側面知道他在念清大文學所博士班，而且以文學獎金與戀愛多年的女友結了婚。

九六年，再接到錦樹寄的發表在《中外文學》上的論文〈神姬之舞：後四十回？（後）現代啓示錄？——論朱天文〉，我記得一向不在意人誇人罵的天文讀畢說：「哇，好厲害，全被他看透透。」我讀時卻覺得一股隱隱讓我不解的殘忍嚴酷，但天文極有風度的徵求錦樹和王德威同意〈因體例故〉，將之收錄於王德威編選的麥田當代小說家系列第一批書的《花憶前身》中。

次年，同樣徵得王德威、錦樹同意，把錦樹略作修訂數年前的舊作〈從大觀園到咖啡館——閱讀／書寫朱天心〉收入《古都》中。當時，爲《古都》作序的是與錦樹同年的駱以軍。

（好羨慕敘述者出航時有這麼一個資質絕佳的夥伴。——《土與火》）

那一年間，錦樹出版第二本小說《烏暗暝》，發表了數篇日後影響深遠的文論，如〈中國性與表演性〉、〈意識形態的物質化——論王安憶《紀實與虛構》的虛構與紀實〉、〈馬華現實主義的實踐困境〉……，大概猜想我們的閱讀可能不及於某些刊物、尤其是海外的，錦樹都會把文章寄給我們。因爲如此，我開始學習著、耐心著有了讀文論的習慣。

年底，錦樹父親過世（沒有私交的我們，當然是幾年後才知道），我也正在醫院陪伴父親最後一程（當然，也是之後才會知道，那是最後一程）。

次年初，錦樹畢業清大中文所，聽說博士論文在中文系圈引起軒然大波。

同時候，我和天文以父親生病的理由回覆王德威不參加三月底在哥倫比亞大學舉辦的「台灣經驗的再現與書寫策略」研討會，只小小遺憾著錯過了和同樣將與會的錦樹的見面機會了（我有些好奇這島闖蕩那島海盜一樣的錦樹是個啥麼樣的傢伙）。

（從海盜的觀點來看，馬來半島和印尼之間的麻六甲海峽一直是個偉大的航道。——《土與火》）

父親在三月底離去。

一個月後，參加研討會的人陸續回國，才得知錦樹又「闖了大禍」，錦樹坦然如常寄來他的論文〈謊言的技術與眞理的技藝——書寫張大春之書寫〉，另一邊並不太多知道我們有私人書信往來的文學圈友人，便毫不避諱揚言非得料理這紅衛兵不可了。

這類聲音沒想到後來每一兩年就要來那麼一次，並且隨我們的交往漸爲人知而一再明著暗著被要求表態。

表態什麼？錦樹從來十分光棍白紙黑字人前人後無不可對人言，既不結群結黨也沒權沒勢，錦樹文章再有可討論之處，要「料理」他，也該光棍的在同樣公開的戰場上出手吧。我告訴其中一名我在意的好友，學著欣賞黃錦樹這種瀕臨絕種狼一般的拒絕馴服拒絕收編。

（我的台灣經驗也讓我有機會如人類學家般就近觀察，獲得在地知識，比其他旅台先輩及同輩更大規模的介入當代台灣文學的論述場域。——《土與火》）

（由島至島，是從一個戰場到另一個戰場，對我來說，這也是寫作的一部份。——《土與火》）

爲何同樣想用戰場來自況？

同時期，彷彿某部電影出現過的畫面，我一身血污從硝煙未散、屍橫遍野的堆疊人體中蹣跚爬出，冷冽的空氣中，沒有活口，沒有任何一方救兵馳來的跡象，我棄了手中半截武器，扒掉盔甲，不再好奇這場戰事畢竟是誰輸贏，不再留戀找尋曾想同生同死的手足同志（天啊那老師的死狀可眞慘呀！），不再記得自己是哪一邊的……，得了失心瘋的流浪漢向不是戰場的遠方直直走去。

（弔詭的，我也成了台灣去中國年代裡少數積極迎戰狹隘本土文學論述的人，反而外省世代在文學論述上倒顯得緘默了。——《土與火》）

九月，錦樹子可名誕生，錦樹寄來母子照片，之前偶爾寄過的是家庭其他成員貓咪們，仔細端詳照片，我對錦樹妻要有興趣多了，玉珠是錦樹小說中所屢屢描述過的美麗女子長相，甜美的臉，黑緞亮的長髮，充滿笑意表情的眼睛，使我動了感情，我考慮並掙扎了好些日，終是寄了一箱嬰兒服，並想辦法訥訥分辯，告訴錦樹，我清楚我們的工作倫理關係（評論者／小說作者），但只要想到可名，想到三口人孤零零在台灣在荒山野地（埔里暨大），我可不可以只是一個單純的天心阿姨？

當然我多慮了，日後錦樹只要一拿起筆，論及我們這一掛人（包括父親和我老師胡蘭成）從來分毫不打折的六親不認炮火猛烈，我猜作爲他朋友的、例如以軍，一定也深有體會是吧？

我學習著珍惜並欣賞這諫官一般的朋友。

次年，九九年三月，和愛知大學黃英哲談小說《古都》日譯事宜，結束時黃英哲順口一句「聽說黃錦樹上星期中風，到現在仍昏迷不醒很嚴重的樣子」。不行不行，當場我想直接搭車南下去看他，心裡浮現一幅他（我還沒見過他呢）沉睡不醒的畫面，我必須俯身在他耳邊說：「錦樹你得健康起來，我下一本小說的序還要麻煩你寫哪。」

完全不知錦樹進一步的狀況，包括到底在家還是醫院（哪家醫院？），我打了幾通電話輾轉追到張貴興處，才問到錦樹家電話，打過去，是玉珠接的，我慌慌張張求證聽來的訊息，玉珠，照片裡眼嘴都是自來笑的甜美女子，輕淡平靜的說一切都還在檢查未有任何結論。

放下電話，我猜，玉珠不是極度理性冷靜的女生，就是極天眞不解人事。一半一半，完全判斷不出。

四月，錦樹退回我們擅自寄去應急的錢，回信輕鬆說他超支的醫療花費可仰借他做生意的兄長，不勞費心。我心理作用覺得錦樹的字跡與之前有些不同，擔心他儘管病癒，可能行動上仍待復健。

因爲這一場，我們會偶帶上一兩筆私事，小孩如何了，貓咪如何了，庭園裡種養的花果如何了（他們夫妻倆皆是傳說中的綠手指）。

九月初，錦樹三口上台北，第一次見面第一次來我們家。我特外買了清淡的鼎泰豐小籠包和雞湯，他們吃的不多，後來才知他們一家口味皆極酸極辣極香料，玉珠告狀錦樹還超愛大塊吃肉。

這場見面，證實玉珠是冷靜理智什麼都懂得那國的（我們很自然在背後喊她這個小我們一世代的女生爲大姊），可名是個超級專注聰明的小孩，錦樹的眼睛好漂亮好熱情也充滿戲謔。

初次見面的二十天後，九二一大地震，錦樹在震央的暨南大學和家都嚴重受創，校長李家同暫遷校北上，借台大校區上課，錦樹三口北上借住友人泰順街處，我們突然能常見面，包括以軍鄭穎夫妻，以軍那一兩年和我密集書信（現在回想，他其實是扮演父親新不在階段我的心理復健師），以軍和我童話來童話去的信，最後連星座土型的天文和唐諾也不耐煩不看了，唐諾說：「小說家們，正經寫點東西吧。」我卻很眷念包括後來我們比較沒空寫信的日子，偶爾寫不出東西的下午（好像多發生在下午兩三點之際），會傳傳無聊的簡訊，像《百年孤寂》裡內戰末期百無聊賴的上校和老戰友馬奎茲有一下沒一下拍發著電報「馬康多下雨了」。有一兩次，事後發現當時我們各在同一條街上相距不遠的咖啡館裡。

不久，大春很兄長的把尷尬擺一邊，邀錦樹一家去他們龍潭家隔壁的空屋住。野孩子碰上壞孩子，我像有些人一樣，至今好奇他們那半年是啥麼樣的一種往來。

（有趣的是，黃錦樹將後設、拼貼、諧擬等把戲玩得不亦樂乎，對檯面上的前衛作家卻殊少好評。他與張大春間的關係，尤其值得注意。黃與張都是右手寫小說，左手寫小說批評的能手，在台灣文壇絕不多見。兩人對歷史與虛構撲朔迷離的關係，對當代（台灣或馬來西亞）的政治荒謬現象，以及對敘事技術的刻意操作，也都有值得類比之處。——王德威，〈壞孩子黃錦樹〉）

錦樹信裡曾說，常常隔壁深夜還燈火大亮，彷彿聽見機器嘎嘎響聲。我以爲，這對逞強少誇人的錦樹來說已算是好話了。但確實某種狹義的文學層面來看，我同意王德威的觀察，的確錦樹在小說創作的自覺、經營、玩耍、企圖心……，比眾多號稱是大春師門的都要路數近的多，這麼說，也許又同時小小得罪了大春和錦樹吧。

（我以爲張黃對峙，是當代台灣小說論述可喜的現象，兩人的基本立場也許都不新鮮，但至少都再次提醒我們作爲現代文類，小說爲什麼可以是我們思考其他人文面向的起始點。黃回應了文藝復興以來，西方將敘事作爲啓蒙工具的得失，而張反倒迴溯明清之前的傳統，視說部爲「稗類」，視小說家爲「大說謊家」。說得更淺白淺些，相對於張，黃錦樹斤斤計較原道負擔的必要——不論他的道是從多麼否定批判的方法下手。從這個意義上來看，黃錦樹縱然天生反骨，卻反而是晚清、五四傳統的意外傳人。——王德威，〈壞孩子黃錦樹〉）

我也漸漸懂得爲什麼一直出現在錦樹文章包括他自言「玩笑之作，實憂患之書」的小說中，越演越烈的或謂「殘忍嚴酷」、「怨毒」、「陷刻少恩」……，（王德威在同篇序文「小說病理與小說倫理」一節中論及「黃錦樹對馬華文學的辯論及寫作策略」時，談及接近而不同的話題），我同意確實錦樹始終心有所指（戰）的對象是「分享了同一個病理結構」的馬華知識份子與晚清知識份子，二者對「國性」及「中國性」的嚮往難掩戀屍的癥候群（錦樹語），循此定義，我自作主張爲「分享同一個病理結構」的名單再偷偷增添上：錦樹的中文系、中文系的眾多師長儕輩們。

然而錦樹戰鬥的對象尚不只此，在二〇〇四年底，台大辦的一場邊緣（馬華黃錦樹）與邊緣（外省二代駱以軍）的對談中，錦樹說「台灣正值民族國家建國運動的熱潮上，這些年一直在獨立戰爭或統一戰爭的陰影裡。本土論者也快速的展開他們的排外論述，本省／外省的切分，對我而言，不過是重演了大馬種族政治土著／非土著的切分。後者是前者的未來，差別僅在於尚未結構化。對我而言，這是晚到的移民的悲哀，而且同樣的問題一再的發生。」我想錦樹所謂的悲哀自然不只是晚到移民的悲哀，毋寧是卡珊德拉的悲哀吧。錦樹並不因此放棄的爲一些被政客們或本土論者（例如我所敬重的前輩葉石濤先生年來不只一次的說，外省第二代、第三代至今不肯認同台灣眞令人感冒云云）指定爲「雙鄉」背景的第二代作家作品仗義直言，招致在學界、媒體都有進步形象的菁英某親口熱心勸誡錦樹：「別再當外省作家的打手了。」

菁英某太不了解錦樹之於我們這掛人的意義和相處方式了，這些年來，好友、同行之外，錦樹比較像個嚴厲的教練——相較於我們朝夕相處較容情肯徇私的溫和教練唐諾——，尤其之於我和以軍（是吧？），錦樹每隔一陣就寄上少則數本多則一箱大都從明目書局挑的書，不管我們愛不愛、看過沒，（書多的時候附張帳單），常時附的是他新寫好的論文或書評，每每驚醒尤其童話國的我和以軍，而且錦樹人前人後一致，從不公開K你私下惜惜（閩南語發音）一兩句或相反，我們不時覺得被他催逼得辛苦和沮喪，「幸虧」有一年他們又增了個女兒黃璽，加上可名健康小毛病不斷，那會兒錦樹較沒空盯人，便和以軍奔走相告，趁大兔子忙生小兔子，我們烏龜國的可放輕鬆慢慢爬。

說了這麼多與錦樹這本新書未有直接關係的做什麼呢？

只因爲錦樹囑我爲他新書禮尙往來寫點什麼（因我上一本小說《漫遊者》是他寫的序），我直覺他這是藉機給我期中考，「挑戰（甚至挑釁）王德威（及非大馬出身的同行們）對馬華文學及大馬史的認識和理解。」

但我半點不打算掉入「爲什麼不以台灣爲背景寫作？」／「終於黃錦樹有了大多以台灣爲背景的小說《土與火》！」的爭辯裡，我也放棄原先想以錦樹九五年與林幸謙的一場爭論時的主張，「黃錦樹強調海外華人寫作應以海外全新的歷史經驗爲主體，而不能以中國性爲主體，否則就易沿著『天狼』的美學意識和情感趨向淪爲文化遺民。」來觀察、檢視錦樹近期也就是大部份收錄於本書中的創作，我且隻字未談及任何一篇作品，而且違背初衷的以柔性甜美的散文形式記敘了錦樹與我們的際遇一場……

總總只因爲我最想指出的是，錦樹在其將近生命一半的歲月和盛年的「旅台」生涯（至今我仍認爲旅台這個字眼是非常粗暴的），意義非凡的起著也許他始料未及的作用，儘管錦樹說過「市場及學術界反應的冷淡並不意外」，那當然，因爲他開拓的那個世界可能更合適跟在他身後的小說書寫者而不是一般人，薩瓦托因此稱波赫士爲「作家的作家」，我想，以此同樣的來描述那……一艘大金船從我頭頂駛過，晨風輕拂著繽紛的彩旗。我創造了所有的節日，所有的凱旋，所有的戲劇。我嘗試過發明新的花、新的星、新的肉體和新的語言，我自信獲得了超自然的神力的錦樹，再適合不過！

作家的作家。

二〇〇五年四月二十四日

自序／台灣經驗？

二〇〇四年九月二十八日就是我來台的十八週年紀念，十九歲那年的九月十八日來台求學。記得是初秋，微涼，中秋節。在台灣居留的日子幾乎就跟在馬的日子一樣長了。十八年裡，物換星移，不知不覺年近不惑，微微感覺到老了。

大學時代開始學寫小說，最初不過是嫌別人得獎作品差，「彼可取而代也」；也實在因爲太窮了，文學獎獎金可補濟生活。窮學生的臨時起意，並不是爲了替馬華文學延續那「微細的一線香」，更別說是爲文學史續一章。我比前輩務實，知道寫小說會餓死，不敢心存僥倖想當專業作家；省去看文壇市儈的臉色，苦苦巴結把持資源者哀求發表作品好以稿費換柴米，早早結紮以免養不起那可怕的「激情的產物」（台灣日據時代小說中慣稱爲「餓鬼」者）。大概也沒法子居留，免不了要回大馬到華文中學誤人子弟，而一輩子牢騷。

學院大概是唯一的選擇，但工作畢竟需耗上許多時間，且學生朽木偏多，令人心疲意懶。論文寫作成了常規，而小說寫作幾乎成了可有可無之事，發表園地緊縮，字數也被壓縮。總懷疑除了自己（寫與及校對時）之外誰在看。「爲何而寫」仍是令人困擾的問題。也沒有可能設想一種零度讀者的書寫？連書寫者也排除在外？

有時生命經驗本身會送來故事，大概都是些最古老的母題。譬如親友的死亡。幼兒誕生。生命中不可思議的災難，如南亞大海嘯。然而一代又一代，不都是如此嗎？生者埋葬死者，女人以豐沛的生殖力生下新的世代。

回顧往史，即使是幾十年的事件也許不過佔得數頁，人的一生或眞的抵不過一行引文。多年來，眼見歷史在眼前變遷。往獨立戰爭趨近的軍備競賽，愛台灣叫得連天價響，天知道那些人在戒嚴時代有多愛中國，如今其實多麼的愛美國，變色龍的時代。認同的忠誠考核已深深了影響人們的日常生活，文學寫作當然也免不了被審查。但這些曲學阿世的無恥之徒究竟憑什麼？他們比較有貢獻？

這些年來最常被問及的其中一個問題確是「爲什麼不以台灣爲背景寫作？」（較溫和的問法是「爲什麼不寫你的台灣經驗？」）不過是念書教書的台灣經驗，有什麼好寫的？但提問者有時竟不吝說明我輩「喫台灣米、喝台灣水、腳踩台灣地」應該要有一些自覺的表態，但那跟文學本身有關嗎——背景的政治正確可以保障文學的品質嗎？還是只涉及文學的政治表態？那又幹嘛？

然而雙鄉是事實，一如日據時代台灣留日或「回歸祖國」的青年，也像東南亞諸國獨立前南渡或北往的中國知識青年；這應該是資源而不是認同或忠誠的選項。但畢竟兩鄉之間，是條荊棘之路，也許必然同時開闢兩個戰場。符號的調動，往往也造成理解的困難。

寫作的人，如果寫的都是壞作品，再怎麼政治正確都枉然。反過來，努力的目標應是讓作品超越個人。就這一點來說，寫作畢竟是個人的戰役。如是而勉強寫了幾本，不及同輩專業作家三分之一。自我寬慰之詞——寫得少而寫壞，總好過寫得多而寫壞。

最近翻閱大陸中譯的十四卷本《索爾・貝婁全集》，才發覺這位曾獲諾貝爾文學獎肯定的二戰後美國小說大家，一輩子都在重複探索美國猶太知識份子的心態和處境。而竟然有人質疑我們老是寫華人不寫馬來人印度人，不禁失笑。馬來大小說家不也只是寫馬來人——大部份作家甚至反覆寫單一的背景，除非你身世複雜如康拉德如葛林。寫盡人生百態，寫盡各行各業，那是社會寫實的規範詩學；相較之下，我寧願當個魯迅式的現代主義者。

魯迅三十八歲開始寫小說，那是我如今的年歲。

但確常被問起何時寫長篇。如同婚後那段日子，常被問起何時生小孩。有的人喜歡在婚前生，有的喜歡婚後生，有的婚外生，有的不想生，實在不關旁人的事。非寫長篇不可嗎？這問題有點像「非生兒子不可嗎？」

腦中確有幾個可以拓展的題材，原待留著晚年自娛之用。但這兩年，發現同業上吊的上吊，同事有的早夭有的重病，驚覺人生其實不一定會有晚年的，也不一定會有餘生。生命的微妙就在於大多數人其實無法預知終點，那時間歸零處，抵達之謎。所以呢，也不妨提前作業。但前提是一些累積的短篇題材——有的放了好多年了，寫出來也變了樣子——必須先處理掉。

那便是這本集子的由來。但畢竟仍處理不完。

當年來台，最吃驚的是驚悚離奇殘酷的命案之多。於是養成收集那類剪報的習慣。一直想寫篇小說，題目也早就想好了，但總是找不到形式。不斷積累的社會檔案，平凡人的非凡悲慘處境，譬如那些衣櫥裡、棉被下的屍首，那些斷頭分屍，那些被撞死者留在大路上的血，被夜半的闖入者強暴殺害的年輕女人，她們的驚恐……。經年累月，搬家時偶爾整理，發現有的懸案後來破了。但死去的不會重來。

也許小說的形式需要做一些根本的調整。

集子中的〈風景〉二十個短章中只有一篇是新的，其他約寫於一九九〇、九一年間，是十多年前的舊作，部份即補捉了前述的困惑。但更多的是夢，偶發的感觸，聽來的故事，忘卻的憂傷。幾乎忘了大學時代深愛芥川與川端的短小篇章，而川端自言寫得最好的是掌中小說，深以爲然。校對的過程中，方想起〈土與火〉原是個小長篇或中篇的計劃，只寫了兩三個部份。時間一拉長，其他部份一時喪失了興致，情緒改變了，或者再需要時間沉澱，來日以短篇的方式重生；或者就那樣不了了之了。另一個被忘卻的系列是〈地下室〉，寫了兩篇多一點。校對時想起還有兩頁殘稿，就順便把它寫完。〈第四人稱〉最核心部份的兩頁手稿，甚至寫於更早的清華時代。手稿不過是備忘，重寫必然面目全非。

附錄的兩篇對談藉以問答一些反覆被問及的問題，也謝謝駱以軍這麼有技巧的提問。重讀當年聯合文學小說新人獎的得獎感言，頗訝異十餘年來竟重複的被問那些無聊問題，故而一併收入，大概可以回答一些問題。我的高中同學廖宏強醫師（他也寫小說）的〈失落的一代〉是對〈第四人稱〉的回應。他是當事人，在大馬種族政治結構裡吃盡苦頭，他的證言也許恰可與既得利益者的誇誇之言做個對照。謝謝他答應文章被收入。

多篇小說都刊於《聯合文學》及《香港文學》，該謝謝蔡逸君先生及陶然先生。也謝謝《星洲日報》黃俊麟的轉載。

也謝謝麥田出版公司及胡金倫先生。

每次看到埔里墊腳石書店裡的《刻背》還牢牢插在架上，感覺都怪怪的。我六歲的兒子，認得幾個字。如果逛書店帶上他，他都會去看看有沒有熟人的書。有一回他認眞巡視後，驚訝的說，「駱以軍阿伯的賣掉了」；過一會，「天心阿姨的也賣掉了。」然後以整層樓都聽得到的聲音說，「爸爸，你的書還在吔。你是不是寫得很爛啊？」

二〇〇五年一月十四日，二月二日

原刊《星洲日報・文藝春秋》，二〇〇五年五月一日

目次

Tanah Melayu

火與土

kalau itu api
kalau itu tanah
如果那是火
如果那是土

爲參加岳父的葬禮而歸返，葬禮後，妻因有要事，帶著女兒先回去處理。
因老母親的要求，我和兒子多留下幾天和伊老人家做伴。
漫漫長日，親戚密集來訪。送往迎來之餘，反覆去了幾趟，那故家的園子。
母親說，你怎麼那麼念舊，早就沒有人想去了。
伊說，要小心，已經不是原來的樣子了。認不得了。還有野豬。
常常是這樣，我向三歲的兒子說，走吧，去爸爸的舊家。不管正在玩什麼，他都會彈起來，
自己去穿鞋——總是左鞋右腳右鞋左腳，固定穿反。

騎那輛老爺摩托車，他整個瘦小的身子縮在車籃子裡，戴上頂巨大的安全帽。往往挑正午曝曬時刻，那時園裡也最明亮。理論上是最安全的時刻，蚊子也最少。

十多年來，沿路的景觀有著巨大的改變，而最根本的改變是路本身。它改變，甚至決定了抵達的方式。

從前那路的曲折迴繞，唯一的理由是把所有的住戶（不同的小園主）連起來。出一趟門，需經過許多人家，有的簡直就是打門前走過。但大部份的情況，都有百尺的距離。一條更小的路拉開行者和居者的距離，但仍可以清楚的看到那大門內的活動。都是橡膠園，除非是落葉時節，密密的樹葉讓再猛烈的陽光都只剩下溫柔的光斑，連同樹影投照在路面上，斑斑駁駁的。路是黃土路，腳踩和輪轍輾得非常硬實，赤腳走在上頭的疼痛感，多年後我還清楚記得。那是不平的路，太多大大小小的樹根穿越如青筋暴露，若是騎機車或腳踏車，是一路彈跳；走路則常絆腳。太隨意的繞，離所有人的家近，加起來則離我家最遠。若是雨季，多日連綿的雨，竟然把路給泡得稀爛，路面盡是車轍和腳印。若是地勢低處，則流潦奔瀉，狠狠的切割。通常我們穿的是膠鞋，便宜，耐髒，不怕濕。若進水倒掉即可，好洗易乾，破了還可回收換錢。

小學有幾年步行上學，必須穿過所有的林子方能抵達鎮上。也許在那一步步的行走中，腳和路建立了某種親密的私誼。下午的課，常常是早餐過後不久就要準備吃午餐。因爲路太長，否則會趕不及。多年以後母親和姊姊都饒有興味的提起那午餐的菜。大人們都太忙，七、八歲的我總是從雞窩裡母雞肚腹下摸粒雞蛋，拿凳子墊腳，在巨大的鑊裡煎成荷包蛋。也許是年幼腿短的緣故，總覺得路是沒完沒了的長。沒有象徵奢侈的手錶。母親教導說，面朝日，看影子。沿路端詳漸漸變短的影子，在影子跑到腳底下前需趕到學校。每天上學，一旦出了林子，才會驚覺烈日曝曬。瞇著眼趕路，柏油路是驚人的燙。放學，即使鎮上還是大白天，林子也提前入夜。尤其年杪晝短夜長時，每每摸黑，還沒到家，遠遠的就看見家裡微黃的燈火。

但許多舊路竟都記不清了，開荒蟄居的那一代，大都過世了，也許在墳場仍是鄰居。園子賣給建商蓋房子，新一代散居鎮上，或者不知道什麼地方。於是新的景觀便是整齊曝曬的新社區，單層排屋或雙層排樓，紅的藍的或綠的瓦，反射著刺目的光。瘋狂想要築巢的妻，一度親自跑到建設公司去，準備簽名訂間大透天屋（比台灣鄉下的法拍屋還便宜）。人人稱羨的進步，發展。它們徹底改變了地貌，我們這一代及上一代的記憶與戀慕，對下一代將不再有任何意義。但也許原就只具有情感的意義，一如再上一代的記憶，或更上一代的記憶。時間埋葬了屬於個體的，一如林中的落葉，代代的化為泥土，滋養新葉。

但在異鄉夢裡有時還會在那上頭走著，那早已不存在的路。

當原就是隨殖民者移殖而來的膠樹被砍光之後，生活的路就失去了它的庇護，它存在的依據。一條黑色發燙的柏油路劈開林子，把它們掃平。筆直的衝了兩公里，才馴服的轉向議員的土地，拐彎抹角的朝向下一個被重重密林包裹的荒涼潮濕的小鎮。或許該稱它為村落，一個火車曾經停靠的站但火車早已不停靠。數十間平房，一家雜貨店，一間咖啡店，一間小學，一個廢棄的舊車站。據說仍有老虎出沒。當鄉愁無法抒發，我就往那裡奔赴，去體驗那種百年停滯的荒涼。

不理會兒子帶著微弱抗議的擔憂：「如果遇到老虎怎麼辦？」

新住宅區漸漸逼近父親的園子，還剩下一公里左右。新房子已蓋上大斜坡，下坡處好些地都已被建商買妥。當年地價最好的時候，建商出到每依格壹佰千馬幣（百萬台幣），父親還是不肯賣。但路並沒有經過他的園。

而今沿途盡成垃圾場，廢土廢輪胎，及一切可能的廢物。

烏鴉啊啊不絕於耳。

大斜坡下至盡處，左邊幾片木板搭成臨時的橋，順著它，進入膠園。傷痕累累的老膠樹，被粗暴的對待（俗稱「屠樹」，殺雞取卵式的割取膠汁），草沒認眞清除，以致高草亂長。多年以前園主相依爲命的年輕妻子（我仍記得她和善的笑容，緋紅的圓臉）因心臟病猝逝，留下一窩孩子。他似乎也垮了下來，難見笑顏。草臥處隱約一條路，通向故園。機車跳得很厲害，路其實是硬闖出來的，遇到枯枝攔路，就得下車挪開。

而故園，確實被高草與灌木淹沒了。路隱約還在。父親種的咖啡、山竹、榴槤、紅毛丹等等，和路一樣都在和人高的草辛苦的奮戰。有人草草的整理過，在草和樹之間勉強劈開一個距離。

往舊家的路還算清晰，只是被草收得非常窄，機車磨擦著長刃般的草葉。

路旁以側枝重長的紅毛榴槤樹，結了幾顆青果。

兩棵榴槤樹，稀疏的果多刺的高掛在枝椏上。

路到了盡頭，眼前的景觀卻令人大吃一驚。

熄了火。在門的位置前停下，但大門早不見蹤影。

「到了嗎？這是什麼地方啊？」

兩間木屋都不見了，只見一片廢墟。亂木橫陳，有的是樑，有的是柱，有的是牆板。有的已成炭，有的半成炭。燒餘的鐵皮殘片，生鏽反捲。反覆的被雨淋過，讓它們好似是一體的。水泥地板從來沒那麼完整的呈現，也許恰如當年剛蓋房子初初鋪好，空間尚未以牆與柱分割時。

「爸爸，你的老家呢？」兒子問。

騰出那麼大的空間，令人錯愕。以前被房子遮蔽的，一眼就看到了。譬如那些和家園一樣老的楊桃樹。那棵高大，吝於結果的紅毛丹樹。那棵正值盛年的山竹，層層濃蔭，佔了半邊天空，儼然樹王。

「這就是了。毀了。」

「爲什麼毀了？」

「有人放火。」

舊日習慣，抓幾把落葉，折些枯枝，點上火。很快便燒起來，更添枯木雜草，沒一會便升騰起濃煙。風一吹，換一換方向。

「爸爸你幹嘛放火？」

「趕蚊子。」

屋旁的兩棵芒果樹高了許多，長成大樹了，從前的印象是它長得極慢，好似故意不長高。樹下破鐵桶裡的繡球花竟然盛開。結婚時妻爲了省錢，曾剪了一簇當新娘捧花，她最愛的紫藍色。

另一間木屋，更徹底的燒個乾淨（也許它的材質更好燒），只剩下一堆堆木炭，長滿爬藤雜草。只有舊日廚房的水泥灶腳兀自挺立，舊日擺放餐桌吃飯的地方，兩大叢粽葉驚人的茂盛，似乎可以包上數百個粽子。就那樣，攤出一大片空地。烈日曝照在昔日舊居址。

那時屋樑上還住了隻橘黃虎斑貓，靠自己捕捉老鼠過日子。那一次回來，花好半天工夫才獲得牠信任，跳下來咕咕咕的讓我摸摸牠的背。耳朵明顯變長變尖，像隻山貓。

幼時在別的園子胡亂闖蕩，曾見過類似的破灶遺址，據說那是祖父母自唐山到南洋後，自己搭建的茅草屋所在地。一個家，最堅固的部份竟然是灶，或許也因爲它搬不走，也不必搬走。它成了現成的碑誌。

沒有一個家人曾向我提起過，舊家被火燒了。好似那是多麼微不足道的一件事。如果說他們都不知道，似乎不太可能。鄰家的雞毛蒜皮——譬如誰家的女兒，被哪個小流氓搞大了肚子——也一向傳得快。

折斷灌木當拂塵，趕蚊子。

繞過墟場，我爲兒子導覽。

山竹樹下，殘破的兔籠，以前阿嬤養了幾籠安哥拉兔。散落樹下一個一個大小深淺不一的水泥魚池，有的還剩數吋積水，被魚草塞滿。水井井壁上，一棵小樹茁壯，枝葉幾乎把空間塞滿。

簡陋的洗澡間沒有更破爛，以舊鐵皮木板搭成的廁所仍如往昔，卻一點排洩物的味道都沒有，空前的潔淨，糞缸空著。清淨如聖所。自有記憶以來，那裡頭就爬滿白蛆，新糞混著舊糞，新尿雜舊尿，全家人的排洩物都在裡頭發酵。那是父親果樹的養份。腳踩的板，也都恆尿濕著，糞滿時，感覺上蠕動的白蛆都快搔到屁股。受不了就到別人的園子去拉野屎。覆土，以免被自家人踩到。但那只是男生的特權。

雞舍竟如往昔，牢固似仍堪避雨。兄長種的幾棵枯瘦的李子樹，結了一樹紅豔的野果，苦澀不堪入口。幾棵可可樹一身病，想摘顆熟果帶去台灣播種都不得。園畔長了一大片竹林，以前只是一小叢。

那棵那年偷偷夾帶回來給父親種的埔里特產刺蔥，已彎彎拐拐的長得很高，但很瘦，渾身是刺。那時父親說：整棵是刺，有啥路用？但還是認眞的種了，且用鐵網圍起，怕小苗給雞鴨偷吃了。

園中到處是高草灌木，顯然沒人整理。（母親說，大家都沒空。）

父親不喜歡的那棵麵包樹，再也沒有人因它過分伸展而動刀動鋸，高大挺立，枝葉扶疏，竟爾結實纍纍。

雖然榴槤樹都長得很大，正是結果的好年華。但一切都野了。

「如果爸爸還在，」我常不自禁的對妻感嘆。「那會是孩子最好的樂園。」

煙越來越大，伴隨著枯枝敗葉燃燒時發出的輕脆響聲。

再過去，草與灌木更高，視野都被遮蔽了。

而站在空盪盪的廢墟前，我只覺得眩暈，彷彿整個大地都在必必剝剝聲中微微下陷。

勉強從魚缸裡撈了條小魚安撫小孩，疲憊不堪的在濃煙中離去。

「火是我放的。」母親淡淡的說。「上面那間被賊放火燒了。另一間，與其被別人燒，不如自己放火燒了。」

「厝沒人住了，三天兩頭，就有人摸來偷東西。那支用了幾十年的斧頭也被偷走了，還有鋤頭、鐵鎚、鐵鍬，幾張床、幾十片睡了幾十年的床板，屋裡你哥哥丟掉的破沙發、一個舊皮箱，前一天早上去還在，第二天下午去就不見了。最可惡的是，我幾天沒去，就被賊放一把火把屋子燒了。也不知道偷了什麼，木板，柱子都有可能，可能鐵皮也剝十幾片去。我去的時候還在冒煙。看到心火起。要燒不如自己燒。」母親漲紅了臉，還有一點憤憤。搖搖頭。

「你爸去了，沒人要顧。做芭賺沒吃。我老了，顧不來。」

伊膝關節嚴重風濕，常喊腳痛。

「有時夢到你爸，攏是鬥陣做工。不覺得他已經死了。」

「我看到有兩叢粽葉。」

「我種的。」母親露齒笑，露出兩顆金牙和一顆發黑的爛牙。「種趣味的。」

母親現在和其中一個兒子住。房子在舊鎮子邊緣的舊社區，早年與林子交接，更早的時候是片膠園。是所謂的「大呀蘭地」，沒有獨自的地契，百來間磚瓦排屋共屬一張（當年那塊膠園的）地契，其實是勉強被認可的大型違建，是大膽的建商霸王硬上弓的產物。地契的分割，多年來被真的或假的民意代表騙去好些錢，還是「做」不出來。

沒有樹，風水也不好，既西曬且東曬，白天大部份時間房子都在吸熱。屋前的路是斷頭路，路的盡頭是另一排屋的牆。沒有後巷（依大馬的法令，單這一項即嚴重違法），當初的建設圖顯然是亂畫的。

哥哥搬了個大玻璃魚缸在屋旁，母親養了條很囂張的金波羅魚，看到有人走過就張嘴欲咬；一個水泥魚缸，養金魚和鬥魚，一隻行事作風惡劣的狗，給牠的食物如果牠不滿意，即張腿尿在上頭。有咬人的前科，母親剪了個鐵皮罐給牠帶著當口罩，已經全鏽了。屋前剩餘的一點空地，母親種花，鳳仙和紫薇；屋旁剩地，種了茄子辣椒苦瓜和蝦夷蔥。伊一慣說，種趣味的。

「有遇到山豬嗎？」伊問說。

我們都搖搖頭。

伊說，剩下的雞鴨有的被狗咬去吃了，有的雞會飛，跟山雞群一起飛走了。兩隻大公鵝都被狗咬死了，狗沒人餵，都逃走去當野狗了。

又一個無聊煩悶的日午，帶著小孩跨上破機車，又往舊園去。

這回下大斜坡後，提前轉入林子；過了另一片廢木小橋，沿著別人的園子，再穿過幾塊膠園，經過一片草比機車高的荒廢林子，路幾乎難以辨認。但那是僅剩的舊路。快抵達父親的園子時，突然注意到其中一塊鄰園地表有許多小坑洞，停下來看看，確實是豬蹄踩踏及豬嘴亂拱留下的。但寧靜、視野良好的膠林裡，並沒有什麼動靜。再度發動機車時，倒是驚起大群的雉，大大小小數十隻，從灌木叢中撲翅高飛，上樹頭去。再往前，草葉堆裡叭噠叭噠奔走的，是一隻驚慌的四腳蛇。這提醒我，摩托車確實太吵了。

既然已沒東西看何必重回？

母親想必也有此疑惑，但也沒問。

我只說，去走走。

但這回除了孩子，還載了個沉甸甸的小紙箱。是出國前寄放在母親那兒的私人物品。每個離家的兄弟姊妹都有這麼一個箱子寄放在母親那兒。

抵達原來的地方，把沒燒完的廢木堆起來。扯開紙箱，舊日的日記、信件和一些恥於為人所見的早年習作。保存純粹是懷舊，意義原就不大。被燒掉的房子裡埋藏的祕密可能還要多些。反正遲早要處理的，點了火，小孩幫忙，把信封和信箋分開，連同手稿，投入火中，就如同葬禮上燒冥紙一般。在舊址上，火漸漸旺了，燒著了廢木，生起煙。熱氣炙人，我們後退些。等火勢夠大了，再把幾本日記攤開，……煩悶的青春期……，擱上，很快即烤焦變形，閃耀著藍色或綠色的火芒。

有的信箋殘片因風吹而飄到火堆外，便用枯枝把它撥回去；擠成一團的日記燒不著，也逐一撥開。不想留下任何斷簡殘篇。

在風中火發出呼呼聲如同歡呼。讓孩子退到芒果樹下，不斷把一些大大小小長長短短的廢木添加上去，好像在完成什麼儀式。沒燒完的廢木比目測的、想像的多得多，很快的火場便甚具規模，大得好像可以行一場露天火葬，可以把屍體燒成灰——至少是父親亡故時那枯木般的肉身。

接下來需擔心的是，這火會不會蔓延開去？而成為森林野火？生怪自己沒事找事，只好把火場周遭撿拾乾淨，再以破碗舀魚池裡的髒水，潑灑四周——卻又像另一種儀式。像忙什麼大事似的，大汗淋漓。

眼見它火舌沖天而起，一旁的樹也被燻得必必剝剝，我們躲在樹影裡。孩子露出恐懼的神情，悄聲說，我們回阿嬤家好不好？

我說我們必需等火燒完。不然可能會有火災。

但比起原來燒掉屋子那場火，規模肯定小得多。

我們太慣常在林中一角堆些枯枝敗葉，生火堆。為了驅趕蚊子，與及樂趣。父親在園中鋤草時，看煙在哪裡冒起，就知道他藏在林中哪個角落。除了枯枝敗葉爛樹頭和剛鋤下來的草，他的火堆還覆上厚厚一層泥土，既可以讓它悶燒得久一些，多一些煙，燒過的土且是最好用的肥料。那煙味此後成了記憶，一如父親抽的紅菸絲二手煙，都足以讓人上癮，構成鄉愁最隱祕的部份。

且常在火堆裡煨番薯。

他們只叮囑我們不能讓火失控，簡易的方法，但有效。

孩子們似乎也沒釀過什麼禍。

而我，有一次，爲了清出一片火車路旁的一塊政府地好種上些東西，一如往常的把灌木砍下了，生火堆。不料沒控制好，火往四面八方蔓延，燒上了一叢竹，沿著鐵路，一路燒開去。那一天，記得我躲到天都黑了，眼睜看所有人圍在油燈旁大口吃菜、都在議論紛紛，不敢走進家門去。

在那些沒有零用錢的年代，家裡的孩子們都各自種點東西換零用錢。

在父親允准後，各找一片空地，雜草鋤盡，覆做堆肥，蓋上土，弄成一條條隆起的畦。至於弄幾畦，則各憑本事。印象中兄姊種過檸檬，我種過番薯、指天椒、山苦瓜、薑、草棉、葫蘆瓜。大多是徒勞，種了玩的，往往要父親收拾殘局。譬如總忘了持續施肥鋤草澆水抓蟲，即使有收成，其實也是默默照顧的結果。番薯等待的時間長，好幾個月收一回，也換沒多少錢。指天椒的價錢最好，也常有收成，但逐條採收最費功。父親常放寬說，連他種的也一併摘去賣。山苦瓜供應我零用錢頗長的一段時間（小六？），那是種在火車路旁政府地上的一片山苦瓜園，父親和我分地而種，後來長大了連成一片。因係開發不久的處女地，土質鬆軟，腐植質豐厚，無需施肥，澆夠水它就會不斷開花結果。總是黃昏去採收，次日上學前送去巴剎，長期來往的幾個菜攤。

父親種的東西種類多得不可思議，果樹之外，芋頭、南瓜、木薯、山藥、空心菜、芥藍菜、韭菜、高粱、玉蜀黍、油菜心、莧菜、菜豆、角豆、羊角豆、目豆、竹筍……多到基本上不需買青菜，只有像馬鈴薯、小紅蔥頭、蒜頭、大洋蔥之類常吃的進口貨，及因天氣太熱種不起來的但不常吃的大白菜高麗菜蒜苗。多年以後方能深深體會（但總是無法理解，爲什麼要生那麼多？哪裡來的決心？躲在山裡耗此生之力養一大群兒女？隱祕的家族使命？），要不是如此多樣繁雜的種植，以他倆的收入，是不可能養活這麼大一群孩子的。如果只生現有數量的三分之一或二分之一（都生不到我），早二十年就可過上清閒日子了。也可以讓大部份小孩至少念到高中，不致讓這麼多孩子早早失學，以致怨懟終生。這麼龐大的作業，讓他除割膠外，終日在園裡，摸到太陽下山看不到路爲止，方吸著菸斗，紅光一閃一閃帶著忠心陪伴他的狗回家。

也是許多年後才想到，除了逢年過節拜神祭祖用的蘋果、梨或橘子，家裡一般幾乎不買水果。熱帶水果（除了西瓜和香瓜）園裡都有；季節到了，想吃就去樹上摘，木瓜黃梨香蕉（常吃的至少有四五種）芭樂楊桃常年都有，有時幾乎就當正餐吃。

父母親上街，除了少許魚和肉，就是米鹽油糖茶咖啡粉，小魚乾蝦米鹹魚及中國進口的乾貨，一些罐頭餅乾。沒有奢侈品，過年也不見得買新衣。

和父親一樣，習慣赤腳在土地上，除非是走進莽林，怕踩著刺或被斷枝割傷。於是腳和土地頗有感情，常只有上學或上街——離開園子——才會穿上鞋子。踩上柏油路，很正式的走入另一個世界。

一個始終適應不良，高度擠壓的世界。

但如今這塊土地已經不再供養我們了。我們也不再需要它。高草叢長，蛇豸縱橫，已經還給大自然了。一如鄰園「潮州芭」（長年在園中割膠的工人是潮州人），當年被園主賣掉後，很快的我們的目光就無法穿透它。整理得乾乾淨淨的膠園，目光可以穿透得很遠。女人們常隔著不同的膠園長距離大聲問候，甚至聊天，互相照應。但它變成叢林，四腳蛇和山雞快速繁殖，野鳥猴群棲息。它成了一片凶險之地。

生於清末那衰老的帝國的祖父母留下的土地，及他們的格言「找土討吃，莫向人乞食」。他們遠從唐山，飄搖過南中國海，在新加坡上岸，徒步走向沒落的土邦，英殖民馬來半島富饒之地之一的柔佛的心臟。在纏過小腳爾後放大的祖母的故事裡，他們身無分文，只能幫人看守新芭（剛種下橡膠種苗的園子）「顧草」，建茅草屋種番薯種菜，偶爾抓些野味，以最原始的方式（唐山帶來的技藝？）展開原始積累，反正山裡不怕沒蟲吃——先是養雞鴨，母雞母鴨下蛋，孵出一窩窩幼雛，長大了賣錢，換小鵝小豬，豬養大了，比起他們「顧草」的微薄薪酬，賣的錢就更可觀了。再換更多的小豬。祖母說，吃香蕉莖和野芋的豬長得慢，且瘦，但畢竟很快就達成初步的夢想，換來一小片土地，挖井種植，到山裡砍樹，蓋自己的房子，起灶。

這曾經是父親的王國，他用鋤頭鋤出淺溝爲界。爲了避免鋤到別人的土地惹爭議，總留下一排樹和別人的土地相連，這是幼年時無法理解的。他且愛狗，且像馬來土王一樣給他的狗臣民衛士胡亂封賜，諸如東姑、拉督、阿都拉、旦斯里……。給牠們捉跳蚤狗蜱，以親暱的腔調說話，如「阿都瞑，你唔餓麼？」總是惹來母親的怒火，怒斥他對老婆孩子都沒那麼關心。那是另一個世界。父親面對孩子，總是沉默，不曾嚴肅的給過什麼人生的建議。少使喚，也談不上有什麼懲罰或壓制，像個鄰居或「淡如水」的朋友——是無奈？因爲山裡缺乏娛樂，沒想到女人那麼能生？——但他供養。也許因爲這樣，孩子們習慣忽略他的存在，好像他並不重要。也因爲母親持久的抱怨，懷孕的委屈，一切生活不完滿的終極緣由：「你爸沒才調……」。

沒賺大錢，避世。

父親何以會退縮至此？

有一年，大哥剛從台灣念完土木工程學位歸來，在家待業。（我記得他氣呼呼的整整寄了三個月的履歷。）一個午飯後，當著全家人的面，我聽到他尖銳的批判父親，批判祖父，死守著一片土地，守了幾十年，土地還是那麼樣大小，「如果拿去投資，可能早就發了。」他舉了鎮上大家幾個耳熟能詳，在全馬各地擁有千百伊格土地的大地主，當年也曾經只是個小園主。父親目光朝向地上，聲音很小的嘟囔著辯護，但沒有人聽到他說什麼。就如同有一回大哥，父母最疼愛的孩子（爲了圓他的升學夢，投資他的未來，母親帶領弟弟妹妹，養了許多豬，父親賣掉其中一小片地），嚴厲的質疑他倆爲何要生那麼多小孩，父母兩人都低下頭像一對做錯事的小孩。多年後才理解，任何的冒險都可能讓孩子陷於「找人乞食」的境地，父親並不適合當個冒險家，他欠缺歷練和知識。他只有小學兩年的學歷。他是獨子，祖母怕他被別人的孩子欺負，想盡辦法把他留在身邊。

爲了怕他在林裡工作被蚊子咬，還未成年，就讓他抽菸，經營他微小的王國。他早就被種在園子裡了，像那些老樹。

曾經我們用菸來辨識父親所在的位置。

即使久別，回到園中，聞到及看到那混合了草和土的煙，就感覺到他的存在。離去的時間——即使是幾年——也會快速的被壓縮，而和綿長過去聯繫的當下，就會悠悠的展開。脫下鞋子，與父親的時間重合。彷彿煙在，父親就仍在。或許因爲那樣，父親故後的幾年裡，我選擇了不回家，彷彿他還在園子裡默默耕耘，因遙隔而聞不到，看不到煙。

但他的火已永遠的熄了。

園的邊界快速被沙土落葉野草塡平。

父親故後，母親笑著說，「你爸的鋤頭沒人要接了。」

「放在舊家，沒藏好，被死賊偷走了。」

欣慰而不是遺憾。和父親的淡漠不同，沒機會受教育的母親，倒是期許她辛苦生下來的孩子能成就大事業，可一洗伊半生蟄守膠林的委屈，亦可反過來論證伊多生有理。務實的母親堅決走出膠林，絕不多愁善感。

父親臨終時，曾交代伊繼續照料他的王國，果樹和狗。母親卻明確的告訴他，「我老了，顧不來了。」

又一個日午，我們離開前最後一次造訪。沒有時間了，準備比上一次走得更遠，以結束這莫名悃然的旅程。

一如之前的一次，帶了魚網，水桶，蚊香，開山刀。全副裝備：長衣長褲，球鞋，準備突破封鎖，走得稍稍遠些。對兒子說，「我們再去探險。」

「莫踩到蛇」，母親叮嚀。

前一回，跨出屋址後，朝以前是路的地方，揮刀劈開一小片的灌木林。這才發現灌木不久前被刀劈過，攔路的是新生的枝枒。路旁疏疏的幾叢香蕉樹，扇子也似的迎風經搖，依舊結實。紅毛丹毛茸茸綠果高掛，黃梨大片連綴，利葉如刃，若干熟果剩大半顆，大概被果子狸啃了。老榴槤樹倒臥，亂芽長成大叢的小樹林。再過去是僅剩的一小片膠林，多年挨割的累累傷口良好的癒合了，新生的皮像一張張灰暗的臉。路依稀在，只是不分明，綠草與層層落葉覆蓋。把攔路的枯枝幹搬走，灌木砍除，膠樹蔭裡，重新清出一條路，再把機車騎過去，一直到百米處，路的盡頭，兩口水井之間。

大片光斑灑滿園，緩緩移動，如日圭。

沿途大大小小一座座土墩，「是不是墳墓啊。」兒子問說。

「可能眞的埋過人。我不知道。要挖開來看才知道。」

鐵路旁一小十數棵衰老傾斜的可可樹，樹身掛著發黑的病果。一叢茂盛的竹，迎風咯吱咯吱的磨擦著竹幹。

可可樹的蔭影裡，雜亂的豬蹄跡，及豬鼻拱過的痕跡。

我們慢慢走過去，不遠處雜樹林裡，突然一陣悉悉索索，匆促的腳步聲，隱約大大小小灰褐色影子一閃，向更深的密林竄去。

「是怪物嗎？」

「是野豬媽媽和小野豬一家吧。」

兒時常來抓魚的小溪仍是活水。流水淺淺，隨手撈了些小魚和溪蝦，大水蟲，龍蝨偽鬥魚和蝌蚪。

猶豫要不要跨上鐵路去。我並沒生火堆，但聞到附近有煙味。鐵定有人在附近生火。一動念，便轉回頭。

而這回，還沒走到兩口水井之間，遠遠就看到滾滾白煙，溪邊有火堆。

心跳加速，猶豫著要不要帶小孩去冒險，但身體繼續往前移動，很快就到了路的盡頭。景觀大有不同，病可可樹被砍倒，堆在一邊。地整過了，一畦畦的，似乎剛播種。雜亂的，巨大的腳印。果然是那樣的火堆：泥土覆著枯枝雜草，悶燒。一時百感交集，四周察看，並沒發現有人。

父親已經不在了，但附近一定有人。

仔細看，溪邊有一條小徑，往鐵路的方向，幾被亂髮般的草遮蔽，如同獸徑。擱下水桶魚網，揹著孩子，撥開草，弓著身，快步衝上鐵道旁。日光曝照，居高臨下，眼前的景象令我大吃一驚。鐵道另一邊的濕地上，挨擠著蓋了數十間高腳木屋，有的屋頂鏽黃的舊鐵皮閃耀著刺目的光芒，有的是亞答葉，有的是茅草頂，兩端翹起如一艘船。木板陳舊，看起來像舊房子，但屋旁的椰子樹都還只抽了尺來長的芽，顯然新種不久。樹被砍除後，大大小小的樹樁，荒涼的一直連接到舊河床。幾艘色澤暗沉的舢舨船繫於河畔，一汪汪的水窪耀目的反射著光，許多小火堆微弱的冒著煙，除了椰子，有土的地方大概都種了香蕉及芋頭。

以前淹大水時，站在鐵道旁這高處往下看，濕地和河連成一片汪洋，太古洪荒的浩瀚。

什麼時候長出這麼樣一個新的甘榜？

舊鐵軌泛著光，酷熱，怕孩子曬出病，便大著膽，跨過鐵道，沿著傾斜的小路走下去。

一個包裹著紗籠的中年馬來女人發出驚呼聲，口中大聲嚷著什麼。沒一會，不同高腳屋裡都閃出人來，有幼童，老人，也有壯漢，都是一臉驚疑，眉眼都有灼傷的表情。幾個青年人手上都拿著粗大棒子，斧頭或鋤頭，情況變得非常危險，我突然警覺手上仍緊握著開山刀。便放下刀及小孩，攤開手，向人群中一位有著阿拉伯人深眼窩的纏白頭巾老者以馬來語說，我沒有惡意，以前住在對面園子裡，幾年沒回來了，不知道這裡住了這麼多人。

幾個年輕人臉上仍露出凶惡警戒的神情。

「有人在對面燒了個火堆，……」我繼續找話說，力圖緩解氣氛。

雞隻在高腳屋下伸腳撥弄，覓食，追逐。

幾頭瘦牛拴在僅剩的幾棵矮樹下。

「那又不是你們的地，是國家的土地（tanah negara）。」突然有個年輕人站了出來，口音很怪，語尾聽不分明，態度很不友善。

我馬上膽清說，「那確實不是我的土地，但離我家園子已經很近了。」

「你們不是都丟棄不住了嗎？」語氣仍不友善。

我聽過很多這樣的故事：一群馬來人或根本就是剛被合法的印尼非法移民，呼朋喚友的進駐某人的園，蓋滿了違建，就再也不肯走了。根據他們的古老概念，既然蓋了房子，那塊地就是他們的了。面對驅趕者，他們強悍的拿出刀來，誓死保衛家園。結果往往是就地合法化，只有園主退讓的份。

我知道談不下去了。

瞄了下他們的房子，確實簡陋得可憐，但刺眼的是一些熟悉的東西，我指著一面牆說，「那不是我家的門板嗎？」有兩戶人家都有半面牆畫著色彩斑斕的門神，是幾個兄弟姊妹合作的，上頭還有褪色撕剩的春聯。又指出其中一個青年手中緊握的是母親用了幾十年的斧頭，另一人則拄著父親生前最常用的鋤頭。如果要找，不難想見那些失蹤的床板、傢俱、廚具……到哪裡去了，都成爲拼湊他們家園的材料。

年輕人的臉色還是很難看，可是老人和女人的臉色明顯和緩了，露出不知是歉然還是尷尬的笑容。

我說，那些東西就當是我送你們的吧。我父親過世了，所以園子荒廢了。東西拿走就算了，但你們不該放火把我舊家燒掉，我摸摸小孩的頭，挪兩步躲到陰影裡。「害我帶他回來都沒地方可以坐。回憶也都沒了根據。」

一位頭纏白巾，有阿拉伯人臉型特徵的老人（當年那些海上冒險家的後裔？）揮揮手，讓目露凶光的青年散去，和一位婦人引我們走上一間高腳屋，脫鞋，席地坐廊下。終於可以躲除曝曬。他喚女人倒了杯水出來，杯子竟也是「吾家舊物」缺了一角的廉價瓷杯。水的色澤並不好，喝起來有很重的泥巴味，大概是濕地的腐植質做怪。

「我們園裡那兩口井的水都很好，可以煮來吃。」我做個順水人情。

阿拉伯臉的老人點頭稱謝，拍胸脯說我們的房子絕不是他們燒的，婦人插嘴笑說，「裡面還有好多東西可以用呢。」

乾脆整座園讓他們去整理吧。但或許就要不回來了。而且我也無此權力，鐵定會被那些兄弟姊妹撕成碎片。

雄雉雞在遠遠的叢山裡啼叫，天南地北的呼應著。

老人摸出菸斗（竟也是父親的遺物，大哥贈送的紅木菸斗），塞了菸絲，悠悠的抽起菸來，好一會才說，他們來自羅蒂島（Pulau Roti）一帶，還不到一年。他說他們的故鄉是座火山島，最近兩年又一直在冒出濃煙了，眼看就要爆發。印尼到處都找不到工作，只好離開。反正他們世代以來都在島與島間遷移。繫了舟，搭上草寮就住，住不下去了，東西收拾了，上船就走。「河海到處都是。」老人淡然的說，瞳仁裡露出大海的顏色。

「土地都是向阿拉借的。」

一個小男生爬上梯子，抓來幾顆黑褐色糖果（是椰糖吧），一隻掙扎著的小螃蟹。小孩和小孩很快就玩了起來。

老人自在的吸著菸，四周盡是耀目的水光，我背靠牆，放鬆下來。熟悉的感覺又回來了。不禁打起盹來。

屋內一隻黃貓翹著屁股，咕咕咕的走了出來，低頭挨擦我腳我手，咕嚕咕嚕的好像在說著什麼外語，又好像受了什麼委屈，一會更鑽進胸前來，挨摩久之。牠耳長如山貓，目光卻非常柔和。

吾家舊貓。

是的……。

我要求躺一下。

小屋激烈震動，鍋碗瓢盆一陣亂響。

如海的亂流，船之啓航。

一列火車從吉隆坡的方向來，吼叫著奔向新加坡的方向。

再度離鄉若干月後，一夜微寒，突然夢到身在故家。

赤足，腳板踩著柔軟潮濕的土地。四野大霧，樹影朦朧渲染，竟不辨舊家方向。沒有燈火堪作指引。也沒有熟稔的狗吠。

什麼都看不清，但感覺確切無疑。

猛地打了個噴嚏，身子一抖，才發現竟是光裸著身子。

流下清清的鼻水。

腳趾尖一陣劇痛，不禁蹲下，尻背立時被樹枝由下而上狠狠刮了一道。咬咬牙。靠近了些，勉強看得著，腳踩著了刺，血誇張的湧出，混和這草葉泥土上的夜露。

陽具卻不知爲何腫大如大豬公之屌。

這時聽到了遙遙而來親切的火車聲。就在不遠處。淚淌下，霧漸散，幢幢巨大的陰影顯現，是那一座座狀如墓塚的土丘。

初日現，醉紅。

但那卻是墓塚，有碑，我看到父親的名字。

祖父的名字。

我們的名字。

二〇〇三年六月二十六日

二〇〇三年十一月三十日補

原刊《聯合文學》二〇卷九期（二〇〇四年七月號）

原刊《星洲日報・文藝春秋》，二〇〇四年八月二十九日

原題〈土與火〉

另一個

　　前陣子因為常移動，或許因疲累之故，常出現一些幻覺，或夢境似的想像，甚或有置身夢境之感，深刻的感受到存在的錯位。

　　譬如說有一回到港島出差，正事辦完後便信步到島上隨處走走。不料很快便迷了路——但其實也無所謂迷路，因為那地方是整個兒的陌生——只是有很強的「迷路」的意念或感覺。所有的街道、場景、迎面而來的人或者他人的背影，那讓時間具體的事物——那表徵時間的、賦時間以表象的種種具體的事物，無一不是冰冷而陌生的。一剎那間我清楚的意識到，我和這些人事物的會晤，很可能就只有這麼一回，而我在宇宙中的位置，不也是如此麼？而有一股強烈的暈眩感，幾乎沒法子站穩，強烈的感覺到自己只怕快要就這樣消失了。再也沒有人可以見著。彷彿被過量的陌生所擦拭，似乎走著走著漸漸變成黑白的，再走下去則連線條也不見了。

　　年輕的時候，在都會常會有那樣的經歷：或者在路上，或者在公車上、書店、地下道或百貨公司之類的什麼地方、驀然遇到可愛的女孩，但往往僅止於一次的四目交會，年輕而多愁善感的心靈不免憂傷：此生的因緣恐怕就只是這一瞬的交換目光。然後她們便一一消失於各自的時空航道，與我不復有交錯。

往往離開即意味著錯位。

那些熟識或僅僅一面之緣的人，究竟會有著怎樣的各自的收場？

也許因爲總是午夜或凌晨才趕回到家（這多麼荒僻的小鎮），常常回到家門前，心裡反而慌慌的，並不是因爲做了什麼虧心事，或許是虛構敘事看多了，反而擔心一開門家裡空盪盪的，因時差的緣故妻兒早已離去；或者早已經歷了一次嚴酷的劫難，家已成了一片廢墟。或者在我遠離這片共享的空間時，某些不可思議的差錯發生了，他們被悄悄的移走。一直到見著那盞守夜的昏黃的燈，證實他們都在熟睡中，才放下心了；但有時會懷疑他們是不是被搬動過又放回原位，如書架上的書。

有時疲倦的躺在沙發上假寐，耳聞孩子的叫喚聲，卻會出現如下的意念：他們發現這個父親怎麼叫也叫不醒。再也叫不醒。

或者被移位的其實是我？

曾經和妻半戲言的商議，假使我們其中一方發生了重大的事故淪爲植物人，爲免拖垮家庭，是否該乾脆拔掉呼吸器，放棄等待？

年輕的時候讀過一本日本漫畫，裡頭有一則這樣的故事：

一男子守候著他那因重大傷害而昏迷不醒的年輕的妻，苦苦等待她的甦醒，而在等待中不斷重複反芻過去相處的美好時光以爲滋養。而現實卻是令人沮喪的，她的病況沒有絲毫的進展。他一再強忍著年輕男人的性慾，卻也不免漸漸的借酒澆愁。有一天他終於忍不住，把妻子交給他人，帶著酒意去尋歡。之後帶著悔意和罪惡感、對妻子的歉疚跪在她的病床前哭泣告白。然而這樣的行爲卻漸漸成模式：酗酒→尋歡→歉疚→告白。一段日子以後，甚至告白也省略了，流連歡樂場所三五天不歸也是尋常事。有一回在歡樂場所，他竟然看到一位年輕女子長相音容酷似他昏迷的妻，一瞬間所有的歉疚、悔恨和悲傷匯集，而軟癱下來，痛哭失聲。

就在那一瞬間，意識與幻覺的場景顚倒。

一年輕男子昏迷於床上已有頗長的時日，只有他年輕的妻獨自守候。他的病況毫無進展，連最權威的醫師都建議她放棄，而她卻相信奇蹟。憑著年輕女子對愛情的單純信仰：「只要他還愛著我，他就一定會醒來。」雖然覬覦她的容色青春的追求者從來沒有間斷過，她卻一一堅決的回絕了。然而時間一再的拖延下去，連男子的親戚朋友也都逐一疏遠，生怕被拖累。女子雖不放棄，可是龐大的開支已難以應付。只好爲他請了看護，自己下海去陪酒。尋歡客們醉翁之意不在酒，用盡各種計謀——道德勸說者有之、建議包養者有之、選民服務者有之；引誘的引誘、灌酒的灌酒、下藥的下藥、……沒多久，她就覺得自己快守不下去了，身心俱疲，甚至開始懷疑自己的堅持。「要是他再也醒不過來呢？」有一回，在尋歡客裡，竟然遇著樣貌酷似自己昏迷中的丈夫的年輕男子。那個照會，顯然令彼此都震驚不已。

她立時拔腿就跑，回到臥病的丈夫身邊，看護說，就在剛才，久無反應的先生突然身體激烈的抽動，且沒間斷的流下淚水來。

妻說：「如果是我，我會毫不猶豫的……。」

時空最激烈的錯位是在更早之前、那場眾所周知的大地震之後的一段日子裡。居處的堅固與否是個絕對的要素，和所有倖免於難的人一樣，第一次深刻的感覺到土地是活物，它會移位、跳動。它搖撼我們的腳。也如同其他經歷過那場災難的人一樣，我們也都應聽者的要求無數次重複的陳述過那貧乏而真實的倖存。貓無聲的各自逃亡去了，停電，我們摸黑帶著小孩和許多附近的逃難者共同聚集在鄰家的曬穀場，幾乎都是年輕夫妻摟抱著熟睡或驚慌的孩子，那是夏末的夜。天空並無異狀，只是黑得沉。所有人都在猜測究竟發生了什麼事。後來我們決定回到騎樓下把車子開出來，然後緩緩的在小鎮的街道上繞繞看，發生了什麼事。那時已是凌晨，路還是原來的路，只是兩旁的景致全變了。兩旁的騎樓，有的整排傾斜了，有的四層變成了三層，有的只剩下攤平了的頂樓。不管轉進哪條街巷，莫不是類似的場景。

是走進了真實的廢墟，還是悲觀者的噩夢裡？

死傷種種，是其後陸陸續續才知悉的。不少人家破人亡（天啊，多空洞的成語），我們且去搶購過食糧和食用水，然後和許多人一樣沿著破碎的路逃離了。一時如同置身危邦、亂世；而抵達北方那座繁華安逸的城市，霓虹燈照舊亮著，災難是不斷重播的新聞。天啊，簡直就是兩個世界嘛。而好意的朋友宴請我們美味的葷食，雞蝦魚肉，菜一道道上，意識一時卻難以調整過來。如剛跨過換日線，身處於激烈的時差之中。

爾後，有頗長的一段日子處於借居與搬遷的不安和困倦，而常有類似的夢境：我們開著那輛破車逃走，遠遠的離開那殘垣敗瓦之地，離開那一片巨大濃稠的黑暗，到有光的所在。我們一家子。好安慰的感覺，全都逃出來了。儘管許多人都被壓在瓦礫堆裡。勉強打起精神緊握方向盤，努力睜開幾度幾乎自行閉上的雙眼全神盯著路面上車燈照出來的白線或分隔島，而行駛中的車子裡頭的氣氛卻越來越怪，靜謐無聲。沒有人說話，難道都睡著了？似乎連呼吸的聲音也沒有。然後是味道越來越怪。天啊，一車子的腐臭味。我想轉頭看看後座的情形，卻發覺脖子不知什麼時候已經徹底的僵直了。車子便駛入沒有光亮的所在。

於是便轉入另一個場景。兩隻失蹤的貓立在牆頭上，好像在等待什麼。那隻我們老嫌牠笨的黑白貓倒是姿態優雅的舐著掌，一副不在乎的樣子；另一隻比我們認識的許多笨蛋都還聰明的，都狐疑不安，東張西望，身體動個不停，好像預感有什麼事情會發生。目光炯炯如兩盞小燈。

兩歲的兒子在沙地上喃喃自語畫畫，似乎已經畫了好一段時間。有一道光投照在他身上。我哀傷的發覺，他的下半截身體已經泛黑了。所以動作有點僵。有點像木偶。且那股黑氣有快速向上蔓延的趨勢。

於是我便祈禱。像任何正常的父親一樣。雖然我仍清楚的意識到自己是個無神論者。即使是鬼也無妨。反正祂們是同一族類的。

我清楚的聽到時鐘的滴答聲。兩隻貓四隻眼同時凝望著我。滴答聲如巨響。黃綠色貓眼裡清楚的鐫刻著時間的刻度，指針飛快的轉，或順或逆。在牠們眼眸的深處，漸漸亮起一道耀眼的金色光芒，越來越大，竟如旭日初升。爾後四野遠遠近近都是雷聲，大地震動。兩隻貓卻在那一瞬間自牆頭躍下，遁入黑暗之中。

清晰無比的，我聽到我那太早學會說話的兒子緩緩抬起頭，瞳仁幽深至泛閃出墨石的光芒，盯著我，一個字一個字清楚的說：爸爸，我不能再陪你玩了。因爲你已經腐爛了。

然後刺目的金光覆蓋大地。

其實我今天要講的不是自己的故事，而是我朋友的故事。也許因爲那不是個長的故事，所以把開場白說得長了。

我那個大學時代的朋友，姑隱其名吧，反正名字也只不過是個可替換的區辨符號。

有一回我在某個發展遲滯的小鎮的街上碰到他，差點沒把他認出來，其實是不敢認，倒是他先叫出我的名字。之前我們雖將近十年沒見面了，倒不料他的變化會如此之大。他看起來非常憔悴，好像突然老了十幾年，耳際的頭髮一片灰白，髮線後退，頭頂倒是光溜溜的，而且顯得異常疲憊，兩眼血絲且眨個不停，說起話來也有氣沒力的，身上還帶著股彷彿許久沒洗澡的流浪漢臭味。眞難想像他以前那種一頭野草口沫橫飛的意氣風發樣子。

反正我有點時間，看他一副寂寞疲憊的樣子，便約他就近到一家咖啡館敘敘舊。不料他後來表現得出乎意料的熱絡。也許眞是太寂寞了。

——怎麼搞的你最近？

——唉唉還不是……。

他的故事開始時和我們這個年歲大部份人類似，擠破頭掙一份所謂有前途的穩定工作，結婚，至少有幾年的工夫忙於繁殖或累於交配，族類給予的那套裝備好歹得用一用，好有個交代。

——總之忙啊忙啊。常常一晃，怎麼又是一月January了。

他說之前還好，只不過是以正常的速度老去。倒是不久前遇到那件怪異的事，才讓他身體裡面的時鐘亂掉。

小姐送咖啡來時不客氣的捏一捏鼻子。

不久前他到一個多風的小鎮開會，連續兩天的會開得讓人累到骨頭都痲了。會後和久未謀面的朋友一塊吃飯，也喝了點酒。因爲興致不壞，一搞又是半夜。散伴後又等了好一會，終於上了公車，一上車便睡著了。也不知道睡了多久，大概是車子輾過什麼激烈震動一下，他突然醒來。隔著走道另一邊的位子上坐了個男人，感覺很面熟，因爲車裡頭暗，又不好意思盯著人看，所以並沒看得很清楚。依稀是滿頭白髮、顯得十分倦怠的死樣子。

——我疲倦得很，闔上眼繼續睡。又不知道過了多久，車子到了一個很暗的地方，司機很用力的踩了刹車，又把我震醒。我看到那個死樣子的人緩緩起身準備下車，走到車門口回頭望了我一眼，詭異（似乎不懷好意的）一笑，嘴巴張了張，大概說了三四個字吧，我沒聽清楚他說什麼，那人的身影便消失在黑暗中。

——本來以爲這件事對我的人生不會有什麼影響，而事實不然。

他感傷的說。我發覺他講話時發出難聞的氣味。

——不過三幾個月，我就老成了這個樣子。跟你說你也許不相信，我現在的樣子就是那晚我在車上看到的那個人的樣子。

他顫抖著手從皮夾掏出一張摺得皺巴巴的照片，他解釋說，是在研討會上照的，神采不減當年。

——我後來想起來，爲什麼那人會讓我覺得那麼面熟。原來他就是我衰老的樣子。你說我是不是遇見鬼了？

——我才回想起，那人臨走前朝我張嘴說的那幾個字應該是什麼，如是不是「我等你」，就是「我就是你」，或是「我換你」。

——好像一個不小心生命就被偷換掉了。

（那你現在到底是？）

我不禁一陣毛骨悚然。

——太離奇了吧？

——確實難以置信。可是那一晚我回家——當然又是三更半夜——我老婆就嫌我臭，說我身上有一股死人的味道，洗澡洗了半天還是被趕去雜物間睡。一直到現在都還是那樣，更別說讓我碰她，連孩子都不讓我抱，甚至是她的愛犬——那隻死哈巴狗——我才沒興趣抱——我只會踹牠。牠竟然一直跟著我，一面聞一面吠，還常在我的皮鞋上撒尿。眞是他媽的人不如狗，生不如死。哪天逮到機會看我不燉了牠。

——最難過的是，孩子也跟著她媽媽嫌我臭。哽咽。怎麼搞的那味道……。

在感慨聲中他回憶起大學時代的女友。

——我常懷念她。即使分手這麼多年了，我還是習慣有意無意的打聽她最近的生活，只是想知道她過得好不好，她的男人是否有善待她。我只知道她常搬家，可能也過得並不安定吧。每回出差到□□，我都會到我們以前同居的那地方樓下散散步，懷懷舊，望望從前那房子的燈光，想像她在裡頭那安靜閒適的樣子。

——那年我們住在一起，「一起生活」。她眞是個好女孩，性情眞好，雖然有點慢條斯理，卻總是不慌不忙，活在她自己的速度裡。我最喜歡她那抿嘴微笑的樣子。所有羨慕我豔福不淺的人都沒想到，那種歡樂其實是不可思議的折磨，可是我又不能說出來讓自己洩氣。這也是我們後來終於分手的原因。可是我到現在還忘不了她，只要生活過得稍微不順遂，就會想起她的笑靨，我的腦子裡好像把那一年裡她映在我眼裡的影像都存檔了，（她的照片全要麼給我老婆燒了要麼剪得無法復原）我用雙眼整整拍她拍了一年呵。只要想起她的聲音笑顏，我就不會想自殺。多美好的往昔呵。

狀極感傷。卻露出一抹詭異的微笑。他的臉像燒壞的陶那樣滿佈細紋，好像快要崩裂似的。凝視他的瞳孔，他的目光好像並不是往外看而是內投，顯得極爲幽暗。

——我都喚她雲，現在也還這樣喚。在被老婆趕出臥房前，有時半夜被我老婆重拐扁醒，或者一巴掌打在臉上，不用問也知道嘴巴又在夢裡輕聲喚著我的雲。

——爲什麼會分手呢？眞是難以啓齒，雖然已經過了這麼多年。你也清楚，那個年齡男女同居還不是爲了方便做愛（準確的說，是假交配），解決生產過量的精液精蟲，享受青春的身體。我以爲她答應了「一起生活」就等於是默許，沒想到她這方面和聖女貞德一樣固執。她可以應我的要求穿上薄紗性感內衣摟著一起睡；也可以讓我在她跟前脫個精光，挺著硬邦邦的傢伙走來走去；可以一起光溜溜的洗鴛鴦浴，甚至幫我快活的洗浴。她全身上下哪裡都可以親、可以撫摸，但不可以讓她破身。她猶太教徒似的堅決說：我要留到新婚之夜，不然白色婚紗就沒意思了。

——你一定會想，都脫光了，硬上不就成了，反正她也抗拒不了。我不知道自己是太愛她了還是太膽小，怕一旦傷害她她就再也不理我了。每逢我實在受不了時，她常帶著撒嬌的語調神態堅決的說，不可以強姦我哦。她也會幫我安撫它摸摸它說：好可憐，腫成這個樣子。但無論怎麼哀求都沒得商量，她的口才好到可以說服男人把自己閹掉。有幾回實在是憋不住了，獸性大發，幾乎快要把她「就地正法」了，卻聽到她一面死命抵抗一面楚楚可憐的哭著說：「好吧，你強姦我吧，你這個大色狼，我們就到此爲止，等你快活完我們也就完了。我要跟你分手。」她一哭一鬧我就洩氣軟掉了。

——原來她所謂的「一起生活」就眞的是一起像家人那樣生活。她那方面的要求不高，抱一抱、親一親她就很滿足了。她說爲了我她已經讓步很多，差不多什麼都不剩了，就只剩下最後的那一點堅持。她說同居是爲了更深刻的考驗我究竟是不是個可靠的男人，還是和其他色迷迷的男人一樣。我也曾半眞半假的誑她說一定會和她結婚，哄她心甘情願的和我成其好事再說，她卻十分理智，她說，我們現在太年輕了，這時候最重要的是學習，而不是結婚。於是她鼓勵我到球場去不斷的做激烈的運動，做到看到她的裸身傢伙也不會有反應爲止。那可眞難。那個年齡，全身都軟了就是那部位是個絕對的死硬派。

——你可以想像那種痛苦。一個青春女體著薄紗笑迷迷的成天在你眼前走來走去。都快被憋出舍利子來了。好嚴酷的考驗呵。

——既然那麼相愛，爲什麼還會分手？

他竟然掉下眼淚來。

——我實在受不了了，在那就渴望交配的年歲。同居約半年後，也曾偷偷去嫖妓，或和其他放得開的女人（如我後來的老婆）偷偷上床，享受魚水之歡。她非常敏感細心，每回偷吃回來，再怎麼清洗她都會聞出蹊蹺來，表情黯淡的說：「味道不對。」哀傷的自言自語：「我能忍你不能忍？不是更多男人在追求我嗎？」其實從我疲軟的樣子她大概也就猜到了。我們都有預感可能分手之日不遠了。最糟的是，有一晚和死黨多喝了幾杯酒，回去看到她半裸的誘人模樣，這回借著酒意眞的變成一頭猛獸，像摔跤手那樣把她壓得死死的，把她像柚子那樣打開，她靜默無語只是流淚，我想：這回總得讓老子快活了吧？不料那話兒突然一陣劇痛，痛進腸子裡去，酒醒了，整個兒都軟下來了。我這才想起她曾受過短期專業的護士訓練，只消用兩根冰冷的手指就足以制服我。結果根部留下兩個深深殷紅的指甲痕。她冷冷的說：「我們緣盡了。」

——我整個人都冷下來了。我記得那是個冬夜。一時之間萬念俱灰。突然我看到她恢復以前的溫柔樣子，甚至更以其嬌媚的柔聲抱著我說：「對不起我出手太重。有沒有傷著……」幫我翻來覆去檢視傷勢。好一會淚眼汪汪的說：「不考驗你了。我給你好了。」拉我的手過去摸她濕潤的身體。可是我在那一瞬間好像變成了石頭。她眼淚流個不停，我想她畢竟是深愛我的吧。我也十分感傷，只是連淚水都流不下來，好像馬上可以去領殘障手冊。

——其後她也嘗試幫我做些復健的工作，甚至破天荒的違反她的潔癖租了好些三級片、變態的日本A片、和各式各樣挑逗之極的圖片——這些哪及得上她活色生香呢？不過小和尚入定了說不動心就不動心，諸法皆空。她也幫我找來各式各樣的偏方，從虎鞭酒、印度神油到尼泊爾的什麼樹根，有一陣子搞到紅紅腫腫快爛了，她還說：「顏色好像有點不對。」我悲觀的想，如果搞爛掉不如去變性和她搞同性戀算了，還可讓她永保處子之身。

——眼見武攻不行，後來她改用文攻。還對它說好話、唱情歌、兒歌、軍歌，甚至不知道從哪兒借來先總統蔣公的訓話以曉以大義，然而它還是戒急用忍，只供尿尿，思無邪。

——她大概是有點急了。後來不知從哪兒弄來各式各樣的符咒和祈禱文，還弄了盞小煤油燈，終夜點著，穿著日本巫女式的白色寬大的袍子，一臉的虔誠，搖著鈴鐺。好像進行著什麼祕教儀式，好像從猶太教變成了波斯的拜火教。她那樣子其實很好看，有一種認眞的美。其實我一點都不怪她，只是再也沒辦法像以前那樣說話。我隱約意識到我的人生已經起了重大的轉折。

——其後房裡堆滿乾枯的香草香花，整天瀰漫著股香精味，從薰衣草、香茅油、橘精、晚香玉、肉豆蔻到五香粉，還研究起食譜來！那時我想，如果再不離開，丟的只怕不只命根子，整個人都被製成臘肉也不奇怪。

——那時我想，我的離開對她也是件好事……

——最可怕的是它的後遺症。之後有好些年都力不從心，我一度悲觀的以爲永遠廢了。看過幾個名醫，都說只是心理障礙。反正時好時壞，非常情緒化。說也奇怪，每次聽到大官政客講廢話它就莫名其妙的振奮起來。反正不太受控制就是了。不然我後來和我老婆的關係也不會那麼糟。

其後他便陷入古怪的沉默了。

是陷入惡妻還是惡戀人的回憶？

綿綿的哀思？

也許你也猜到了。雲，正是妻的小名。聽到他說出「雲」這個字時，我竭力克制我的驚訝。但我懷疑他把我當成了另一個人，雖然他叫對了我的名字。畢竟他也懷疑他的人生被偷換掉了。否則爲何竟然沒有人和我提過她和我這個朋友的故事？就因爲我曾出國多年？她也沒提起過。據我所知，她也沒受過什麼專業的護士訓練（至少她沒說）。也許是另一人？她只淡淡的談到，她婚前曾經有過一個談婚論嫁的男友，「不過他很變態。」我就不好意思往下問。我們結婚時似乎也沒想到要請這個朋友，畢竟他只是我大學時的朋友，很少往來。

後來我和這位朋友也沒再往來，一直到那一回，一場嚴重的車禍讓我在生死關頭來回轉了幾圈，幾度陷入深度昏迷。老是夢到妻在按開關，按開時我就可以聽到聲音感受到熟悉的光，按關後便墜入深深的黑暗。我看到的光，或許正來源於妻那彷彿承自古遠的祕教般的儀式。每回我晚歸，她總堅持要留一盞燈，而且不是我們常用的電燈，而是從她鄉下娘家要來的那種農業時代的煤油燈——有著長長女孩腰身般的玻璃燈罩，裝填煤油的燈肚如歐巴桑肥大，且看得到盤著的腸子似的燈芯。她只讓它吐出一小截的燈芯，一點點橘黃的亮光，燈油就可以維持一整個夜晚。

——不怕火災嗎？

我老是憂心。

——你不覺得電燈不適合守候嗎？

她反問我。

在加護病房，我竟然再度遇到那位朋友。他插了一身管子，剛開始沒認出來，是護士叫喚他的名字我才知悉。但我不能言語。他變得更老了。

似乎是鈴鐺的聲音喚醒我。在意識的邊界，我看到妻遠遠的走來，從一處沒有光的所在；又遠遠的離去，向一處有光的所在。當她一身縞素，以一貫的慢條斯理款款走入病房，我的病友突然自病床上坐起來，枯槁老者般乾枯的臉上，露出恐懼之極、無比驚訝的神情，顫抖著手指著我或者妻，胸膛激烈震動著，大聲然而嘶啞含糊的吃力喊出幾個字，聽起來像是「又來了」或是「——另一個」。

二〇〇二年一月十八日

原刊《聯合文學》一八卷五期（二〇〇二年三月號）

我的朋友鴨都拉

我的朋友鴨都拉的情況比以前更爲嚴重了些，如果說是笑話的話，可能也是令人聽了笑不出來的那種笑話。但我們一貫的把他當笑話，他的種種異乎尋常的舉措，或者外貌的變化。

之前我們的生活裡總是少不了他的笑話，即使許多已是陳年的了。譬如說關於他偷吃豬肉的事，便是經常又經常重演的。畢竟燒豬是他最愛的美食之一，尤其是乳豬，他一個人至少可以啖掉大半隻。大家都知道進了伊斯蘭教之後，不吃豬肉是最基本的口忌，而我的朋友鴨都拉，在爲了娶那位貌美的馬來新妻之前（眾所周知，只怕爲的是背後牽涉的不言而喻的屬於土著而非土著無緣染指的龐大利益——從貸款到土著保留地，及各種執照申請的便利），他的口頭禪就已經是「凡是在地上爬的——除了嬰兒之外——都是可以吃的，阿拉說」。

那位馬來姑娘明顯的涉世未深，拜新經濟政策之賜，剛從學院或什麼地方出來便被安插進他的公司，而我的朋友鴨都拉雖然長得一副腦滿腸肥的死豬樣，嘴上功夫在（肥豬）圈內卻頗負盛名，十多年來涉世未深的新進女孩被搞大肚的傳聞就不止一宗，聽說要嘛讓心腹員工來揹黑鍋，或者付可觀的遮羞費了事。穆斯林少女是誰也玩不起的，就像尼姑和修女不能亂碰一樣。

進伊斯蘭教之後（用死黨們的話來說，「割掉那塊珍貴的皮之後」）如果有他的穆斯林妻子陪同，即使約了朋友也往往吃的是印度菜或馬來菜，或者速食；只要他那位「黑金妻子」不在，肉骨茶大包燒肉樣樣好，補償似的食量更勝往昔，一面還半眞半假的抱怨說，「你們不知道在家裡吃飯有多痛苦。」表情和身材卻看不出有任何痛苦的癥狀。只是逢齋戒月他大概就眞的比較痛苦，不過只要有地方讓他躲起來吃，他最有本事連齋戒月都吃到猛拉肚子。

譬如說我們就最愛在齋戒月邀他出來吃露天的肉骨茶，以欣賞他的張惶爲樂。「如果眞的被逮到的話，」他總會鐵青著臉說「那就慘了。」

「偷偷吃沒被發現，對大家都好嘛。」

我們常會好奇的問他說：「尊夫人不會從你打的豬肉嗝中聞出你對阿拉的褻瀆嗎？」如果明察秋毫的話，其實從他牙縫中塞的就夠判他刑了。因爲他牙與牙的間隔，好像比叉子的間隔還大些；也不知道怎麼搞的，且極之參差不齊，仔細看的話好像他嘴裡的牙齒其實不止兩排，少說上下各三四排。我們常互相開玩笑說，「千萬別給他咬到，很難醫的。」或者再補一句「不知道要怎麼樣縫。」

又譬如說有一陣子他赫然身披那種連身的阿拉伯長袍，還纏了頭巾，據說因爲有來自中東的外賓來訪，他官場上及宗教界的朋友希望他有所表現，畢竟他是少有的成功的樣板。而損友的反應除了捧腹大笑之外，只問了句：「穿成那樣——不會熱嗎？不會——癢嗎？」長袍根本遮蔽不了他滿是肥油的肚腩。

但他有時在酒後會語重心長的向我們這些老是笑他的損友說，他那樣做其實不是投機，而是用心良苦，有著遠大的抱負。

「我在做一場實驗。」他總是漲紅著臉哈著酒氣齜著滿嘴爛牙，「犧牲小我，爲國家的未來謀出路。」

當然我們都知道他接下來要說的是什麼故事，關於娶四個妻子的夢想。

眾所周知，此地華人一旦進伊斯蘭教，華人社會會將你視同「入番」，而馬來社會仍不會毫無保留的接受你，在這個意義上，我的朋友鴨都拉提出他的二〇〇二宏願：娶四個不同種族的妻子，一個華人、一個馬來人、一個印度人、一個「山番」。

令人懷疑的是，他和他的穆斯林妻子成婚時，恰是他的地產生意陷入危機之時。新妻娘家作爲某州皇室的瓜蔓親，和諸多馬來新興資產階級都有著可以論證的血緣或地緣關係，順利的解決了他的「瓶頸」。

可笑的是，他早有原配，是我們一向稱她大嫂的非常熟稔的華裔女子，他之決定「族群融合」自然引起好大一陣家族風波。妻子娘家的反應之激烈可想而知，他那些有暴力傾向的舅子甚至放話要砍他，而他自己家族裡的成員對他的「入番」也幾乎一致的抱持否定的態度，我們原以爲離婚至少是免不了的——他處理危機的能力不由得不令人佩服——竟然給他安然的度過了。「糟糠」和她的親友只要求讓她「做大的」，並且不住在一起；「下不爲例」，不能繼娶第三房；她和原配生的小孩也不能跟著「入番」；還有財產繼承……等相關條件。這樣的結局其實也在情理之中，因為我的朋友鴨都拉是那兩個家庭奢侈開支的供應者，一直讓他們維繫著比中產階級更好的生活。誰也不願見他陷入危機。

為了表示他的虔誠，娶新妻之後每年都固定往麥加朝聖，他說，「機票其實很便宜，划得來的。」所以他理所當然的是個哈芝了，而他的財富之快速累增倒是不爭的事實，尤其是涉足了華人不易涉足的加油站及國營事業，他不單是許多華校、會館、神廟的贊助人，也身兼若干公益團體的理事。不辭勞苦的向他的財主朋友們捐錢，贊助馬華文學的出版，竟然鬧到去寫作了。當他的第一篇專欄在某中文報副刊刊出時（〈談馬來小吃〉），這些豬肉朋友足足笑了一個禮拜，典型的反應是：「為什麼不是寫〈談肉骨茶〉或〈我與燒豬〉或〈齋戒月與我與豬肉〉？」這回搞到他差一點翻臉，好幾回氣到獨自個去喫肯塔基炸雞。我們這才察覺他竟是十分認眞的，和此間許多大老闆一樣，「商而優則儒」，而「非文不儒」，紛紛搖身一變為作家，就像是殺人犯在被槍決前也要寫本懺悔錄變成作家那樣。

好一陣子不再看到他的文章在報上出現，我們猜想，也許轉到馬來報去了，畢竟他是國中出生的，馬來文的底子也不差，寫寫短文應不成問題。

但不知怎的，他還是變成了作家。而且當他以作家身份出現時，完全是另一個樣子，衣著和表情都嚴肅得像個語文教師。帶了頂假髮，且蓄著馬來人式的小八字鬍，人也顯得瘦了些，且常皺著眉頭。好像是另一個人似的。

有一回作為華社公益活動的熱情贊助人我們共同出席某大報請來的某位非常大牌的台灣作家

（大牌的程度：不止左手寫詩右手寫散文、右左腳寫小說和評論，還搞翻譯——據說是某種特殊的祕密夾筆技，和古印度的瑜伽術有關——必須閉室裸裎以從事）來指導我們整個文壇，他在會上認眞的問了個這樣的問題，我們才察覺他的作家身份的：

「敬愛的大師：我有個問題非常困擾喲。我出過十幾本書，每一本都賣得很慘喲。最慘的還是文學界朋友們的批評。像我的小說都是寫我們華人，就有人批評我族群中心，問我爲什麼不去寫寫馬來人、印度人或者卡達山人；另一個評論者更過分，問我爲什麼不去寫外星人；像我喜歡寫政治、經濟、教育這些華社最關心的大問題，就有人批評我爲什麼不去寫高速公路收費年年漲價、立百病毒、骨病熱症、苦旱不雨這些和小市民生活更直接有關聯的民生問題……」

大師的回答也値得一記：

「……你可以去寫猩猩。」

「？」

「你們馬來西亞森林裡不是有很多紅毛猩猩嗎？」

「？？？」

我不知道他有沒有被打敗，後來再遇到他他又回復原來那副胖墩墩油肉肉的樣子，且一概否認那一晚（他以作家身份出席）發生的事情，直嚷說：「寫兩篇短文就給你們笑成那樣，哪裡還敢寫。你不會是認錯人了吧？」而且竟然提出了他當晚的不在場證明——他竟然去嫖妓！

不是違反伊斯蘭律法嗎？

「沒有被抓到就不算。」他一貫的摸摸鼻子回答。

他還堅持要把她叫出來說要和我「分享」。

一個大眼睛拖著烏溜長辮子的印度姑娘。

「兩個老婆還不能滿足你？」

他神祕的笑笑，「別忘了我的二〇〇二宏願。下一個是印度妹哦。」神祕兮兮的在我耳邊說，「那種感覺完全沒辦法形容。」淫穢的哈著氣，一臉油膩膩的貪饞狀：「有印度咖哩味哦。」

和我們這夥裡大多數人一樣，嫖妓和喝酒吃肉都是基本的生活需求——我們比較愛說那是「基本人權」——但一般最愛的還是泰國嫩雞，常常以各種名義（家裡女人可以接受的名目，不外乎談生意、考察、招待外賓、拜佛還願等）結夥北上，彈盡之後才腳軟眼花的歸返。我的朋友鴨都拉一直都是積極的盟友，也愛極了幼女——開苞更是最愛。

所以我們都有類似的外觀：有一個巨大的肚腩，相撲選手似的身裁，站起來看不到自己的腳趾頭，酒糟鼻、頂上髮稀疏（或全禿）、臉多肉……。

關於他和印度人之間的「敦睦」傳聞漸漸多了起來（我們較常用的術語是「和番」）。我們沒想到鴨都拉娶了新妻之後還繼續維護他下半身的「基本人權」，而且竟然愛上極重的口味。猜想他和穆斯林妻子之間一定有不可告人的、違反人權的事端持續發生著。而他和元配之間經歷過「入番」的事件之後，早已「相敬如賓」了，所以他的基本需求恐怕只有求助於人類最古老的行業了。

那回我為了擴展在台灣的寺廟連鎖事業而到台中和一群和尚尼姑召開我們跨國寺廟的董事會議（很少人留意到，開廟比在阿拉伯賣礦泉水還好賺），回國後好一陣子沒有他的消息，再次見到他時是在一個全國性的華文中學畢業生獎學金頒獎典禮上，竟差一點沒認出他來——不止是因為他一直低著頭好像在躲債似的，而是因為他原本油光滑亮的頂門上多出一大握烏黑油亮的毛髮。

他的禿頂開始得早，二十多歲之後髮際線就漸漸往後退了。期間用遍了各種生髮水和各族的祕密配方（包括我的寺廟生產的三十幾種騙呆子的偏方），聽說只有一種吃了那話兒硬不起來的藥可能會有用，可是因「違反人權」他是死都不肯用的。有人建議他植髮，還建議他「用種甘蔗的方式——打橫種——比較省。」不知怎的他一直不肯去動手術，似乎是什麼迷信的原因，或者沒找到適合的「髮種」？

典禮後我硬是把大姑娘似的垂著頭紅著臉的他拉到陽光下，就為了仔細看他頭上那撮東西。略略把玩，比一般的頭髮粗硬，最長的不過三、四吋左右，看起來似乎不會再長得更長似的；怎麼看都不像是長在頭上的東西。

「是別的動物身上搬過來的？」他搖搖頭。

「人身上的，不是頭髮？」他用力點點頭。

「那也可以種？」

「屁股皮都可以做臉皮了更何況——」他吶吶的吐著大口氣說。

後來他緩緩解釋說他最近和穆斯林妻子出了點問題，是非常嚴重的問題，「她在鬧離婚。」不用說是吃印度咖哩吃出了問題。「爲了表示我的忠誠——」他指指自己低垂著的頭。「她是眞的愛我的，竟然肯那樣的犧牲。我原不過和她開玩笑。」

接下來的幾個月他果然收斂多了，死黨們的邀約不論食色一概回絕，專心守著家業，見過他的人都說他的體重減下來了，事業做得更大了，竟然連外銷礦泉水到阿富汗的生意都給他包攬著，而頭上那撮「鬍子」也長得更爲濃密了。然後他年輕窈窕的穆斯林妻子羞答答喜孜孜的懷孕了。

沒想到就在離他妻子預產期沒幾個月時，他竟然還是出事了——這回鬧了一個大而悲慘的笑話。

他大概原想封鎖消息，但在這封閉的城市，那幾乎是不可能的，以他的社會知名度，不上大報就已經很走運了（一干子狗仔小報倒是經常杯弓蛇影的影射我們這些有頭有臉的人的私生活）。我們約好了在一家知名的私人醫院（以隱密度高而廣受有頭有臉的人推崇——我們個別也都光顧過——譬如說搞上的女人不愼懷孕）碰面，事先說好了要以嚴肅的心情去看他，誰也不許當面取笑（要笑出來外面再笑）。事實上醫生不讓我們進去和他說話，說他的病情還好，只是情緒上的打擊太大，只許從外頭玻璃門外瞄一瞄。只瞧見他下半邊臉上捆著繃帶，兩眼緊閉，熟睡狀。他的穆斯林妻子包著頭一身黑服如寡婦，大腹便便的斜坐著，連目光也不與我們照會，彷彿在怪責我們似的。

年輕的印度醫生悄聲向我們報告他的病情：他同時染上了三種印度人特有的凶猛的性病。更麻煩的是，他感染的部位不止是生殖的部位，而且舌頭、雙唇都頗爲嚴重的感染。「用餐的習慣不好哦。」醫生不懷好意的眨眨眼笑笑。「我們用到第三線的抗生素，希望可以控制得住，不然麻煩就大了。」

可能會有生命的危險？

「需要長期治療。」

醫生拿出一個小盆子指著裡頭一撮芝麻大小的事物表情曖昧的說，「都是從你們朋友頭上那撮毛中抓到的——牠們原來就住在那種地方。」

一個朋友掩著嘴小聲的用廣東話說：「係陰蝨啦。」

進一步帶著笑意補充說：「梗係印度陰蝨來的。」

熟識的印度醫生略帶惱怒的向我們這群老主顧以馬來語斥罵說：「警告你們多少次了，出去玩一定要注意安全，至少戴上保險套，現在的妓女多毒，搞到愛滋病就死定了。」遙指鴨都拉，「不過以他的情況，只怕保險套不夠用，要戴防毒面具。」

一段時間之後，我的朋友鴨都拉大致上沒問題了，只是舌頭因嚴重感染而被迫截除了一小截，以致從此說起話來聲音怪怪的，因尾音發不出來而含含糊糊的；嘴唇也有一些缺損，幸虧那還可以用「屁股皮」補回來，雖然仔細看還是可以看出那修補處的顏色似乎淡了些，多少反映了它的來歷。鼻頭也爛掉一點，右手兩根最常用的手指頭也爛了幾個大疤。

「就算醫好以後也不好跟他握手。」一個朋友落井下石的說。「早就警告過他，要玩找乾淨的玩，他偏偏喜歡『重口味』，而且喜歡『眞槍實彈』。」

「臉和手都爛成那樣，『老二』爛成怎樣，也就可想而知了。」另一個不勝唏噓的說，「可能連小便都會有問題。」

接著最大的打擊無過於他臨盆中的穆斯林妻子透過她的家人訴請離婚，結果是不言而喻的，雖然那些原來就不喜歡他的人（尤其是那些譏他投機「入番」的人）還是缺德的在背後笑他「皮白割了」，但大部份朋友其實已不忍再笑他了。然後是國家經濟突然陷入不景氣，小銀行和許多國家及私人公司紛紛爆發財務危機，不少還是有皇親國戚或權貴撐腰的。我的朋友鴨都拉自然也難以倖免。好幾樣賺錢的代理權很快的都被收回了，之前的信用貸款幾乎無一不掛彩，甚至危及了他事業的原始根基。大概是打擊太大了，新種的頭毛也隨之參差斑白。這樣的打擊自然讓他遠離所有的公開場合，以至有好一陣子沒有他的消息。

國家整體經濟陷入嚴重危機，隨之政治和社會的不安定也蠢蠢欲動；連我的朋友鴨都拉最爲尊敬的「一人之下、萬人之上」的領導人，也一夜之間被打黑了一隻眼睛，被控玩男人的肛門及貪污被送入大牢。可是就我的行業，卻是時機一片大好。之前我和一群有識之士著力發展兩個系統（佛教和道教——涵括所有的教派，蓋遍東南西北、台灣香港新加坡），從天后宮到城隍廟、大伯公廟、土地公廟、崇福廟、地藏廟、地母廟、天帝廟、觀音廟、濟公廟、……極樂寺、善導寺、大悲寺、法華寺、佛光山、五指山、金鋼山……。景氣越不好，我們的生意越興旺。那一段時間（拜之前「回儒對話」的良好政治氛圍）我們正研發復興孔廟（好跟回教堂「對話」），計劃先從華文獨立中學做起，在所有的華文獨中內蓋孔廟，恢復舊禮制，再逐步擴大到各華人會館、社區、墳場，以期和回教堂一樣普遍。我們評估一定會獲得華社熱烈響應、獲得數不盡的捐款、獲得廣泛的尊崇。同時也計劃壟斷華人（基督教徒及回教徒除外）的死亡產業（壟斷了寺廟之後這一步就不難做到了）——從臨終祝禱到整個屍體的處理、埋或燒了之後的長期保存或保養等等，是一項有長期收益的事業。爲了擴大市場及提高本地的華人文化水平，那陣子我們正委請幾位國際知名的新儒家幫我們規劃一套儒家式的死亡禮制，依消費能力分爲三至五種等級等等。我們的盤算很簡單：即使再怎麼不景氣，人還是會死的，死了就不免需要花錢去埋；據專家評估，儒家式的埋法更有利可圖。同理，景氣越不好，廟裡香火越鼎盛。

忙著自己的事業，無暇注意我的朋友鴨都拉的情況，朋友們都謠傳說，他失蹤了。和內政部較爲接近的朋友甚至說，鴨都拉的名字出現在最近美帝的追捕名單上。

「不會吧？」

所有聽到的人反應都一樣。就因爲他的名字裡也有個「賓」（bin）？

還是因爲他搞砸了的二〇〇二宏願？

從美國的被炸，到美國的反恐的恐怖轟炸，菲律賓南部持續有年的恐怖活動、印尼的暴亂，家鄉反覆的紛亂和經濟不景氣，邪惡核心美帝國主義的邪惡軸心宣戰計劃、以色列入侵巴勒斯坦……都讓美帝上緊發條。

美帝探子的消息指出，有證據顯示他和「亞洲奧薩瑪」有接觸。最近媒體揭露我的朋友鴨都拉其中一間別墅附近——名副其實的近鄰——竟然躲藏著一位最近在鄰近國家策劃多起炸彈爆炸案的「亞洲奧薩瑪」。最後接觸到他的人證實，他退隱後和那個狂人有過幾次不期而遇的照面，但根本不知道那是「阿尼大尾」的恐怖份子。照片上的人無疑他認得，就是那個常和他一起到最近那家肯塔基露出白森森大牙狂啖雞塊的魁梧大漢；也不知道多少回相遇祈禱於回教堂；也依稀有過幾回短暫、語焉不詳的禮貌性寒暄，也許竟也交換過最近百姓們對現狀的普遍不滿——關於持續的不景氣和政府一慣性的以壓制代協商——等等。然而和大多數對現狀有意見的百姓一樣，再怎麼樣發牢騷也不至於去丟炸彈，誰也不希望破壞辛苦獲得的基本安逸（譬如可以享用萬惡的帝國主義的美味炸雞，而不像阿富汗那樣悲慘），即使是那陣子的熱烈遊行，身爲小資產階級的我的朋友鴨都拉雖被激進的友族友人再三慫恿，卻也無動於衷。

過去的酒肉朋友倒也擔心起他的安危來。所有他可能去的地方，他各處廢黜的行宮——連他離婚妻子那兒及他的怨偶糟糠那兒、他病危的印度情人那兒都找過了，一無所獲。最後竟然給我找到了——他竟然躲藏在我們甫蓋好坐落於黑風洞附近一間華小旁、尚未正式啓用的全馬第一間、東南亞最大的孔廟。我幾乎忘了他是我們跨國企業的股東之一，和負責看守的人也熟，也沒人敢攔他，「睇佢的樣眞係好慘，」看守人向我匯報時不無同情的說，「好似失咗魂咁。」

他就借住於我爲自己留下的一間隱祕的靜修室裡。

他說他怕亮。「曬太多太陽了……。」應他的要求，只點了盞微明的油燈。

「叫半隻燒豬吧？」他堅決的搖頭。

他瘦多了，精神委靡，沒仔細看簡直就認不出來。像糖尿病患者那樣變得枯乾黝黑，身上多餘的脂肪似乎全燒光了，臉頰深凹，嘴皮緊緊包裹著偌大的牙盤，頭也顯得不成比例的大，好似一下子老了十年。一望而知他最近是吃盡了苦頭。稀奇的是，頭上的毛髮倒顯得格外的烏黑油亮，而且還長長了——約莫有半尺多長。長在他半凸凸的頂門中央，令人看了忍不住想要摸一把、握一握。

我安慰他說不會有事的，一定是美國人搞錯了；不過建議他不能躲這兒，也不安全，不如乾脆出家算了，反正他的頭髮不多，要剃度也省事，只需忍一下痛燒幾個戒疤，也不會比割包皮痛；我們公司深山裡有的是廟，要躲的話誰也找他不到——不過肉是沒法再吃了。

他擠出滿臉皺紋像隻猩猩那樣咧嘴笑笑。

我們談了大半個夜晚，聽他緩慢的敘述這些日子以來的種種。

他以大舌頭那種特有的含糊不清緩緩的說，他反正有家歸不得，一無所有，什麼都不怕了，他剛從阿拉伯回來（他說，反正他的祖先來自那裡〔？〕），到撒哈拉沙漠去散散心，看看橄欖樹（？？），順道去阿富汗看看他以前在那兒的礦泉水公司，早就被美國人炸毀了。苦得很，好久沒吃肉了。找老朋友借住個幾天，休息一下，順便道個別。他就要到爪哇去了，反正他老家在那兒（？？？）。漸漸他陷入可怕的獨白，好像眼前沒有我這個人似的；眼眶深陷於頭毛的陰影之中。

他說他突然好想念書，說了段關於他爸爸的故事，聽起來他似乎已經是另一個人了：

「……我爸爸的工作是當馬六甲拉惹派往馬來諸邦的代表。過了不久，巴達維亞的政府祕書傳來一項命令，要他到寥內、凌加、彭亨、丁加奴和吉蘭丹等地去搜羅馬來文書籍。我爸爸到上述各地後，買到了部份書籍，有些是拉惹們當成廢物贈送的，有些是雇人抄錄的，最後大概收集了六七十部各種不同名目的書籍。」

隨著夜漸深，他突然改用馬來語獨白，時而高亢時而低沉，談到新加坡的奇聞軼事，喜歡吸食產婦血液的無頭鬼的傳說、降頭的傳說；因華人農曆年放爆竹不愼造成大爆炸，燒毀了他的家當；談到許多他和萊佛士之間的故事，關於萊佛士之懼怕榴槤，萊佛士之勤勉學習馬來文及收集馬來文古抄本、博物學家似的好奇和專注……語調中滿是緬懷和尊敬；講到送萊佛士回英國時，竟然還難過的流下眼淚，啜泣不已，好像是剛剛發生的事。隨之敘及他的馬來文教師生涯、與英國牧師湯遜合作把聖經譯成馬來文……他編纂第一部馬來語語法書的苦心、編印《馬來紀年》……述及妻子因難產而死而號啕大哭，直哭至聲嘶力竭、涕淚縱橫，像猩猩那樣澎澎澎的猛力搥打自己的胸部，讓我有置身原始叢林之感，一時不知如何收拾眼前的一切。

也不知什麼時候他才從緜長的啜泣中回到語聲濁濁的講述。因我顯然因止不住瞌睡就那樣坐著睡了好一會。然後被一種怪異的、念咒般的聲音喚醒。

他的目光早已不是投向我，似是投向屋宇高處的幽暗，或竟是反投向他眼底深處更爲黑暗的地方。他喃喃不休，根本不是在向我告白，彷彿我並不存在，而是向某個超自然物（用我這一行的專業術語來說，即神明），越說越快越含糊，漸漸的我也聽不清他在說些什麼，像祝禱、像詛咒、像深山困獸的哀鳴。好一會我才猜出他大概是改用阿拉伯語了。雞啼了，是一日之中最爲黑暗的黎明前夕；突然間四面八方遠遠近近的共同響徹回教堂的誦經聲，幾至極限的高音喇叭，徹底覆蓋了雄雞的啼聲。我的朋友鴨都拉立時五體投地，面向最深最深的黑暗，朝向聖城麥加的方向。

大概就在那個時刻我終於忍不住睏倦睡著了。不知道過了多久——彷彿過了很久，但我想其實不過一會——就在那鬧鐘般劇響的祈禱時刻之中，我在醇厚的鐘聲中恢復意識。有一種油然而生的喜悅，初聆我們廟敲響的晨鐘——尙未正式啓用、遙遠的古國贈與的一口有它自身歷史的銅鐘。

天已經微微的亮了，濃霧自小窗湧入，而我的朋友鴨都拉，卻已消失得無影無蹤——彷彿隨著夜的消逝。

幾個月後，我們這一干死黨再度會聚，卻是在他的告別式上。這回卻是誰也笑不出來了。道士敲鑼打鼓連天價響，遺容笑迷迷的是他最肥的時候拍的，滿面油亮，頭皮還在發光。家屬哀感不在話下，而現場的氣氛卻有一股說不出的詭譎，感覺上那不止是哀傷，還瀰漫著一股屈辱和不甘，無法掩飾的怨氣。我幾乎是不忍看了——但同夥中有人認眞在找——關於他最後的遺容，離奇的是，棺木竟是已密合釘封了。這都不符一般讓親友見最後一面的慣例。我猜想，只怕是不忍卒睹（難以修補的毀損？）……那令人不堪的病。這是現場悲痛而詭譎的原因？

葬禮後不久，消息靈通的朋友講了一個關於我的朋友鴨都拉的最後一個笑話：原來那葬禮上的棺木裡頭並沒有屍體，而是塞了許多他生前的舊衣服和用過的物品，聽說包著幾本舊電話簿和通書、生前常看的金庸武俠小說和《西遊記》，寺廟贈送的《地藏菩薩本願經》和辭典及一台壞掉的老舊電熨斗。以便「抬起來好似裡面有隻鹹魚咁重」。

那他的屍身呢？天剛亮就被搶走了。畢竟他仍是個穆斯林，那邊的人一早就派了人來，不由分說掀開蓋子用白布裹了就走——而且還有軍警陪同——用軍車運走（詳情請參考他外甥女寫的〈別再提起〉。）當然早就埋了，白布包裹，像插秧那樣種進他們的墓園，面向麥加的方向，永世懺悔。

二〇〇二年六月

原刊《香港文學》二一三期（二〇〇二年九月）

那個大雨滂沱的夜晚

1

漫漫的魚腥味，稠密如重霧，濕答答的。

死魚翻白於淺淺的溪床，惡臭把長草也醃成一片醬色。

腳步聲叭嗟叭嗟下來，又趿拉著叭嗟叭嗟上樓去。

腳又長根了。不是長在土裡，而是在流水中飄蕩，像岸邊被抽去根基的竹叢。

洶湧澎湃的流水，黃濁，漂蕩著枯枝敗葉，一吼一吼的翻過高高低低的河床，撫平了河床上慣生的灌木和亂草，濁水塞滿了整個舊河道。

被連根拔起的樹，拉拉扯扯的半推半就，與河與岸土與水牽扯不清。

又是父親，那張灰撲撲悲慘黯淡的臉。

父親就被夾在那亂紛紛的枝椏穿錯間。

眼耳口鼻都是泥巴。尤其是那微張的嘴，斜傾時泥水便汩汩湧出。

一直湧出。好似可以吐出一條河。

竟有幾條仔魚，泥鰍之屬。

於是常夢到父親灰濁翻白的眼，和口中不斷吐出黏稠包裹著的黑晶晶的蛙卵，與及那條洶湧的河。

河也在夢中擴張它的版圖。吞沒了岸，及岸邊的一切。牛、羊、樹、籬、小鎮。

她裸身仰躺在河面上，像一葉舟子。載著螻蟻和昆蟲，兀自發亮。

2

什麼石頭般冰涼的東西碰著臉上，怎麼挪也挪不開。夢到被逼到牆角，冰冷的牆觸面，好像被封進石棺裡頭。粗糙如沙礫。酸酸澀澀什麼味道。原來是他那雙不可思議的，走過半個地球的大腳，鞋底比皮鞋還厚。她竟倚著那樣冰冷的腳睡著了。

雨聲突然消失了。清晰的是，沿著石壁，靜默無言般流瀉的水聲。靜得可怕。稠密的流狀的寒意和魚腥味，污水一般的穿過小窗的紗網，小房間裡的一切，彷彿在時光裡凍結了。

像置身河口匯積著穢物的沼澤濕地。

房間裡且瀰漫著股墓室的怪味。

就那樣直直的躺著，這才覺得他的巨大是無法忽視的，也近乎無法容忍。整個小房間被塞得滿滿的，窄小的床其實只勉強容得下他的身體，兩隻腳還剩出好長的一截掛在床尾。胸肚手腳密密的狼一般的堅硬赤褐色長毛。任何微小的行動都很難不碰觸到他身軀的某一部份，是多麼巨大的存在啊，曾一度是她生活的全部。而今當他陷入無限的靜止，更覺得他的巨大。畢竟是外國人啊，分開的雙腿胯間的男根，垂放著仍是驢一般的長而大。曾經令她如此著迷，曾經引領她導入時間靜止、空間歸零的無限之地。

總令她情不自禁的渴望有一個孩子。在瘋狂的曠野般的吼叫聲中張嘴噬咬他牛腱般堅實的肩膊。她甚至迷醉於齒牙間血的微鹹與腥氣。

像兩尾沼澤巨蟒那樣瘋狂的翻滾交纏，輾過的荒草盡皆靡爛，過熟的野果在腐敗中散發出妖氛酒味，種籽芽端蠢蠢欲動，甲蟲破土蛻化。小房間裡盡是體液淫佚的蒸氣，公牛以角奔撞，悶悶的震蕩著盤根於地母的老樹，果實如雨紛紛；千年的水磨把黃豆輾成糜粉、流下汁液，商旅歷盡沙漠的煎熬，渴求水露。急促的喘氣總讓她幻覺撲滿了迷途的蛾，遠方的森林深處開滿了幽藍羞赧的花。她彷彿可以感覺到卵子成熟的輕微的爆裂聲，百萬雄獅夜襲，野火燎原。

好似被坦克來回輾過。

畢竟是一場毫不留情的交尾啊。

「是不是很棒？」他以老外那種平上去入不分的腔調，略帶輕佻——或職業的口吻。叨了一根菸。她知道後面還有一句沒說出的話：「很多女人都這麼說。」或「嚐過的女人都這麼說。」

這是個以「播種者」自稱的異國男子，以學習華語的名義漂泊到這個依賴的國度，自稱是

「阿拉伯的勞倫斯」。爲什麼會讓這個她原先不屑一顧的男人——擺明是衝著島上女孩崇洋的心態而來佔便宜的——登堂入室？甚至長住進她明顯容不下他龐大的異國身軀的斗室？那時她是多麼的鄙夷這樣的男人——總是雙手插在褲管裡，斜靠著候診室的牆，一臉滿不在乎的表情，不同的年輕女孩（有的甚至是驚人的稚齡）挽著他的手披髮啜泣，等待迎著她們年輕身體的「月經規則術」。

作爲護士，她有時會忍不住粗硬的訓她們：「要玩也要會避孕吧？」女孩總是撒嬌似的扭著說：「他不肯戴那個套子啦。」「不肯？」「他說戴了就不爽了。」「不怕他有什麼病？妳不怕性病？不怕他有愛滋？妳看不出他是專門來我們國家玩女孩子的死老外？妳不怕死？」有時甚至忘情怒斥：「犯賤？」彷彿忘了她跟她們不過是一般年齡，也屢屢招來唯利是圖的老闆的警告：「妳少管閒事。沒有這種會下種的大雞巴和蠢屄，我們的生意哪可能這麼好。」

但即使是很愛錢的醫生娘（顯然並沒有受過專業訓練的她還常常經常親自上陣），有時看到一再上門的一臉疲倦的少女，也會不禁破口大罵：「整天來刮妳不怕死啊？」「會偷吃不會擦嘴巴？」

麻醉後軟癱的身體。

劈開的白淨大腿，裸著的，稚嫩的生命的母土，有的稀疏如苦旱的土坡上奄奄待斃的黃草，有的躁鬱如雨林濕地。

看著冰冷的鴨嘴器將她們私密、柔軟的身體撐開，彷彿有微疼的悶哼聲。

少女的靚顏。老婦皺巴巴的臉，木刻的紋理。

夢中乍然響起的哭泣聲，是母親的哀嚎，還是嬰兒的啼泣？

有太多事是沒法子解釋的。

壞心眼的男人，甚至習於偷偷把套子剪個洞——如果遇上堅持要他戴套子的女孩——在女孩欲仙欲死的曚昧時刻。

有時他會辯稱是基於宗教的理由。「那是違反自然的……」他說。那個割包皮的宗教。他身上這裡那裡總是帶著沙，好似沙製似的。他說他來自遠方的沙漠，黑暗大陸某個嘰哩咕嚕的邦交國。眼窩深凹，淺綠的眼珠幽祕而深邃，好像可以聽見平野的風聲。身上總是披裹著沙漠子民裹屍布似的袍子，露出多毛的大手長腳，稀奇的是手掌卻柔滑如女子。

好似某個祕教的傳道人。

留下哪一個部位作紀念好呢？

邪惡的手？無辜的腳？好像沒什麼用的頭？

令人又愛又恨的驢般的陽物？

還是……通通都不要？連肚子裡被種下的芽？

或是他留下的那串灰白的骷髏頭項鍊，他曾睜大那說謊也不眨一下的水色瞳孔說，是眞的人的頭骨縮成的哦。

3

但原來不是這樣子的。

父親搭了座花園，滿栽他最愛的台灣百合，伴著玫瑰、波斯菊、矮牽牛、薰衣草等，百合雖年只一季，但一年裡，卻總是繁花盛開，生生不息。

常目送他的身影從昏暗的室內危顫顫的融入屋外刺目的白亮。

如文人般孱弱的父親。

和那黧黑、高了一整個頭、孔武有力如巨獸般的兄長相比之下，顯然的不成比例。

「南進」前匆促的完了婚，最恩愛時離別，其後是生死茫茫的等待，好不容易等到他回來，卻只剩一把骨頭，兩眼深陷，目光迷茫，嘴唇和手腳一直發著抖，嘴裡喃喃胡言亂語。母親提心吊膽的等他回鄉等了許多年。等到的是一副空洞枯槁、失魂落魄、嚇破膽了似的悲慘形象。家人一看心都涼了半截，廢了廢了，還以爲從此需送去療養院。幸好還認得家人，在家住了段時日，宰了些雞鴨用各色中藥補一補，倒漸漸有起色，長了些肉，眼眶沒那麼凹，手腳也沒抖得那麼厲害了。

但最好似乎也就是那個樣子了。

說是在馬來亞叢林裡險被困死餓死砍死。

「多隆……多隆」夢裡拉長的鬼一般的哀叫聲。

昏暗的屋裡，頭殼發了霉般的，祖父低著頭斜坐在竹椅上，上衣敞開，露出骨稜稜的胸膛，拎著酒瓶的手低垂。好似睡著了，蚊蚋的嚶嚶聲中一身酒氣。像一具死去多日的屍首，在那兒發臭腐爛。

窗外母親例常的咆哮。死酒鬼死酒鬼。要醉勿會去外面醉死。

常常嘴裡嘟囔著一些沒人聽懂的話音。好似是日語。有一天他昔日的袍澤恰好造訪聽到了，笑著推他說：「你和誰在講馬來語？」

因爲工作的需要，父親曾參與日本人辦的短期馬來語集訓，很快就學會了基本的日常會話，而且從此再也沒忘掉。

常在夢裡混著日本話說著。或大呼大叫醒來。是以早就被趕到另一間房裡去睡。她睡在中間的小房間，常可以清晰的聽到全家人各自互不相干的夢話。

戰爭的遺魂哪……。

沉默瑟縮，即使笑，笑聲也像一陣陣林鳥的哀鳴。

好像帶回了一座蒼莽深邃的叢林。

他們都死了，只有我還活著。諸如此類的嘟囔著。

鎮日惶恐著的臉，好像曾經面對著巨大的恐怖，而那恐怖就已依附在他眼睫。只有酒能令他稍稍忘懷，心情好時還會唱起日本軍歌兒歌。

只怕早已經報廢了，心靈和肉體。

回到故鄉的田地，重操舊業，和一般農人倒也沒啥兩樣，只是胖不起來，枯枯槁槁的。異常的沉默，不吭聲的枯坐在屋內一角，菸一根接一根，嘴巴像煙囪似的不斷吐著煙，或竟陷身於白色煙霧裡。

有很長一段時間，她總是依戀的跟著工餘後的他去買長壽菸和保力達P，爲她抓一把糖果，陪他到河隄或廢炮台小酌。他的目光常投向滾湧或涓細的流水，或是漸開的芒花，壘壘的河石，或更遠層疊的青山，但她可以感受得到，大部份的時間其實是盯著她這個小女兒，她可以清楚的感受到那清風一般的目光，當她幹著追逐昆蟲或踐踏螞蟻、採擷野花之類的童嬉時。

有時，反而是在酒後，他顯得反而更清醒。他會一反常態的耐心、斷續、細聲細氣的對她說著沒頭沒尾的話：關於他的經歷與夢——那奔騰的——好像住著妖怪的黑色流水。

縈繞不去的繁花盛開的森林的恐怖意象。

戰敗後躲在一座婆羅洲的森林裡，彈盡糧絕，同袍或病死或餓死，日日且需豢養蚊蚋與寄生蟲，靠著蚱蜢蚯蚓甲蟲勉強的活著。

森林深處無所不在的掠食者。有人被老虎叼走，吃剩頭髮齒牙；或疲憊至極被四腳蛇生啖；活生生被撕開；鬼魅般無聲息的樹上的黑豹；以爲是枯樹幹的巨蟒……而最可怕的還不是這些，而是人。

有一天，他和幾個共同逃命的同袍，在森林深處驀然被一聲嚶嗡巨響所震，回過神來，赫然是一地散亂的屍體，頭顱都不見了，看得出是向不同方向奔跑逃命時被取走的。餓昏了的隊友們起先以為是幻覺，互相瞠目對望了好一會，以友儕驚恐的目光論證了那並不是一場惡夢。

蒼蠅很快又回去舔舐牠們的食物；灌木雜草間是半乾的血，發出惡臭，泛黑的屍體上是密密麻麻的螞蟻和不知名的昆蟲，鑽動著，就地切割搬運。從衣服一眼就可辨認出那正是其中一個失散的小隊，肚腸多已遭食腐者撕開挖食。有的手上還緊握著武士刀或步槍。冷靜的檢查屍體後發現傷口切割整齊（雖已經蟲蟻食腐者等的一番分食），顯然是遭強有力的手一刀所斷。

莫不是遇到傳說中的獵首者了。深林中的古老部族。

周遭是大四腳蛇踩著長草的咻咻的腳步聲，不耐煩的踱著；口舌間飢餓的嘶嘶響，吐著含菌的飛沫。

樹樹間彷彿有一個巨大的黑色背影，纍纍掛了一圈首級，提著黑亮的番刀。

就在那屍體堆不遠處發現了一朵朵曬穀場那般大小橘紅豔麗的花，味道之難聞不下於那些屍首。

就是那樣的繁花盛開的森林。

4

嬰兒室外，隔著玻璃，年輕或老邁的男女指指點點、竊竊商議。

生活的日常：女人臨盆的狂嚎呼喊，宛如垂死的呼救。宛如暗夜裡孤獨的面對邪惡的刺殺。

「死了、痛死了！死定了……□□□你這個王八蛋！！」

「開了多少了？」「兩指。」「三指……」

陽具之後是頭顱，是生命的歡呼或哀嚎。精液之後是血水奔流。

狂歡時不自抑的生命的狂喜呼喊，或痛苦……

常常在夜深人靜時，佇立在嬰兒室外，隔著玻璃凝望著那一具具初生而熟睡的生命，嬰兒床頭插著一張張名牌：「×××之子，×月×日生，××公斤」或「×××之女，……」那是一個沉睡中的世界。腦中總是不由自主的閃過父親的臉顏：彷彿使勁的緊閉著雙眼——眼皮重重闔下，緊抿的嘴拉出一條很長的唇線。原來瘦小的臉變得灰白色而脹大，平躺在簇新的棺槨裡。幽幽的散發出一股黑氣。

彷彿他急需血。

那個大雨滂沱的夜晚，爛醉的父親突然撥開門簾闖入……。

大河就在那時潰決了。

水浸入屋裡。

天昏地暗中她聽到男人孱稚的啜泣粗喘聲。

然後是喊「大水來了趕緊走呀」的母親的驀然闖入。

5

雨聲嘩嘩。

男人灰白的臉，彷彿罩上一層淡淡的霜。

她反覆研究過處理及保存的方式，那麼大的一副身軀，要搬出去幾乎是不太可能的；大卸八塊的話也沒有操刀處，這又不是套房，而是鴿子隔間，連個浴缸都沒有，洗澡還是用淋浴的。或者至少把血放掉吧？那麼大的重死人，拖也拖不走，如果把血放掉，至少重量減半吧？這是個多雨的小鎮，最不缺滂沱大雨。就在那不可逆轉的事情發生後的那個寒流來襲的晚上，都是一夜綿綿的雨。

考慮過直接從他血液凝滯中的動脈接根管子，延到窗外的小水溝。一根滴著血的管子？那小水溝裡不是到處都是大小不一的沖不走的血塊？

況且來不及了，不如直接割開了放血。幸虧她專業。待體溫下降得差不多了，血不會噴湧只會緩緩的流出，且還不致凝固。寒假裡人少，先用塑膠桶承了幾個小半桶用馬桶沖走。即使有少許剩餘，也如同常見的女人經血的殘餘。那時刻，小房裡緊急擺滿了大大小小各色的塑膠桶，彷彿身處在屋漏嚴重的破寮子。也許那一夜有人聽見她來來回回沉重而急促的腳步聲？是的，至少有一房似乎是有人在的……。

這從沙漠來的人血可眞多啊。她不由的怨嘆。就像他每回的噴瀉，媽的量也眞多，常常令人懷疑不會是尿失禁吧？足以沾濕一條毛毯大小的大毛巾。

公駱駝也是這樣？

一直到差不多滴不出來爲止，剩下的大概凝固在下肢了。抬抬腳，感覺上似乎輕多了，不那麼討人厭了。

於是便適宜開膛，那床幾經繾綣霉潮精餿的舊棉被反正也該更新了，於是便讓它吸飽殘剩的血水；腸子（裡頭盡是大便——消化完的、消化中的、來不及消化的）臭得快，不先處理掉會壞事。戴上塑膠手套，撈一撈竟是兩大桶。分兩回騎機車送去那條臭河無人處倒掉，反正那河裡多的是這種廢物，準以為是豬腸。然後是也易臭腐的胃、肝、腎、心、肺和讓許多女孩痛苦的睪丸（媽的都好大的一副）、軟垂的大雞巴，乘著夜色，分數回仔細的挑了不同地點，通通餵了骯髒河裡的骯髒魚。

恰是河水氾濫的漲潮夜。

怕來不及了，覓了根勾子把腦子掏出，已經泛綠且發出陣陣異味了——搞半天，還是弄得稀巴爛。心一狠，藍波刀沿頸椎切斷。斷口厚厚的糊上鹽，套上他留下的棉內褲，紮緊。那顆頭包裹了幾層黑色厚膠袋，特地跑了趟給了鄰鎮的垃圾車。

以經痛為由堅請了兩天假，一夜忙碌進進出出，好幾回和素不交談的房東擦身而過，低著頭冰著臉，只交代有電話一概不接說我不在。挑了套平時最少穿最不愛穿的衣服當工作服，一路防著熟人躲著巡邏警察，事畢那衣服也裝垃圾袋丟垃圾桶。

沒完沒了的擦拭。

時間緊迫，原考慮用最易取得的福馬林，但那股味道怕不免惹人猜疑；只好依古法用粗鹽及香料。五香粉，花椒八角丁香肉桂胡椒高粱酒，大包大包的買，頗引起店家的好奇，「醃大豬公做燒豬嗎？」

和了粗鹽，裡裡外外、正面反面、從頭到腳塗抹灑上，剪了舊衣一層層的包裹。清出鐵床下的空間，拆了組合架當墊板，作爲他的暫置處，長長的露出兩隻腳板。

還是不放心。只好再拆開切塊，沿著關節韌帶軟骨，卸下如許長的手和腳，整體看來短了些。手和腳再卸成三截，斷口都仔細上鹽和香料，包紮了。肉太厚，不處理好難免腐敗。只好以小刀沿肌腱切割開，擦乾了，塞進鹽與香料，剪了布條捆綁好。再一層層塑膠袋，塞入床底下。

她發現最依戀的仍是卸下的手掌與腳板，皮太厚，骨頭多，買一口大肚小陶甕，手掌腳板間隙間堆滿了鹽。以木板蓋好。塞入書桌下。

於是睡夢中常會如置身臘鴨臘腸之上，做著飽撐的夢。

6

不免也會和一向不過問房客生活的房東太太擦身而過，一次是倒下水的時候（幸好桶子裡用塊布蓋著）；另一次是買鹽的時候。看得出她的神情有點狐疑，但她不一向如此？也許好奇的是這麼小的身子怎拎得起那麼樣的重物，手也繃直了吧。

有一回是某個修養很差的男房客抱怨說廁所怎麼滴了那麼多血，但似乎也沒起疑心，只幹了聲：「媽的這些女人的××怎麼那麼愛流血，幹！」大概是個天天苦讀猛打手槍的傢伙。

又有一回有個女生嗲聲嗲氣的抱怨這走廊有股怪味，臭臭的，「這麼暗，就算有人藏著屍體也不奇怪。」大概又是那長頭髮總是戴著墨鏡、偶爾會消失一陣子的流浪漢新帶回來享用的蠢屄，果然不久就發出縱情的哎喲嘿，依呀嗯嗯，啊啊啊啊——啊……OHH MY GOG～～～。大概還讀過一點外文呢。

但她每回從外頭回來確實聞到濃郁的腐臭味，心慌慌的便拿電筒照射檢查床底下的他究竟是不是壞了。倒也好。房裡的氣味似乎比走廊裡好多了。難道……還有別的房裡藏著屍首？而且沒做好防腐？

有一個深夜被激烈的拍門聲吵醒，以爲是東窗事發了完了彈起來差點扭到腰。仔細一聽，確定不是自己這一間。是另一處盡頭，開門探頭一看，果然是房東女兒住的那一間，夜裡常聽到類似粗暴的拍門聲，有一回聽到某位房客忍不住問房東太太，怎麼常常那麼吵啊那個人到底是誰。房東太太無奈的解釋說，那是她女兒分居了的吸毒的遊手好閒的丈夫，沒錢用了就來討錢，要求她女兒跟他上床。是個頗有幾分姿色的年輕女子，只是臉色有點不見天日的灰暗。說是在美容院上班，總是夜深了才鐸鐸鐸鐸踩著高跟鞋下來，飛快的洗澡，然後把自己關起來。

這回更激烈，男的大概是喝了酒，不像之前有時是以苦苦哀求的哀兵策略。有時女人不知是心軟了，顧念昔日之情，還是怕吵到背居的房客，終究會開門給他進去。但這回是大聲吼叫要流氓，且用身體猛撞那扇門。所有的房客都探出頭來觀望，然後是房東太太從樓上氣沖沖下來，門被撞開，門後的女人哎呀慘叫一聲。

她關上門，聽到一陣混亂的扭打叫罵聲、尖叫聲及哭聲。

好一會，踩著錯亂腳步聲的警察來了。

一樣經常的是，清晨裡，那個扶牆學步的幼兒獨自在走廊裡依依呀呀的走著，偶爾會有睡眼惺忪的女人半開著門逗他，給他糖。

但有時是號啕大哭。

7

但還是不放心。

農曆新年的連續假期裡，沒什麼人在。是最佳的加工時刻。

嚴寒，扛回一紅泥小火爐，烤肉架，木灰。

移開書桌，開小窗，起炭火。

把他分段拖了出來，架高了烤架微烤。

仍沉甸甸的，表層是層鹽晶，但仍覺潮濕。

有淡淡的腐敗味。一陣陣反胃。

守著溫暖的爐火，慢慢烤。汁液滋滋作響。

腿臂的肉太厚，體腔太巨大。

好久好久，方聞到臘肉的香味，但毫無胃口。

好想改吃素。

照鏡，一臉酡紅。如往昔繾綣中，高潮後。

換上新的包裝。新的舊衣，新的黑色塑膠袋。

8

竟然都沒有人來找他。究竟是漂流之人。無親無故的。

有一回是憲兵來追捕逃兵。但晚了一步。

有父親來問失蹤女兒。

好險。

據說哪裡的小房間裡，確實找到一個被同居男友掐死的女孩。草草的藏在太空衣櫥裡。

9

不必刻意炫耀，鼓脹著肌肉，總是扛著重物的兄長，因著黝黑的身軀，明顯和父親殊異的長相和體質，不知何時被掛上「高砂義勇隊」的諢稱。

關於他的來歷，終究是物議紛紛，推算年齡，確實是出生於父親自南洋倖存歸來之後。但總是有謠言說，他長得很像「番仔」，尤其是那位農忙時定期來幫忙、兄長出生後就再也沒出現過的那位「黑豹」。他自己大概也不無疑慮，但一家上下對此事一直三緘其口，好像那是再自然不過的——更何況他確實「有像」母親和舅舅。

然而從父親的眼神中可以看出，他對這個兒子是帶著不自禁的恐懼的。

偶爾會望著兒子黑色的背影出神，下巴和齒牙均微微抖顫，嘴裡也許咕嚕著日本話一串亂音。

有一次他用她聽得懂的話說：「那麼遠都跟過來？」

可以想見父子倆初次見面——即使在襁褓中——時父親是何種表情。

於是那個大雨滂沱的晚上，盛怒的兄長把啜泣中的父親一把提起，順手丟進黑暗洶湧的河，彷彿也並非他預想不到的結局。

從母親異常的冷靜中，她彷彿突然明白了什麼。

也一直到離家多年以後，她才逐漸明白，父親只怕眞的早已廢了。

那個夜晚，他只是顫抖著解開她的衣裳，撫摸她初發育長大的美好胸乳，然後像個小男生那樣坐在床邊哭泣。好像想起久遠的悲戀情人。

多年裡，她也遇過不只一位那樣的小男生，有的是因初次繾綣的狂喜感動而落淚。但有的是因爲障礙，因爲殘缺。她覺得自己就像是個偉大的母親，或者「濟世爲懷」的醫生。有著偉大的情操。

10

總是在最深的夜裡獨自回到就近的居處，地下室。她喜歡聽自己的鞋根使勁的敲著硬實的路面，孤苦伶仃的感覺，四面八方是錯亂的回聲。

喜歡自己這一身裝扮，一身的白制服，從帽子到絲襪，乾乾淨淨的。反覆的照著鏡子，淡淡的妝，冰冷的臉上，偶爾擠出一絲笑意。有幾分得意？……有點妖異的詭異感覺。臉似乎有點浮腫，是因爲連續幾天的睡眠不足？

燈光不足之故？而畢竟還年輕呵。

每次下班回來，常已是疲憊不堪的深夜。畢竟是私人小診所，加班當正常班。好處是不需科班出身，俐落肯學肯吃苦就行。不想一待，就好些年了；該學的也都學上手了，也頗識得一些症狀，再噁心再爛的女人下體都看過了——常不禁同情那肯定太愛錢的男醫生，天天看這些亂七八糟的臭屄，還會對女人有興趣嗎？對他老婆會有反應嗎？

那厲害的女人，可是他的首席助手呢，是防他看到美少女的嫩屄而情不自禁嗎？

換了便服，排隊洗個熱水澡，用電熱器煮鍋開水，泡一壺花果茶。扭開廣播，聽一會歌，便草草上床入睡。

在那男人闖入後，作息便改變了。

爲什麼爲什麼（因爲他身上那股公駱駝似的味道？）

或者是收伏浪子的母性虛榮？

守在這不見天日的地方如膠似漆若干天——她還難得的請了假請人代班——搞到幾乎是步履艱難，徹底的被摧毀。然而很快的，他又回到原來的樣子。也許不再覺得有新鮮感。

給了他鑰匙，清晨她去上班，他還懶洋洋的睡覺；晚上她下班了，他還沒回來。有時更是三五天不見人影，再次出現時一副委頓模樣，聞一聞，身上處處是女人下體的味道，汗味、尿漬味和殘留的酒味、餿掉的精液味香水味。

有時或竟是嗑了葯，或是體力透支，終日昏睡不醒。

如此的不設防，要擺佈他未免太容易了。

醒來時涎著臉哀求，借錢，調情，像隻大狼狗爲她上上下下舔舐討好，叫他做什麼他都肯幹——譬如她的最愛，全身上下狠咬——他只哀求別咬命根子和衣服遮不到的地方。她喜歡檢視他那一身施虐後的咬痕，威脅說總有一天會咬下他那兩粒巨大的駱駝蛋。

有時從後頭咬著他脖子不放幾至暈眩。

他竟也不反抗不會翻臉。只稍後在性愛上尋報復。讓她的哀叫聲響遍甬道，連房東太太都被動員出來拍門抗議爲止。

窄小的房間裡，氣味常令人反胃作嘔。

那麼重的味道，房東會不會起疑心啊？

被加工處理好的他的肉身，有時好奇的切一片嚐嚐，竟不壞。百無聊賴時遂以小刀一片片剝下，添置了烤箱，吃前微微烤一烤，風味更佳。胃口好時一天可以啃上一包。有時幾乎成了主食。滋養肚子裡的新生命。

大概很快就吃完吧。

但肚子裡的那個不能拖。越來越大了。上班時嚴重的反胃，醫生或許早就看出來了，常冷冷的看著她，只差沒說出「自己員工，八折優待」。

再不想出辦法就難堪了。

大河水氾濫的那個夜晚，那個爛醉、趴伏在她身上哭得像個棄兒的父親。

孱弱得什麼也做不了。

回故鄉去吧。

很快又是百花盛開的季節。

找個廢井丟骨頭一點都也不難。

11

終於不免大腹便便的時候，一天夜裡，她給早已把她當成失蹤人口的家裡撥了通電話。

次日天還沒全亮，就有一輛卡車停在門口，黧黑壯實的男子沉重的腳步聲走到地下室，摸索著敲了門，虛弱的打開門，她惺忪著眼，一看到來人，眼淚便不由自主的滾了下來。我們回家吧。男人小聲的說。說著推開門，一箱箱一捆捆的拎著往卡車上放；她特別交代那甕藏不能摔破。

在離別的前夜，把其他的密密實實捆好了。

摸黑趕早的告別這多雨的小鎮。

二〇〇二年九月

原刊《聯合文學》一九卷四期（二〇〇三年二月號）

二〇〇五年二月三日修

繁花盛開的森林

也許就因爲那個冬天實在是太冷了。

冷肅肅的，寒氣從遙迢的海那邊萬千里外亙古的大陸襲來，一路自黯鬱慘淡的雲端俯瞰著，古老大地上綿延的山蜿蜒的流水，灰撲撲魚鱗般的屋宇，蟲蟻般的人，滾湧的大海……，沿著污穢的河口，早早催起了小鎮的燈火。

山環抱著小鎮如它的背膀，留一處缺口向海。山上古老的森林早已無數番更新，大部份山坡地都成爲世代相沿的墾殖地，種植茶或蔬果，小部份成了墓地，偶爾可見一二老樹高高拔起，迎風搖顫。

許多房子都沿著山坡層層疊疊的蓋起，每一層都有一面以山坡爲背，都可以算是地下室。許多那樣的地下室裡的房間都亮了，卻有一間一直暗著。寒氣便在那小窗外徘徊。

……終於靜下來了。

女孩軟軟的躺下，時間停格，秒。秒。分。分。

有人敲門。或許是隔壁？

漸漸遠去的腳步聲。

沉落深深的水底。

一張臉。

花白、刷毛般的短髮，腫脹泛青的臉彷彿長著霉菌，強勁有力的手直穿破板壁，索討狀。唯有目光是明澈的，使勁的盯著他，好像劃開皮肉直釘到骨頭裡去的那種凶猛力度，一陣陣不由自主的戰慄。痛。還不回來嗎？你的孩子……。眼瞳深處彷彿有仔魚緩緩的游來游去。又像是蝌蚪。後來變成了幼魔鬼魚。多麼熟悉然而卻又變形了的臉孔。忽而如枯棗。多皺紋、痛苦而憂傷。然而，究竟是父親——那早早衰老的臉孔——還是祖父？或竟是祖母？

伊憂愁的撫著小腹細聲細氣的說，我那個又過期了，可能又懷孕了。怎麼辦？嚶嚶的啜泣。

那張臉孔還在持續的脹大。細細的擴張的聲響如女孩啜泣。腦子裡他人的聲音在爭執著。一起死吧。

烏鴉嘶啞的叫聲……在這個季節？

裸身趴伏在大森林的邊緣，脖子以上的部份不見了，整齊的缺口，方圓十尺內的土地上、草葉、樹幹上都是血，爬滿了各種屬的昆蟲螞蟻。全身上下沒有一吋肌膚沒有刀痕，錯錯差參，重重疊疊，胯下也是一個大血窟窿，右手兀自緊緊握著向不離手的沉重彎刀。大群烏鴉上下翻飛。

周遭數百棵樹上，刀痕累累，有的深及樹心，汁液從傷口處淌下，彷彿每棵樹都在淌血。深深淺淺的腳印嵌滿一整片森林。

警方還撿到十餘隻斷手，長短不一，皆黧黑健壯。一直沒有人來認領，也一直沒找到那些斷臂的主人。

血跡和腳印指向四面八方。都消失在海的方向，紅樹林的邊緣。窄狹的海峽的對面，便是異國了。年輕時他和三五同樣健壯的夥伴往返岸與岸、島與島，以紅樹林爲巢窠，總是在漲潮的夜裡，幹起法所難容的買賣，嗜血，一言不合便手舞彎刀，血濺五步。三不五時渾身是血的摸黑回來，據說酷嗜斷他人首級，令敵手聞聲色變。屢經英軍和警察追剿，卻狡猾如狐，在尚未有國籍的島與島間流竄，來去如風。閒置在家，總是擔心守候的年輕瘦小的妻，在一個雨夜裡被一群身份不明的闖入者給輪暴了。此後她的目光便被那一夜的怨毒牢牢封鎖，也不再有笑容。

夜裡閒時她慣於枯坐家居屋角她專屬的籐椅上，在幽暗的燈光裡，炯炯目光冷颼颼的亮著。即使在她亡故多年以後，她的目光依然寄居在那幽暗的一角，銳利的切割過空域。

事變被祖父視爲畢生奇恥大辱，而狂亂的到處查訪，意圖斬殺施暴者，數個月徘徊奔走，卻一點線索也無。

等他再度回來之後她便獨自搬離那紅樹林，遠遠的離開濤聲和海，到大森林邊緣的小鎭，不再守候那浪蕩的丈夫。把追尋而來的他拒於門外。只許他住在隔壁的小屋，而爲近鄰。

（腳步聲腳聲遠遠的來了）

父親在那不久之後生下。妒嫉的男人漏夜造訪，在她虛弱的榻旁，把燭仔細打量初生嬰兒的臉孔，徹夜不語。與女人微弱而冰冷的目光沒有交會。沒錯，唯一的線索在妻子身上。施暴者下的種。

是那時開始染上姦淫的惡習的吧，在原來的嗜殺之外。

我不管了……好想懷孕哦，母魚似的，女孩潮紅著臉無限溫柔的款擺著身子說。

稍後方圓數十里內便有連串的強暴及凶殺事件，死者均被一刀斷頭。

嬰兒滿月的那個早晨，他揹了一籮筐的頭顱，有的已經長蟲，有的斷處兀自滴血，擱在門前要祖母仔細指認。

有印度人、馬來人、華人、小黑人和幾個猴頭。裡頭還塞了包香蕉葉裹著、茅草莖紮得實實的帶血的睪丸，和著燒酒一口一口的大聲嚼著，不時發出一聲聲狂嗥，如哭如笑。

便是父親那張怪謬的臉。笑時像印度人，帶著賊氣。畏懼時如小黑人。諂媚時像馬來人。面無表情時像華人。唯有鼻子高高挺起，竟像極了英國人。

然後是追捕、然後是逃亡、然後是多年的失蹤。

畢竟是亂世呵。然後日本鬼子堂堂的踩了進來。

約莫是當了多年山老鼠的祖父，在一個雨夜率部眾把妻兒迎進大森林裡去，雖拎著兵槍，卻仍繫著腰刀，在森林深處墾植拓荒，狩獵捕魚，更經常把妻兒留下，和同夥們剪徑埋伏，零星的伏擊鬼子。斷頭之癖未減，一有機會便蒐首歸來，用老祖母醃魚、肉、菜、蛋、豆腐的千年古方

——紅土醃、鹽水醃、乾鹽醃、煙燻、火烤……自行研發醃首之技藝，每每埋頭苦幹，投入極大的心力，專注得像藝匠。卻往往面目全非，引來鬧哄哄的綠頭蒼蠅。大部份日本人醃顱中的頭腐腦，不免淪爲決戰時期山老鼠群中口耳相傳的美食極品，倭腦豆腐乳。

更有名而不輕易示人的是那醰日本鹹罣丸蛋。陰乾了盛於竹簍，繫於腰間。比最臭的死魚還臭。帶到哪裡，蔽天的蒼蠅尾隨，他便像蜂后那般神氣。

有好幾回，祖父等亦遭到伏擊，以寡敵眾，從屍體堆中爬出，隻身歸來，刀痕中夾雜著子彈孔；有一回更被擒捉，險被剖成兩半，卻不知如何被他逃脫，留下一道從額頭到小腹的鮮紅長疤，似乎是在被快刀劈中的瞬間後退數吋所導致，毫釐之差幾乎肚破腸流。頸脖處亦有幾道環型的刀痕，料也是驚險決戰中幾希決勝的產物。聲帶似乎曾被幾度割斷，以致他後來說話聲音極度沙啞多顆粒難辨如公鴨，沒有人聽得懂他說的話，而只好漸漸遁入沉默。

這樣的經歷，令他成爲各方傳聞中的令人喪膽的怪物「殺不死者」。在傳說中，他本已極爲壯魁的身軀更被放大，被描繪爲巨人——皮堅肉厚，甚至還長了鱗片和獨角，有時還會噴火——被殺了、埋了、腐爛了都還會復活，從被埋下的地方爬出來，一身濕黏的黃土，張開大嘴嘶嘶叫想要咬人。

那樣的怪物，究竟是誰殺得了他？

那時一夜濤聲。大而黃的月，篩著樹影，凝視著那場無聲的戰役。

女孩說，滿月了。我又漲潮了。

沒有人聽到打鬥聲，狗沒吠，貓頭鷹也沒叫。

是山番？還是特地遠道渡海而來復仇的外鄉人？

有人說，那一夜老毛病又患，再度一舉嗜遍了臨海寡婦村那家家戶戶哀傷的女人，難免疲憊；加之年紀畢竟大了，夜路走多了難免——

（腳步聲……）

巨大的身軀突然短了一截，放置在棺木裡，還是依照舊習俗，爲不愛穿衣的他仔仔細細的著上長袍馬褂。大熱天，傷口恁大，血流個不肯停，再怎麼用布綑紮很快都被染紅，好一會棺木便半滿，只得快快埋了。頭都來不及找著。那空缺處，最終決定用一顆淡褐色老椰子替代，勉強用小刀刻劃出五官，眉目鼻目都是缺口，塗上白灰，留半截椰纖權充頭髮。

許久以後還一直聽親族們竊竊私語說，他的那話兒也被割走了。那令方圓數十里內各族寡婦們又愛又恨的有名的大傢伙。似乎被換上一套熱帶水果，紅毛丹香蕉之類，反正要埋了也沒人在意。

多來年，那人常來夢裡造訪，隨著他的遷延。總是在他和女孩激情繾綣後小死般的熟睡中。有時是空盪盪一個血淋淋的脖子兀自噴湧著鮮血。有時是那椰子頭假面的漠然，一隻手提著自己還在滴血的頭，正是那被割下的頭滔滔不絕，敘舊似的訴說他傳奇般的身世。偶爾還傳授性的機密：「……」有時就只是他的頭獨自造訪，切口處重重疊疊的貼滿了各國國旗似的膠布，微張的蒼老的口中發出一聲聲狂喜的呻吟，白沫飛濺。

或者在他疲憊的屁股後喊加油：衝入去衝入去賦伊死賦伊死。

埋首於女孩的胯間。頭頂著，說：讓我進去吧。到最裡面的內在。讓我住到妳的子宮裡頭去。

我累了。

濡濕的叢林便散發出熟地瓜的氣味，玫瑰花的氣味，大王花的氣味，魚的腥味。且唱著沼澤深處的水妖之歌。

鳥飛魚躍。

女孩便收緊雙腿，攏著他的脖子，第二張嘴吟唱著聖母頌。

一直到他如溺水者使命掙扎。

或者露出恐怖的、彷彿見著不可置信的事物的驚駭神情：「千萬千萬千萬不不不要回來。」

（腳……）

誰有那個本事，取走他那顆砍不下來的頭？

大白天，有人眼尖瞧見不同的樹梢上反射出一道道明亮的光，從而發現許多樹幹上都深嵌著番刀，離地少的也有三十尺，高的怕不只百尺。是格鬥中被震飛的，還是那樣的排列本身即是一種神祕的刀陣？

許久以後有人憶起曾聽到一陣陣漸漸遠去的老虎沙啞的吼叫聲。或許是那被砍斷的頭兀自吼叫著往高處飛去？

它胡亂的說著什麼？

深夜醒來，女孩獨自跪在床尾啜泣，雙手合什，顫抖著。背脊熒熒發光如一尾祈禱的魚。天父啊，請原諒我。

我有罪。

金十字架搖晃。

還是沉默的父親以他父親的聲音說話？

陽光好時，女孩便從她珍藏的寶藍色匣子裡一一捧出那些各色的小石子，仔細的立於窗櫺上，「乖寶寶乖乖曬太陽哦。」每顆石子都畫著五官，繫上五色絲繩，用針尖刺上名字、日期、地名。逢特定的節日，獻上一片片花瓣。

有時乾脆燒香。譬如清明時節。七月鬼門開後。端午。中秋。

她從不同的海邊撿回的，含著淚細細的整治。

「這個叫什麼名字好呢？……爸爸。」

——我們只有你一個兒子。不管發生什麼事情都要回來。到頭來。香火……。

又一個無緣的孩子。

一間又一間暗巷裡的診所。女孩掩面悲泣。不要再到這種地方來了。

我不要一再的那樣被打開。像蚌，被刮走了肉。

生下來好嗎？

（來了來了）

是母親的聲音嗎？自父親的口中？

女人痛苦的拉長了的呻吟，一節一節的升高。

絕望的哭泣。

我已然衰敗如老婦。

腥臭。鼻端如有死魚。一起死吧……

耳際是呼嘯的風。森森的寒意。

彷彿迴盪在山谷間，捲起枯枝敗葉，湧向大森林邊緣的家居。危戰戰的劇響。終究會讓風給吹走吧。女人幽幽的感嘆。

漸漸遠去的吼聲竟如一聲嘆息。射精後的生殖的悵然？

仰望。祖父從大森林歸來，揹著捆綁在擔架上的陸龜。或野豬，或纏著巨蟒，或揹負著人大的魚。

其後，染血的土地長出一種不知名的深藍小花，花葉都呈絲絨狀，莖短，非常緊密的綴滿覆蓋了那一片臥屍淌血之地。人們都說那是深海的藍色，從他野性暴虐的血中開出。然而沒多久，它又被千篇一律的野草給剿滅了，恢復熱帶單調的蒼莽。

那一年，機遇令他第一次參與劇場，一個可有可無的眾人角色，可是卻令他十分的震動。裝扮成他人先祖的青年時代，揹著眞實的米糧，近乎停格的緩慢移動。重負令他眞實的彎著腰，踐踏象徵的潮水；清楚聽到前後左右他人眞實的喘氣，眞實的汗水滴落想像的汗，震耳的嘶啞蒼涼的歌，令他幾乎淌下淚來：啊唐山過台灣啊……。

戰後，祖父母重回小鎭，爲了家庭告別山老鼠生涯，和一群同志接受招安繳械。而祖母仍然只允許他住附近，以隔離暴狂的男人對孩子可能的不良影響。

她以強大的意志力押著孩子讀著她一個字也不認識的書。

「不能再做牛了。」她的箴言和期待。

他成功的成爲讀書人，體面的鄉村教師。

竟然也在報章上發表過作品。

在那間人數很少的小學裡竟被稱爲作家。不過是個抄寫員。

在他那些更爲平庸的朋友的面前，也曾發過豪語：

「我要寫下我們祖先經歷過的大時代的故事。」

曬得印度人似的黑，臉上橫肉縱生，總是汗津津油膩膩的，泛著光，如廟裡的神像。

機械嘎嗒的響聲，血便從脖子上環狀的噴濺開來。

（……來了）

——血啊。女孩驚叫道。這麼多血……。

染紅了半截裙子，沿著大腿流到鞋子腳跟。

——我會不會死掉？

——我不要不要不要。我還這麼年輕……。

祖父的頭，傳說曾被發現於樹林裡一間矮小的拿督公廟裡，被供奉著，早已被不斷的香火或某種祕術燻乾，猶自睜大了眼睛望天。

有人在一間廟裡發現它佔據了神像原有的頭的位子。

女孩驚叫著從廁所飛奔出來，一身是血，一臉的淚水與汗珠。張大了嘴無血色的臉。

——孩子都已經成形了。

——就那樣死了。在那麼骯髒的地方。

仰望。向大森林走去，白髮赤膊，肩背上舊疤斑駁。撥開攔路的荒榛，如剝開無盡的帷幕。

他把花白的頭伸進去。

男人痛苦的吼叫聲。

那一個劇場：播種者。一排男人被捆綁赤裸著垂首坐在黑色沙發椅上，頭上被套上執電刑的蒙面行頭，燈光只投照著他們的下體。沒有動作，只有由遠而近、由疏而密、由微而震的鼓聲，唯一的動作是軟垂的陽物隨鼓聲漸漸勃起。最後是仰起頭手腳激烈的掙扎，在鐵鍊的錚錚響中，狂吼一聲，朝天吐出精液。

她常會自語：像誰呢？

像你，還是我？

意識微微來到甦醒的邊緣。是對面房間的男人，又衝刺到了最後的潰散時刻。喘氣聲，女孩嚶嚶的哭泣。

或者是隔壁。

總是如此。

——死沒良心想害人家都不肯戴套子又射那麼多。

如久泅者稍稍浮出水面，便又沉了下去。枕在沼澤落葉般的寒涼裡。淚水自眼角滾下。女孩臉上盡是痛苦的神情。綢亮的髮披下，隨著動作脖子上的銀十字架激烈的晃動，汗珠一把一把的甩下。一陣陣來自肉體深處的吟叫。突然停下，抽身，披衣，開門，直奔洗手間。水聲嘩嘩。

不要不要不要不要不要又害人家懷孕。

你又不想要當爸爸。

輾轉收到的父親的信：

「……你去國已經這麼多年，該回來了吧？年歲也已不小，不能再那樣浪蕩下去了。原以爲如你零星的信中所言，你早已畢業，準備繼續深造，考試卻一直不順利而一年拖過一年。況且故屢勸你不如早日回來，至少在中學謀份教職，也算是份體面的工作，準備娶妻生子。我和媽媽也都老了，也都陸續有些老年人的病痛。尤其媽媽更是天天念著，常常說夢到你終於回來了，夢到抱孫。

姊姊們都已出嫁，家裡常常就我們兩個老人，空盪盪的。一間間房間都空著。我們的要求並不多，不過是安享晚年，看你成家，有份安定的工作。

偉大的夢想我也曾經有過，在比你還年輕的時候。你也該知道，世事不能強求，有時努力過了就夠了，再勉強下去就只是痛苦。

最近遇到和你一道過去的□□、□□，多年不見，他們都已結婚生子，房子車子也都有了。你志向大，這都是你素來瞧不起的世俗，可是歲月不饒人啊。莫嫌我嘮叨，終究還是要面對現實。他們說其實你早就放棄了學位，居留也早已逾期（可能護照也早已過期了吧），自我放逐於一個個臨海的小鎮，靠打零工度日，繼續你渺無邊際的夢想。

哪天如果被抓到，唯一的下場也不過是被遣送出境。

我也不知道這封信究竟會不會送到你的手上。或者何時。

如果你沒錢買機票的話……。」

工整的一字一句。

便是那常被母親在子女面前毫不留情面的斥責的懦弱的小學教師父親。祖母嚴密保護下成長起來的父親。總是低聲下氣的賠不是。彷彿對伊有著什麼不可告人的虧欠似的。一年到頭改不完的學生作業，弓著背辛勤的一筆一畫寫著鼓勵或勸勉的話。

「我教的，可是華文。多重要的一個科目呵。」

難得看到他振奮，總是說這句話的，卑微的父親。

對子女學生鄰居甚至狗，總是謙恭唯恐失禮的父親。

有一天他半夜突然醒來，發現燈亮著，父親一如既往的伏案工作，其後卻把作業簿小心翼翼的收在一個褪色剝落的鐵匣子，還上了鎖。一直到那一天……。

播種者另一幕：燈光下，一全身黥滿不明漢字的裸身男子低頭坐在馬桶上。和尚般的光頭發亮，擺出沉思者的痛苦莊嚴的神情。

頭皮越來越紅越來越紅。

一陣又一陣誇張而又響亮的沖水聲。

父親晚上課後長期的兼差。騎著腳踏車到墳場旁的同鄉會館去處理一些文書事務，父親曾帶他到那兒拜會同方言群的長輩，或許不無見習的意味。在那廟一般古舊高大陰暗的洋樓裡，老舊多蛛絲塵網的電風扇發出巨響，在昏黃的燈影裡，端肅身子。用毛筆以講究工整的楷書抄寫各項名目捐款者的名字和款項。更爲重要的是整理會館附設義山每年新葬者的名字。戴上厚厚的黑框眼鏡，端直坐著，靜默的一筆一畫的抄寫那些亡者的名諱和忌日。鄉親在背後的讚嘆令父親的背挺得更直了些：「這年頭毛筆字像你爸寫得這麼好的，已經很少有了。」

遠遠看去像一座石像。

像一方碑石。

在回憶中令人心酸。

「父病，速歸。」輾轉轉來的過期電報。

「父亡，速歸。」留言。

「父……歸。」夢中的聲音。

父親的名字陌生如許。漫漶的碑石，字跡不清。

抄完後，陰乾，恭謹的放回裝滿同樣天藍封皮的長方形本子的青色鐵箱，且上了鎖。

「看起來很卑微，可是卻是一份多麼重要的工作啊！」那一晚，父子並肩走著，早老額頭多皺紋的父親露出少有的得意神情。

那一天發現父親床底下的同類型小了幾號的鐵箱，以爲藏了什麼寶貝，卻是無數的小學筆記本，密密的整齊的字。巨著的量。一翻，不禁大吃一驚。

他竟也在默默的寫著他畢生的著作？憑他？天啊，中學生都可以判斷出來的，單調乏味，毫無才華可言。一頁頁的廢話。

「敬啓者：

大作經敝出版社編輯仔細閱讀開會討論，覺不宜出版。大作文字過於晦澀、意象過於濃密、故事過於離奇，而且又非以此地爲其背景，恐讀者不免有不知所云之感。且尊駕似爲文壇新人，似不曾在此間媒體發表作品，亦未曾得獎，敝社小本經營，本極慘澹……。」

「××先生：

大作不宜刊用，茲原件奉還。」

一包包未拆封的包裹，堆在床底下，甚至逕蓋著「原件奉還」的橡皮圖章。

——媽的，我的手還寫不過我的老二。

死命踹著被退回的郵包。錯亂的鞋印。

——還不是因爲有我幫忙。

女孩握著他再度憤懣賁張的管子，似笑非笑。

一張扭曲痛苦的臉，汗流如水。

一回父親意味深長的說：「每年抄那些名字都有一個很深的感觸。那麼多人就那樣默默無聞的死去了。其實他們每個人都有許多故事，只是沒有人把它們寫下來。我要把它們寫下來。」

強悍肥胖嗓門大的母親，隔著一條街都可以清楚的聽到父親的不是，與及母親的威風。

（……的腳步聲）

小學的時候，常看到對面樓上同是小學教員的母親高舉著鞭子在大聲嘶吼著追殺她口中頑劣的學生。都是窮鄉僻壤窮苦人家的小孩，不過是作業沒交或因路遠遲到。「都是皮堅肉厚的生番。不好好讀書，死路一條。」

且喜歡騎著噴吐著黑煙的野狼，到野地裡，尋荒僻處，便掀起她的裙子，扒下內褲就地野合如大公猴。在機車上。樹上。小河裡。土地公廟旁。最愛墳墓的平階。最愛把精液射向他媽的顯考妣。神像的臉。嚷著：投胎去吧。讓我把你們放生。

他的頭一直沒找到。

哪裡又飄進來古廟的線香？

陽光斜照在墳起的土坵，插著幾炷燃燒著的香，沿著日光彎彎的纏繞。

有時竟遇到河東大母獅對著樓下的父親吼叫：喂，×××你馬上上來一下。

只不過因爲她教的是馬來文，便如此自豪？

女孩專注的在爲她的石頭孩子裁衣。早晨的陽光斜打在她臉上，洋溢著年輕媽媽的幸福容光。青春仍似少女。她一一呼喚它們的名字。也牢牢記得它們徒長的年歲。哼著兒歌，幫它們洗澡。

播種者……

那樣強悍的母親，在知悉他出國留學的決定，竟如小女人般苦苦哀求，發現兒子堅定如磐石後，有一陣子，竟決定要提前申請退休，跟隨去陪讀。一干親戚朋友無數個日子的苦勸，最終是留學單位駁回她的簽證申請才結束了該場鬧劇。她哀求他留在本地，用盡了所有可能的理由，從他們的健康狀況到他畢業後未來的出路（「小島的文憑我們的國家又不承認！」），或怪罪父親（「要不是遺傳了你愚蠢的基因，就是被你沙文主義思想的毒害」），怪罪他的中學老師、校長，怪罪同學、畢業回國的校友，最終在機場令他感覺十分丟臉的當眾號啕大哭，好似行將分手的熱戀情人。他頭也不回的走了，從此一再以各種理由推託延遲回鄉，她應該比誰都清楚，他之不得不憧憬著遠離，正是有著那樣的母親的緣故。

人們都說，父母新婚之夜及其後，夜裡常看見魔鬼般的祖父從窗外偷偷爬進母親房裡，弄出許多聲音。難怪祖孫長得那麼像。

如傳聞的，父親只會在祖母房裡哭泣？

難怪祖母後來竟然瘋了，撿鞋子來啃，或迷亂的到附近河裡去捉烏龜來砍頭，要不就竟日枯坐如木偶。

即使到青春期以後，她仍維持每個夜裡到他睡房為他蓋被子的習慣，有時甚至鑽進他被窩裡，像兒時那樣摟著他睡。塗抹得香香的，在她薄薄光滑的睡衣後，他可以清楚的感覺到母親好豐腴的胸乳軟軟的磨蹭。她竟沒穿內衣。他不知如何回應，往往只得側身向裡，而初熟的生殖器卻總是不受意念控制的熱烘烘硬如鐵杆勁挺。只得在一波波的性幻想裡完成狂暴的發洩，無辜的受害者都是同儕中面貌姣好身材誘人的少女們。好些年裡，他面對女同學們的目光如同逃犯；且和父親彼此都像犯了罪似的互相閃躲對方歉疚的目光。

一次又一次，女孩要求他一道上教堂。就算是陪陪我吧。我就快下地獄了。

一級一級的走上數百級的階梯，朝聖苦行似的，總是位於高處的教堂。

她在裡頭告解，花了很長的時間。他在外頭等待，菸一支又一支，數著時間的流逝。

紅了眼眶，低垂著頭，之後總難免試圖要求禁慾。

然而教堂讓他興奮。

甚至曾要求過她裝扮成修女。

「我早就該離開你了。」女孩哀傷的說。「你沒有救了。」

在她的眼眸深處漸漸迸射出祖母眼中的那股荒漠的寒光。

於是他發奮掙錢爲她訂了個金十字架。

然而她的目光中沒有喜悅，而是更深的哀傷。

——我要的不是這個。你終究不知道我要的是什麼？

甚至他也搞不清楚究竟是不是眞的沒有和母親做過，常常是在半醒半睡之際，在幻想和眞實的邊際，在睡意正濃可是身體卻彷彿有它自身的意志。他甚至不敢追究。一直到某個夜裡，不知怎的發狂的把母親推開，瘋狂的跑進大森林去，一任灌木刃葉刮割了一身的血痕。

別那樣了，媽。

他甚至明確的拒絕母親寒暑假或其他任何時候的探訪。一有假日，便拎著背包隨意挑個遠方小鎮鑽進建築工地裡找份臨時工，便待下來。有時上山採水果、收割蔬菜、採茶、種草，平日則在大城市擺地攤、發傳單、打掃……或任何可能的臨時工。其中一個目的是斷絕父母的經援。

那一次關鍵的演出：殺不死者。全黑的舞台，隱約可見的人影恍動，快速的兵器交會之聲、吼聲、慘叫聲、雷聲。然後是寂靜。燈光照著一地散亂的人頭、手、爛泥巴。他裸身匍匐於爛泥中，如一尾彈塗魚。然後倒下。

而黑暗中一個拿捏不穩的後空翻，永遠重創了他的背脊骨。

「做愛還可以，只是不要有怪姿勢。跳上跳下可能要等下輩子了。」老醫生嘲謔的判了刑。

只好黯然的告別舞台。

只剩下孤零的文字。

祖父的頭一直沒找到。

「讓我走吧。」在一封告別意味頗濃的短箋中他用巨大的字力透紙背的寫道。「放我自由吧。」

——我不要家。讓我消逝於永恆的流浪。

憤恨自棄的。

父母桃李滿天下，同鄉舊友都是他倆的學生，去到哪裡總有人通報消息回去，以致漸漸的和那些人斷絕了往來。

「一定要回來哦。」母親的哀吟。「不可以在外地和有了女人就不回來了哦。」

在一座明亮的山上，梨花開滿了的果園裡認識了的女孩。

還是跟我回山上部落，我們可以種菜種水果，養一窩雞鴨，生一窩孩子……。

高山杜鵑溫暖了幾座山頭。還有冰清玉潔的百合。蒼蒼古松。

到我繁花盛開的森林來吧。

那雲山。教堂的鐘聲。明亮的十字架。

越來越狂暴的交歡。相互囓咬。她且在他身上縱橫交錯的抓滿深深的血痕。射吧，裝滿我的子宮。我要像母魚一樣生滿整個水塘。她胡言亂語。我要把你吃掉。我是黑寡婦。母螳螂。她咬著他的脖子，咬得他幾乎窒息。

咬得屁股烏青，大半個月不能坐。

——把我的頭砍下吧。

在一陣陣的興奮中他在她耳畔悄悄的說。

——我愛妳是獵頭族的子孫。

——帶我的頭和種籽回妳深山的部落。

互相用盡了力氣彷彿力圖絞殺對方。

她迷亂的甩著黑絲緞般的長髮，失落的獵頭祭的狂舞。猛力的頓足，大地爲之震動，戰戰不已。

有人快速的在外頭奔跑。好像被緊張追趕。腳步聲消失了。

然後是熟悉的，女孩輕快的腳步聲。

伊來了。

終於來了。

又來了。

拎著熱食，冷飲，或者一束花。

裙裾長髮飄揚，臉帶微笑。

散發著熱氣香氣的青春的身體。

嬰兒悽厲的哭聲穿破了所有的牆，直灌入腦，激痛。

房東太太快速而含糊的罵叫，邊走邊上樓去了。

他掙扎著爬起來，渾身上下痠軟麻痺，一陣陣昏黑。

外頭是奔瀉的雨聲。

凌亂的室內，太空衣櫥傾斜，碎裂的瓷杯，傾覆的桌椅，牆上一灘飛散的血跡，微微剝落的白灰。

伊仰躺在床沿，雙目緊閉，嘴微張，雙唇毫無血色。濃密的長髮沿著鐵欄披下，床下一灘烏黑黏稠的液體，枕頭和書本、紙張兀自吮吸著。

一起——

他撫抱著伊冰涼的臉喃喃自語。吻著伊黝黑的脖頸，撥開被子，狂亂的啜吸著伊堅硬如大理石的胸乳，好似餓急了的幼獸。自他的胸腹，便急急抽搐，便響起一陣陣困獸壓抑的吼聲。

樓上又響起那一陣陣小型工廠般的刺耳的機械聲了。好像在壓榨著什麼。冷風從窄小的窗隙裡鑽進，帶著不遠處那家魚店烹煮魚的刺鼻腥氣。

撫著伊的裸身，從頭到腳都硬實冰涼。微隆的小腹，裡頭的小子宮中的小生命……微微翹起的濃密的毛……。

再也不再也不再也……。

他把頭埋在棉被裡哭喊久之。

不知何時天已經暗下來了。

胃激烈抽痛，咕嚕咕嚕沒完沒了的響著。這才想起不知道多久沒吃東西了。

背上多處激動，換了件上衣，滿滿的血跡。

將伊的頭扶正，躺在枕頭上，撥開半覆著臉的髮。放平了身子，仔細蓋上棉被。親一親伊臉頰，披上外套，謹慎的扭開門把，張望一下，便放膽踏了出去。

對面房間有人開了門，那戴墨鏡的長髮男子攬著一短髮女孩，女孩頭垂得低低的，使勁關上了門。他讓出路來。長髮男子在她耳畔輕聲哄著。

甬道裡，昏黃的燈泡一明一滅，盡頭是死角。隔壁的門開了，年輕女人恰斜探出頭來，披著長而亂的髮，蒼白無血色的臉，慌張的張一張望，打了個照面，便把頭縮回去，大聲關上門。

拖著步子走到甬道盡頭，艱難的一級一級走上台階，寒風迫人，縮著身子，屏著呼吸，仍被吹得一晃一晃的。

到了一樓，風更大了，且耳際盡是瀉瀉的雨聲。地板濕滑，許多來去雜亂骯髒的腳印。門開著，吃著風。路面上奔流的水瀉進來了，冰涼而透明。腳立即濕了。路面已如小溪。眼前的山壁，幾近垂直的寬大的階梯一級一級的往最高處沿伸，水一匹匹的湧下。那黑暗的盡點處，幽幽朦朧亮著兩盞紅燈，一明一滅，如一座古廟。疏疏的古松間呼呼狂捲著大風大雨，黑暗中丘墓幢幢，閃爍著水花。樹傾斜，在最遠的遠方最黑的黑暗中彷彿自深海底部無光的所在升起，一朵朵最藍的花次第開放。

二〇〇二年一月—二月

原刊《聯合文學》一八卷七期（二〇〇二年五月號）

年夜飯

突然有人敲門。一聲、兩聲、三聲。停了會，又敲，更用力了些。他只好放下原先在心臟脖子附近來回磨擦的水果刀，使勁的擦去眼上的濕意，貼近門，開了個縫，啞著嗓子不耐煩的問道：「什麼事？」

是那個住在對面房間的長髮男子，無論哪時候見到總是用黑得看不到眼睛的墨鏡遮去大半邊臉，這回倒是取下了墨鏡。如果只看眼睛，會以爲是女孩，大而黑而深深的雙眼皮，還帶著些許清純，給人的感覺是這對眼睛長錯性別了。明顯好奇的往裡頭張望，好像在找什麼，身體壓向門，他卻使勁頂著，只開了半張臉的寬度。不友善的盯著他，重複問了「什麼事」。

「什麼味道那麼難聞？」使勁嗅吸，陪笑問道：「很多天沒看到你的馬子了，也沒聽到她的聲音……」

「關你屁事？」他的聲音竟是細聲細氣的，荷爾蒙分泌不足似的。和以前的印象大爲不同，難道剛去動了手術？

他終於忍不住吼道，使勁欲關上門，卻給一對友善的腳伸進來給撐著了。

「對不起。」他的態度出乎意料的友善，有綳帶包紮的手扶著門，正色道：「今天是除夕了，我看你們有的人沒回家，大家都是寂寞的出外人，不如到我這裡來吃火鍋，圍爐守歲。我住最久也最老，就由我作東？你那可愛的女朋友——」

「她早就回去了。」說著又想關門。

「就過來嘛？」以肩撐著，哀求道。門還是被關上。

「考慮一下？六點開始哦記得，自己敲門進來，什麼都不用帶。」

走向隔壁的腳步聲。敲門聲。「……妳隔壁的已經答應了嘛，反正……一起……年夜飯。」

平順的躺著，散亂的髮梳理過了，盤了個雲髻，別一朵黃菊，露出寬大的額。面目安祥，明顯浮腫的女孩，披著華麗的織布。左手挾著那個裝著伊心愛的石子的盒子。一束高山百合放伊胸前，滿室黏稠的怪味。他拎起一件衣使勁擊殺一隻誤闖的蒼蠅。

（陪妳去吧陪妳下地獄。）

那時她也在收拾著。正仔仔細細的縫著男子多毛的胸前錯亂的傷口。裡頭整齊的塞了木炭。

兩人準時的敲門，竟似一夥的，互相用目光淡淡的交會。推開門，有一股說不出來的有點熟悉的難聞的怪味，兩人立即都被嗆了，不禁皺一皺鼻頭。

是餿掉了精液的味道，混雜著不知什麼骯髒味。

還有印度線香。迎門是一座小神龕，小銅香爐裡插著一支線香。爐前一漆得發亮的，似乎是人的顱骨供在矮几上。紅色幽光裡，依稀是張年輕女子的褪色黑白照片，腦後梳了個髻。臉微側，唇略綻，有小酒渦，笑得很是甜美。眼眉都是笑意。舊時代的女子裝扮。

主人除下了墨鏡，席地坐著，一雙大而黑的眸子彷彿有許多話要說。一身寬大的藍黑色唐裝。

一塊華麗略顯骯髒的中東風格的地毯，擺了張正方形的舊矮木桌，桌中央是電磁爐和磁鍋，裡面沸騰著湯水，周邊擺著一盤各色肉片，分類切好的動物內臟及一干常見的火鍋料、冬粉、雞蛋、醬料。

兩人避開他對面的位子，一左一右坐下。

一坐下來便發現木桌上用黑色原子筆密密麻麻的畫了各種姿態的男女性交圖、獸交圖。鍋子看起來似乎不常洗，外頭有許多不明的黑漬子。

桌下幾瓶米酒。高粱。

「歡迎兩位。朋友都叫我種馬。兩位怎麼稱呼？」

「……叫我阿里吧。」蒼白男子嚅囁了好一會，見女的不作聲，勉強說道。

「……小文。謝謝。」便低下頭。

「小文妳是護士，……那阿里你呢？」種馬問道。

「在工地打零工。」他低著頭，心不在焉的。

「哈哈，」種馬啜了口酒，突然打哈哈。「我最賤，我靠女人養。」

兩人都一副不太想講話的樣子，目光都往周遭事物上飄。

又一人開了門進來，是住同一邊最裡頭，護士對面房的那位濃眉大眼的帥哥。臉上亦帶著幾許憂鬱。禮貌的朝所有在場者點點頭。「林徽因？」目光掃過神龕時驚訝的輕叫一聲。

「客人都來齊了。左邊這位是阿里，臨時工，右邊這位是小文，護士。都是鄰居。就叫你帥哥好嗎？」主人種馬示意新來者坐下。

「我叫John，□□大學的學生，建築系。」

「John你長得眞好看，性生活一定很多姿多采。」種馬不知是妒是羨的調侃他。他臉上一陣赧然，嘟噥一聲。

「玩過不少處女吧？」種馬仍不罷休。John的臉色更綠了。

種馬把墨鏡戴上。熟練的拌沾料。蛋黃混著沙茶醬的黏稠也令人覺得噁心。

他們在附近散步時，都曾見到這個怪人在附近的池邊椅子上，戴著太陽眼鏡斜躺著曬太陽，與池中石頭上大小烏龜相對，解開褲襠，膨脹的海參狀事物仰頭在凝視太陽。

嘴角抿著一絲邪惡的笑意。

想起往事，阿里心臟一陣激烈的抽痛，低下了頭。

（一起死吧……。）

酒瓶裡浸泡著一隻隻蜈蚣。

「可以開始吃了。」

最大的一面牆一架子舊書。百無聊賴的目光巡逡。

金瓶梅詞話
肉蒲團
被污辱與被損害的
罪與罰
附魔者
地獄變
赤崁樓記
卡拉馬助夫兄弟們
野草
我的奮鬥
吶喊
天方夜譚
亞細亞的孤兒
惡之花
石室之死亡
我愛黑眼珠
地下室手記

妒嫉
西方偵探小說與日本推理小說中棄屍方法之比較研究
孽子
窺視者
新檮杌傳
冶金者
愛經
大體解剖
吃火鍋的十種方法
……

一幅混合著梵谷畢卡索米羅陳澄波風格的油畫。一群年輕男女圍著熊熊的營火散髮跳舞，向日葵色的火光沖天，腳畔是一顆顆帶血的頭顱，似乎在滾動著。紅色油彩奢侈的潑灑。男女均神情迷醉，衣半解，露乳露勢。身上披的是華麗風格的原住民服飾。

遠處是重層的紅磚灰瓦，燈塔。

鐵製單人床，標準配備。枕頭與床墊間，塞著許多卷女人內褲。

床下幾個玻璃瓶，泡著一叢叢黑毛刷子或海膽狀的事物。

半開著的太空衣櫃。散亂著的衣物中似乎有女人色澤鮮豔的褻衣。旁邊還有個高高的窄書架，塞滿精裝的洋文書，似乎遮蔽了什麼。

淅瀝淅瀝的下起雨來了。

小窗更其沁進陣陣寒氣。

半開的小窗，可以窺見沿著山壁的棚子下，裝飾路燈暈亮，人聲喧嘩。熱氣蒸騰，數桌圍爐的人，幢幢人影均係漢子模樣。

種馬殷勤的川燙各色肉片、內臟，——好大的一片肝臟。整顆的心。一顆腎臟。一小碟生腸。一碟魯大腸（清得眞乾淨）。小腸。一片肺葉。全豬火鍋？

一一爲客人夾取，「好嫩好嫩年輕眞好，上午才宰的。」語無倫次的讚不絕口。

肉的味道怪怪的。不太像豬肉。

也不像牛肉，沒有牛騷味。

不是羊肉，沒羶味。

難道是狗肉？

貓肉？

一邊不斷的勸酒。

兩個男客拗不過各啜了一點，好一會臉即漲紅了。女客堅拒，只喝熱湯。種馬看他喝湯也現出滿意寬慰之色，「一早熬的大骨高湯，又燙過肉片和下水，最鮮美了。」瞅著她微隆的小腹，又補了一句：「懷孕的女人更應該吃好一點。」

飄過一縷線香。

哪裡飄來滷味濃香。

只有雨聲和沸水冒泡咕嚕咕嚕。

「大哥，」一高大的身影突然從洋文書架後閃現，在場所有人都吃了一驚。劍眉，一臉殺氣，黑狗皮外套。聲音卻很低很細，怕吵醒什麼似的。捧著一盤帶血的腦，遞給種馬，「處理好了。要加湯嗎？」

（現宰的豬？）眾人心裡一陣疑問。

「謝謝，」雖隔著墨鏡，種馬看起來很開心。

——這是我二哥。人人都叫他「逃兵二哥」。

他向大家介紹。高大的漢子謙恭的向所有人深深作揖，咧咧嘴，亂牙幾欲迸出。勉強要笑，卻只有一邊的臉在笑。

——其實他是我大哥啦，我是他的小弟。比我們小的人才叫我二哥，我大哥就是愛虧我。我先去忙別的。

邊說邊欠身想退。

——你不來碗湯？

——我在廚房偷吃飽了。外頭還有兩桌要招待，你們慢用。

——剩下的心腰子和肝拿去用薑絲爆炒吧？要留一份給我哦。大腸滷的比較好吃吧？

種馬吩咐道。逃兵二哥哦聲不絕。依他的指示以托盤收走。影子悄悄退向後方。眾人的目光跟隨著，才發現這房間大不同，別有洞天。牆後大概有更大的內室，甚至廚房。神祕的出口或通道。

——我弟弟到現在還是個逃兵。媽的屄國民黨。

——不過有的追捕者後來成了朋友。抓與被抓，產生成微妙的感情。

一邊用杓子把那豬腦川燙了分給大家，「剛剛熟最好吃。」連讚「媽的好鮮，眞鮮。哇靠幹，簡直是極品。」

——太補了。媽的晚上一定要找兩個女人來解解悶，分享一下。

自言自語道。小文蒼白的臉上更蒼白了。嫌惡的白了他一眼。

同時說起「逃兵二哥」的故事。

他說他這個弟弟跟他一樣愛自由，不愛工作，一心想當流浪漢。也許是從小寵壞了，也許是以大哥爲榜樣。當兵他沒法忍受，只好一再當逃兵。逃了被抓，抓了又逃，結果越當越久，現在如果再被抓，可能就要當到退休了。

喝了一碗湯。

薑絲醬油，爆炸油煙。

——結果養成了現在那樣的逃兵性格，永遠一副小心謹愼模樣。如果說他現在從後門偷偷溜走，我也不會覺得驚訝。他永遠像逃難者那樣收拾好行李，隨時準備他永無休止的逃亡。

喝了酒，帥哥紅光渙發，看來心隨境轉，有點興奮，開始和種馬有一搭沒一搭的接話，對逃兵二哥的話題很感興趣似的。

一個社交型的人物。難怪。

——你們一定會訝異說他到底能逃去哪裡？這島這麼小？

——他可是逃出心得來啦。憑我們家的「天生異稟」遺傳……說著就想解開褲子，意識到她的反感，「有女士在，不方便。但大家其實都見識過了。」瞅著她邪氣的笑笑。

——寂寞而性飢渴的寡婦。被老公長久閒置不用的中年怨婦。最讓我佩服的是，他敢搞——俗話說，讓處女動情只是入門，讓「茶花女」動情方是高手——最難的其實是搞大哥的女人。這我也不敢搞。一不小心命根子和命都會沒了，一定會死得很難看。可是他就敢，而且搞了不只一個。道上有句順口溜，「大哥坐牢去，二哥上床來。」或者「大哥跑路去，二哥入房來。」憑良心說那也是做善事，閒置了不過是暴殄天物。

——我想黑道一定也在追捕他。

影子般的逃兵二哥又出現了。托盤上數碟，冒著煙和濃香。

——大哥，下酒菜來了。我分一些給弟兄們。

——爲什麼沒有被砍？說實話，對我來說那也是個謎。這正是他厲害的地方。據說女人們都很滿意他的服務。大概是冒充水電工混進人家家裡去吧。不過他倒是在女人的閨房裡學了一手好廚藝，尤精於烹調有殼海鮮。

猥褻的咧嘴笑。

小窗下喧嚷著，罰起酒拳。

——有幾位大哥的女人據說就那樣被搞大肚了。大哥們應該感謝他，等他們出獄，現成的孩子都長大成人了。

——他的樣子和以前差很多，親人都不太認得出來。大概就只有眉毛沒變而已。只要把眉毛剃掉……。

如果說是兩兄弟爲什麼一點都不像？大概只有身高像。同母異父還是同父異母？如果樣貌差那麼多都可以是兄弟，那眞的「四海之內皆兄弟」了。

——大哥，冬粉和湯。

不一會逃兵二哥又出現了，兩手拎了鍋熱湯。

口吶欲言，「大哥我……。」

——可以了，等下燒壺水泡茶，剩下的洗乾淨，你的朋友吃飽了，就可以去打你的電動了。

更像個乖順的男僕吧。他欲言又止。

——大哥不是的，房東太太一直在催……。

——你不會先去給她降降火嗎？跟她說皮繃緊一點，預熱好，等我這裡忙完就去給她死。

一身酒氣，越發亢奮了。

那半熟的腦女客一口都沒碰，種馬冷冷的乜了她一眼。

「要不要來點冬粉？」他啜著他配方不明的酒。「妳的大屌阿拉伯的勞倫斯處理得還好吧？」她聽了大吃一驚，疑心自己是不是聽錯了，他眞的說了「處理得」這三個字嗎？還是聽錯了，是「處得」？他都知道？她戒備的垂首不語。

——其實我和他滿熟的，妳大概不知道。

她耳裡又是嗡的一聲。

「一起喝酒混pub把妹玩蠢屄，」他輕佻的看著她的肚皮。她覺得兩耳發燙。「還常常一起在池邊開褲襠曬龜頭。」

——媽的，天生異稟還是輸他一個龜頭。

她覺得頭暈，腦發脹，起身想走。「慢著。」他更冷了。威脅的語調：「聽我把故事講完我保證大家都沒事。」

「好不好嘛，」化爲那死老外哄人時的腔調。她只好乖乖坐下。

——你們知道爲什麼我會被叫作種馬？

——當然是大哥有女人緣，做了不少善事。

John趕緊拍馬屁道。其他兩人靜默的吃著冬粉，動作緩慢，心事重重。

種馬盛了一小碗冬粉，起身，擺在神龕頭骨前，輕撫頂門，小聲但清楚的說：「阿娘，新年快樂。」深陷的眼眶幽黑空洞如深思。

轉回頭，眼眶竟然是濕的。像演戲又像眞的。語調憂傷的獨白——甚至詭異的文藝腔。試圖扮演另一個角色？

他挑了卡帶，老舊的收音機，按下，沙啞的歌聲，民歌時代的鄉愁？

受盡了多少的苦　終於我看見　漫漫黑夜以後　露出的光明

喇叭發抖，以受傷的手，調小聲些。

——這些年都是我娘陪我流浪。

——我娘過世後我就離開南部的老家，一路北上漂流，一個小鎭又一個小鎭，我也不知道在尋找什麼。一直到臨海的這裡，突然就停下來了。好像已經走到了世界的盡頭，再也沒有去路了。我想一切都是因爲我娘，她一過世，我就失去了人世的定位點。我想我就像懸崖上的石頭，只合憂傷的望海。搞了十幾年，才發現也許根本就不在找尋什麼，純粹只是爲了離去。我想我老弟的心情也是一樣吧？

——幾年前回鄉一趟，就爲了替我娘撿骨，爲免過度的思念，我偷偷帶了一塊來和我同住。很漂亮是不是？

捧起顱骨無限愛憐的摩挲。

——向古董店的女孩學的，一層層塗上天然漆。不是進口的，是中部埔里的本土特產。可以永世不壞。馬王堆出土的楚墓，裡頭多的是漆器。

——我把我娘變成了藝術品咧。每年有空就幫她重複上幾遍漆，這裡畢竟太潮濕了嘛，又埋了那麼多年，不好好保養怎行？

他得意的放回供桌，咧嘴一笑。眾人背脊一陣發麻。但阿里卻向他要求借來欣賞一下，怯怯的問：「可以嗎？」

——小心別摔壞。

種馬大方的捧了給他。小聲如私語的說，裡面花了他最多工夫，好多爛泥巴他都用小刷子慢慢清，像對待珍稀的出土文物。但有的部份不免還是朽壞了。

掏出一瓶金門陳高，給自己倒了一大杯。兩位男客各一小杯。

——我娘年輕時可是府城公認的大美人，你們看她留下的唯一一張照片，很清純是不是。……不知道玩過多少個這種……可憐的女人，紅顏薄命，不到四十歲就掛了。子宮頸癌。死前瘦得像柴魚，肚子卻腫得像懷胎十月要生了。媽的大概是我爹南洋戰場帶回來的什麼骯髒病害的……。

……廢除了所有不平等條約趕走了所有凶狠的豺狼

三百年不間斷的帝國主義

你們也知道的，自願兵嘛，又是那個年歲，天天都會想女人的，一定是去玩什麼土妓……慰安婦哪玩得起。都是日本人在玩嘛。不過慰安婦也不可能乾淨。所以我從來不玩妓女。太骯髒了嘛，我又不愛戴套子。搞一身性病多不值得。反正不愁乾淨的女人送上門……。

他脫下墨鏡，炫耀道：

——你們看我的眼睛，多迷人。你們知道有多少女人爲了它而被搞大肚嗎？酒喝多了，明顯的激亢，且有點語無倫次。掐指在那裡認眞算。台南兩個，屏東一個，高雄一個，雲林嘉義零個（有待努力），台中花蓮各兩個，桃竹苗各兩個，台北十一個，金門澎湖綠島各一個……遊客方面嘛，日本三個，尼泊爾一個，伊朗一個，馬來亞一個，美國三個……沒有仔細算還不知道，如果她們都很有母愛，孩子都沒拿掉，哇，幹伊娘，我的私生子可以坐滿一輛巴士喲。

笑吟吟，眼發光，陷入當多子之父的自我陶醉。一時無話。

——大哥，茶泡好了。我上回帶來的福建鐵觀音，請各位嚐嚐。同時把火鍋及一干碗盤殘渣及吃剩的清走。喃喃自語。餵狗吧。茶香。

阿里悄悄把頭骨放回原處，合掌膜拜。

……我們搖籃的美麗島　是母親溫暖的　懷抱

——我剛開始流浪到這裡時，有兩個很愛我的家鄉女人供養我，租住衣食。每週輪流從南部專程上來找我，幫我洗衣打掃，讓我玩……。可憐的傻女人。後來她們發現了彼此的存在，都怪我，喜歡留下她們穿過的褻衣把玩……這優良嗜好現在還保持著。我最受不了女人吃醋——及想管束我。抓緊她們危險期，一泡十億大軍精子射進子宮讓她們大肚回家待產，準備好好的過母親節去吧。保證一年半載沒空來煩我。對付那些很有母愛的女人，這招最好用了。她們有了寄託，就不會再來煩我，把我當她們的孩子，說什麼浪子棄兒好可憐之類的……操！我可製造了多少個母親啊。

（這就是種馬的由來了。）

種馬站了起來，以演說的態勢，揮舞著受傷的手。

水牛（水牛）　　稻米（稻米）　　香蕉（香蕉）　　玉蘭花

——這不會也是我老爸的壞基因吧？我老爸好命（怎麼忽爹忽爸的……），在南洋沒有被炸死，一回來家裡就娶了漂亮白嫩的年輕老婆讓他玩。之迷戀的。我還記得，他比我弟還黏我娘。我娘說剛結婚時更嚴重，像發情的公雞，整天硬邦邦的跟在她屁股後面亂摸，玉蘭、玉蘭的跟屁。什麼工作都不想做，一有機會就把她拖進房裡，壓倒在床板上插插插，射精。父母寵他，獨子嘛，憐惜他在戰場上慫得可憐，受折磨，就任他玩回本。也虧得我娘，那麼有母愛，提起時沒有一絲一毫怨恨。

——她說生下我們後，奶水都給我老爸搶吸光了。我們說那死變態大吼大叫說要把我們摔死咧。幹，妒嫉我們吃娘的奶。祖母只好爲我們各請了農家的大奶媽。媽的，不是親娘到底有差嘛，害我和我老弟終生遺憾，一輩子找替代，迷戀女人的大奶。

——不知道是玩過頭，還是在南洋戰場被什麼寄生蟲咬了，我老爸後來就一直消瘦下去，瘦到像癌症末期。晚上也不睡覺，穿一身白，像鬼那樣屋前屋後穿過來漂過去。我媽後來彌留時不無遺憾的告訴我們，才知如此就不勉強他斷奶了，讓他吃到不想吃爲止。後來傭人沒看好讓他跑了出走，竟然給流浪狗咬死了。才四十幾歲。媽的。死得好。省得又把我媽搞大肚好搶奶吃。

——媽的，當初去當志願兵全家反對，我阿嬤還跪下去求他。改了姓名——媽的豬木那種姓他也要，好好的朱元璋的朱不要，不如姓豬頭——響應天皇的號召，大東亞共榮圈，和一群廢物死黨割指頭寫血書，媽的蠢。眼看阻止不了，家裡原來安排了好人家的女兒想讓他去做炮灰前好好玩玩順便播種，不料人家老爸臨時反悔，人家也又不是豬！沒得玩了，大概只好去嫖妓吧我猜。

護士小文一臉煞白，竟然不自禁的在發抖。John 脫下外套給她披上。輕聲細語哄著。她起身，到後頭上廁所。逃兵二哥在後頭簡介廁所的用法。

——我老爸的故事很精采是不是，來來來，敬你們！新年快樂。喝杯熱茶。輪流去尿尿回來聽大哥講故事。

他又倒了杯高粱，獨酌。等眾人如廁。逃兵二哥在牆後親切的低語侍候著。果然，簡直就是個獨立的小公寓嘛。裡面有間大房，雙人床，大紅綢被，春宮畫，古董情色刑具。各色小瓷瓶的藥。設備齊全的小廚房，滷味飄香，但謹愼的虛掩著。荷蘭進口雙人大浴缸，有雅緻的春畫，裸身男女膚表如蛆。血腥味混和著刺鼻的消毒水味。

好一會人都回來了。他清清喉嚨，又開始了。

古老的中國沒有鄉愁
鄉愁是給沒有家的人

原來是李雙澤的歌。

——我老爸一掛，我老爸的老爸受不了刺激，秀逗了。都快七十歲了，有時半夜竟然爬上我娘的床，亂摸奶。我娘再有母愛再有修養也受不了了，當場一巴掌掃過去，一拐子叫他半天站不起來。那時我和我弟都八九歲了，有時還和我娘睡，也是可恥的撒嬌亂摸奶，唉……。現在想想，我娘那時還滿年輕的，還能生，性慾也應該旺盛……。眞是可惜……。難怪我老弟後來都喜歡這個生命階段的女人……如果眞被我祖父扒灰得逞的話，老精蟲配上我媽頂級的生鮮卵子，說不定眞的可以把我老爸重新生下來，吃我媽的奶吃到反胃，做我的小弟從小被K到大。

握拳做毆打狀。

阿里的臉色也更難看了。

——我的變態祖父嗎？他後來當然更變態了，不知道從哪裡的戲班買了假髮戲服，天天在家裡扮孔子，依著畫像——

他做出彎腰駝背，縮脖子聳肩，做孔子狀。

——自己拜自己。我們家是書香門第，挑高的三進老屋裡，有間雅緻的書房，收藏了不少線裝書和字畫，四書五經諸子百家二十五史鄉邦文獻。我祖父年輕時還是個舊詩人，常和小日本附庸風雅的政客唱和。自印過一本薄薄的無聊的爛詩集，什麼××吟草。

——捧著線裝書，子曰子曰的繞著中庭那口水井，搖頭晃腦的，人無遠慮必有近憂逝者如斯夫不捨晝夜，食不厭精膾不厭細食饐而餲魚餒而肉敗，不食。色惡，不食。臭惡，不食。失飪，不食。不時，不食。割不正，不食。不得其醬，不食。惟酒無量，不及亂。媽的，那陣子我家的廚子不知道換了幾個，這個不吃那個不吃。後來宗族商議說要去請什麼山東孔家的二廚來侍候他。媽的神經病。吃屎算了。

——更糟的是天天一大早拿著竹棍天天押著我們兄弟背古書，媽的，一聽到背錯就瘋起來一陣亂打。都不想想自己已經七十而耳背了。

——我媽去向他求情他就流口水了。搓著手，小聲哀求，「今暝，一次就好……阿蘭，幫幫忙。」捧著卵，一副快憋死了的發情樣，好像給我那死鬼老爸附身似的。

少年的中國也不要哀歌
哀歌是給不回家的人

——後來呢？

——後來嘛……我媽大概還是不肯，那陣子我們兄弟的屁股隨時都是腫的，放屁都會痛。還好阿嬤心疼孫子看不過去出來主持正義，好幾天晚上把他鎖在大門外背《論語》。

——那死老頭呢，當然是翹掉了。怎麼翹的，這個……

種馬突然有點結巴，遲疑。如電力不太穩定似的路燈似的，一明一滅。

——算了。這幾十年都沒有告訴過人的祕密，今天便宜你們。第一手報導。有一天夜裡，我和我的愛哭老弟偷溜到外頭玩，突然看到那個死孔子在池塘邊喃喃自語唸唸有詞「子非魚安知魚之樂？仁者樂山知者樂水」。我和老弟一時興起，合力抬根竹竿，就趁他面向池塘時起乩時，盡全力朝他屁股一戳——

——沒想到孔子不會游泳，飛落水裡餵王八，變成屈原了。

（端午節你會想念他嗎？）

窗外仍喧鬧。大概會鬧到除歲吧。

家族故事講完了，他臉上卻難掩失落。護士小文一隻手按著胸口，又起身想走。John 拉著她，使了個眼色。種馬還在說著故事的尾巴。

——我娘在的時候我還去賣過舊書、擺過地攤、賣過假藥。她老人家一過世，我就自由了，再也不務正業——但也近乎廢了。好像泛舟者失了槳。

阿里也跟著起身告辭。

——尿又漲了嗎啊哈哈。要走前先聽我講最後幾句話。非常感謝各位的賞臉與幫忙。

說著深深一鞠躬。

——也請各位不要忘了，你們的房間裡藏著什麼，我可是一清二楚。

朝向阿里；「你那可愛的很會叫床的山胞呢？不小心弄死了吧？窒息式性愛好玩是好玩，弄死了可不好處理。發臭了吧。我可是你們的忠實聽眾。」阿里緊咬著唇。朝向小文，「妳的大屌老外也弄死了吧？需不需要我們兄弟幫忙處理啊？」小文快支撐不住了，身體靠著牆，John 攙扶著。又向 John 說，「這麼會體貼女人，難怪。你那可愛的長髮小美人也不小心弄死了吧？好可惜，那麼緊翹的小屁股。」John 咬破了泛紅的唇，戰抖。「太花心了女人受不了吧？」小文直覺的用力把他推開。「要趕快處理掉哦，不然發臭了就麻煩了。」

這時那謙恭有禮的逃兵二哥又出現了，一番誠懇的鞠躬道謝。結結巴巴的。

——謝謝各位，幫，幫忙吃，得那麼乾淨。剩下的就好處理多了。

說著展示一根長長的骨頭，黏附著少許熟肉。沒錯，看起來應是人的大腿骨。種馬戴上墨鏡嘆道：

——眞可惜。好可愛的年輕女孩。就是不識好歹。哼，咬人。唉，玩著玩著不小心就被我老弟弄死了。

三人不約而同的奪門而出，嘔吐之聲大作。

依稀逃兵二哥囁嚅的言談，大概只有地下室聽見了：

——大哥，阿蘭她子宮裡有一隻粉紅色的幼仔。都成形了咧。不知道是你的種，還是我的……。難怪她變得那麼難搞……。

——少廢話。我的就是你的，你的就是我的。媽的，這不是多愁善感的時候，拿去泡酒。

外頭響起鞭炮聲，沖天炮，火箭炮，煙花。十年如一日俗濫的新年歌。

在除歲的鞭炮聲中，李雙澤的歌聲變爲巨響：

我們不唱孤兒之歌
也不唱可憐鳥
我們的歌是青春的火焰
是豐收的大合唱
我們的歌是洶湧的海洋
是豐收的大合唱

二〇〇五年二月五日大年前夕補完

原刊《星洲日報・文藝春秋》，二〇〇五年五月一日、八日

風景

白鷺鷥

二期稻作伊始的稻田景色，收割後的稻株又抽長出翠綠，伴著枯萎後的淡褐，一叢叢整齊的成行成列。那些新綠，它們知不知道如許賣命的抽長都是徒勞的呢？

每日午後，當太陽慘烈的偏西，農夫便戴著太舊的斗笠荷著鋤，放起一把又一把的火，任它撲撲的燒起。燒過去，燒過去，滾滾濃煙伴著酷赤烈焰，漸漸的鍛燒出一個濃稠的黃昏來。

那輛藏青色的福特轎車停在那兒已經有好一陣子了，駕駛座上方一男子目光茫然的朝遠方投擲，鬆鬆的纏在某家工廠灰黑的煙囪上，像烤焦了的牽牛花藤。

農家的狗定時的朝它厲吠。彷彿夜臨時他便走了，車子異常徐緩的在夜中滑行，那兩柱燈光看起來疲憊無比。目擊者如是覺得。

第二天早上，那輛福特轎車又出現了。仍是徐緩的滑進目擊者的視野裡，晃著銀白的日照，還是停在昨天的位置。

敏感的農夫農婦聞到一股屍臭味，一度懷疑是園裡某處死了小獸，或者是惡意的過路人搬來死貓斃犬。可是，沿著狗吠聲判斷，屍臭味或許不免和那部嶄新的轎車有關。

綠頭蒼蠅也無端的多了起來。飆過天空，嚶嚶聚在那輛福特的車廂蓋子上，車玻璃上。黑壓壓的一群，把整輛車都裝點成蜂巢。狗持續吠。

稻田和煙囪之間，是一處地形隨意的墳場，坐落著古墳無數。新墓疏疏，有瘦勁的綠竹。似乎，陌生男子的目光一度在那墳場間留駐。後來，因爲風向的緣故，而被吹回，落在稻田裡。

犁田機請來了，稻田裡大概也灌了些水。犁田機一開過去，焚餘的稻莖便紛紛隱遁了。濡水翻鬆的泥土，黑亮黑亮的。濁水映出澄澈的天空。

不知道從哪兒飛來的一群白鷺鷥——也許是跟著犁田機——老早就出現在稻田裡了。伸著長長的喙，跨著瘦杆般的腳，在水稻田中啄食。在犁過的黑亮中翻騰著白影。

有幾隻膽子大的，就跟在犁田機的後頭。亦步亦趨的，弓身不斷的伸縮著彈性很好的脖子，啄著新翻過來的土壤中某種可口的食物，而看起來，卻像是在啄著開動中的車子。犁田機上的漢子壯碩厚黑，大概是疼惜孩子的父親罷，一點都不在乎那群圍繞在車子周遭的白鷺鷥。

似乎，那群起落無定的白鷺鷥是漢子的守護神。確實，遠遠看去，牠們像是一群鴿子，可獨立水中的姿勢又像是鶴。一群無憂的水鳥。

瞧清楚些，那些鷺鷥泰半都不是純白的。頭頂和前胸都有一小片淺褐，像畫家筆下一抹不經意的淡彩，在白色的畫紙上呈現了水彩特有的透明效果，一抹水意。

腐臭味愈發濃郁，狗吠聲焦渴。

車後廂下方的路面上，一灘黑色的汁液，把影子劃分開來。車子發動了，嘍的一陣黑壓壓的蒼蠅飛起。

陌生人的眼眉之間層層描摹著難禁的疲憊。這時他也注意到了目擊者的存在，就在稻田的另一方盡頭，在那石板圍牆的後面，踩著牆的陰影，露出半截腦袋和一雙眺望的眼。

兩人的目光在稻田上空遙接，僅僅一觸，卻因爲疲弱而墜入水中。牆後和車上都同時發出一聲輕嘆。

車子緩緩滑動，車廂的黑色影子卻完整的留在那兒，且向他的離去延伸。

驀然，白鷺鷥紛紛拍翅衝起。目擊者的瞳仁中卻映著一群撲翅的黑鳥，鴉鴉的恣意狂叫。

原刊《幼獅文藝》七四卷六期（一九九一年十二月號）

沙髮

當我循線來到那臨海的木屋時，他早已先一步走了。沒有錯，他在那屋裡住過好一段時日；我幾乎單憑聽覺就可以確認這一點。

小木屋分上下二層，他住在上層，下層似乎一直荒廢著。木屋相當陳舊，半隱在樹叢中。每回海風吹來，它都會渾身一顫，爬牆虎快把它給吞沒了。

一樓大廳裡有一台黑白電視機，其他地方擠滿舊報紙，都已深刻的泛黃；牆上掛著兩年前的日曆，沒有指針的壁鐘。雖然如此，總的來說還算潔淨——塵埃也還算安定，沒有隨處飛揚。

喀吱喀吱的上樓去。越往上走，越多沙。細沙。一地的沙。這便是他的癖好了。把沙鋪在地板上，白日坐在上頭，夜晚睡在上頭，書、畫稿、文件、陳舊的外衣、內褲、菸灰缸、牙刷、刮鬍刀……都半埋在沙中。我想起他的自述，他小時候一度愛極了喫沙。

「那沙沙的聲音在齒縫間令我莫名的興奮……」

說這句話時他濁濁的眼中噴出一股駭人的狂熱。露出白牙，吋許長的鬍子根根暴長，身體也亢奮起來……。

沙是他的哲學，也是他的生命。十分順理成章的，他最喜愛的植物是仙人掌——各式各樣的。曾經，他夢想建造一座花園：沙漠花園。

眼前沙堆上有一戳戳三角錐形孔穴，裡頭預料住著他最鍾愛的寵物——蟻獅。沙上架著一張畫，似乎是他的自畫像——以針筆細細點觸，均不成線，更不成面，像沙。

玻璃窗敞開，在風中拍打著牆。

我在沙上揣摩他留下的訊息。所有的線索似乎都暗示了，他把訊息轉換成觸覺的形式，寫在沙上。是以我脫去鞋子，讓腳板和沙緊密貼觸。一瞬間我腦海中呈現出他的形象：枯瘦的裸身俯趴在沙上，雙掌親暱的揉撫著、愛撫著沙那善變的形體；他輕輕蠕動，款擺腰肢、呑口水、抽搐……聆聽……。

我注視我還算白皙的腳掌，沙充塞於指縫間。一隻寄居蟹瑟縮著溜過。（感謝妳，老遠的跑來……）

那些年裡，他最眷戀的是我的髮。黑而長而亮，他愛撫，聞，聽。他說：「有草的氣味，潮水的聲音。」而我知道，他聽到的是沙的聲音。

所以在臨去前我剪下了一束髮，埋在沙中，預料在若干個被遺忘的日子後，黑髮會滋生蔓長，覆蓋著他留下的一切。也唯有這樣，才能永遠的去除，他留在我髮際的沙沙之聲……。

原刊《中央日報．中央副刊》，一九九一年十一月二十七日

女屍

起先，老人以爲是自己眼花，或是由於腦部功能退化而產生的幻覺——他瞧見一具少女的裸屍，半埋在木麻黃下的細沙裡。眼前的景象令他悸動，畢竟這個他朝朝暮暮散步、沉思的沙灘已經熟悉得像一張陳舊的照片，產生不了新鮮的玩意兒。因此老人短暫的不相信自己（的視覺），而猛力的用鼻子吸氣：海邊的空氣清爽如昔。

他抖顫的伸出脫水的手，搭向少女嫩白的肩。

冰冷光滑得像大理石雕像。

難道，她還活著，在沉睡之中？冰冷的觸覺傳達了矛盾的訊息，這令他更仔細的端詳著。

他緩緩蹲了下來。

細沙幾乎掩蓋了她的黑髮，長長的睫毛上有宿露的殘跡，緊閉的唇小巧而沒有血色。下巴微微上昂，露出少女特有的倔強。脖子修長脂白，黑髮的尾梢微微捲向它。除了肩膀，她的雙臂、腰部以下都掩沒在沙中。源於細沙特有的筆觸，爲她敷上針筆那密點的效果。

老人猶豫著試探少女的心跳：沒有心跳。自然也沒有呼吸。然而少女臉上持續著一股凜然不可侵犯的神情，似乎對老人冒昧的碰觸表示不滿。

絕對不是石膏。不是大理石。更不是塑膠。

老人愣著了，不知如何是好。

海風細細的吹，木麻黃隱隱織出婉約的濤聲。

飄起微雨來了。

老人緩緩抬起頭，猛然，心中一震。

在防風林裡，不止一具這樣的女體。相同的特徵：半埋在沙中。爲什麼剛才沒有看到呢？如今卻像微雨後的野蕈那樣紛紛長起。

老人靜止不動，陰鬱的防風林裡似乎給那一具具白色的女屍照亮了。好一陣子他有一股強烈的衝動——去一一檢視那埋伏的肉身，企圖從她們癱臥的身軀上找出一些什麼——哪怕是血跡、創痕或者任何足以說明或暗示死因的線索。然而他就只是那樣蹲著。蹲著聆聽內心裡輕微的爆裂聲。

某種新的東西在心裡頭滋生。他說不清楚那是什麼。像植物在抽芽，他感覺得到那股律動。

他坐了下來，一隻手不停的撫摸著身旁女屍的臉。

正如預料的，幾天後有人發現他乾癟的裸屍，身上隨意散佈著木麻黃針狀的落葉。林子裡成群的白鷺鷥，正平靜的立著。後來有人發現，他身上有鷺鷥走過的痕跡，清晰的像疤痕，或胎記。

原刊《幼獅文藝》七五卷六期（一九九二年六月號）

葫蘆花

詩人尤某，驀然聽聞他年輕標緻的妻子不明不白的就物故了。素來感情脆弱，頗為依賴妻子的愛的尤某，一時之間似是驚愕了，何止悼亡詩寫不出，連喪事都得由他家人和朋友打理。

由於她死時臉頰和嘴唇都是紅潤的，一度大家都以為她只是暈眩過去。之後發現心跳和呼吸都停止了，卻仍將信將疑。後來送去醫院，聽了醫師的判決，尤某還不肯信服，他唯一的根據是：她沒有向他道別。

這唯一的根據後來成了他難以釋懷的死結。先是不肯接受她的死訊，接著是不讓醫生解剖她的屍身；後來又堅持不讓她入棺、下葬，甚至以死為要挾。基於少數服從多數的原則，他面臨了一連串的挫敗。下葬之後，一位思慮周密的友人建議我們監視他幾天，以免他因想不開而去「盜屍」。

我因爲寫小說的關係，而被指派了。

她死後，他摒退了所有的親友。我以他的安全爲由，堅持留下。

每天一早，他就坐在門外籐椅上，低著頭不知道想什麼，一任日光投照在腳上、膝上、身上。她手植的葫蘆，早已爬滿瓜架。壯實的瓜莖、厚大的瓜葉、無數的花苞，逐漸延伸向他日日發呆的所在。

一天夜裡，某種詭異的氣氛把我喚醒。我聞到某種輕淡、陌生的香氣。窗外是冷亮的月光。從二樓下望，瓜架上的葫蘆藤擎起一燭燭白淨的雄花。也許是吸收了月華，那些花朵都顯得格外明亮。

門外有一團黑影。是他，坐在籐椅上。

我輕聲下樓。雖是刻意的放低腳步聲，還是給他發現了。他沙啞的說：

「她最喜歡白花。所有白色的花。你看，花開得好多……」

我發現籐椅旁多了個矮几。他的左手正按在一只佈滿裂痕的小碟子上，碟子下墊著一張印滿文字的黃紙。

「這麼多天來，她都不肯回到我夢裡來……一直沒有向我道別……她喜歡的花都開了，我知道今晚她一定會回來的……」

我心裡異常納悶。

「她——來過了？」

他兀自自言自語：

「……我心裡一直喚著她的名字。這是最後的方法了。她去得那麼突然，我們來不及說好。良久，良久，碟子終於動了，動了，它慢慢的移動，移動，兜著圈子，一圈又一圈，越走越快，帶著我的手。然後，我看到一口深井，漸漸的在旋轉中形成，一口深黑的井，逐漸擴大、擴大……」他一面說著，一面比劃，兩隻手不由自主的劃著圓圈。頭上昂，呆滯的雙目投向瓜棚。

「……我看到一點白色。朦朧模糊的，逐漸清晰、清晰，看清楚了，滿地的葫蘆花。花在水上，圓形的一汪水，一朵朵花綴在一圈圈的漣漪裡。我看到她了。眞的……她的臉映現在花水中，沒有笑，也沒有流淚。我聽到她很小聲的在對我說話，聲音很柔很輕，像無數的細絲。她說：對不起。來不及和你說再見。原來……她原是我的前世，並存而結合是輪迴偶然的失誤，現在，她就要走了，趕在消失之際向我話別……

……別然我一再的擦拭雙眼，卻也止不住她的逐漸模糊……」

至於葫蘆藤的突然枯萎，是幾天後的事了。

原刊《幼獅文藝》七五卷六期（一九九二年六月號）

沙灘

十一月尾梢或者十二月初，或者更早些，誰也不會在意確實的日期。總之是大風狂吹的日子。海灘靜悄悄的，見不著遊客，只有波浪在重複的翻滾，把泡沫推上沙灘，捲走一些表層的沙。長長的沙灘。他們揹著簡單的行李來了，幾件衣服、雨傘，和書。沙灘的名字和沙灘一樣長。四個男生，兩位女生，剛從中學裡畢業，就將就著季節趕來這裡，希望能把這一年來考試的壓力都給消除。藉著這不歇的風，這潮聲，這不斷飄零的雨，和彷彿無盡的沙灘。

來到這海邊之前得步行一段長長的路。穿過稻田和香蕉樹，轉了無數個莫名其妙的彎，上坡。弓著身子抵達坡頂，感到風吹便看到海，海與沙灘之間是一大片防風林似的椰樹。頭髮在逼人的風中全往後飄，所有的椰樹都有著和他們一樣的髮型。太過熱情的風讓他們呼吸困難，風在尋找臉上的孔竅。他們把東西擱在馬來小店的五腳基上，三面無遮，屋頂的亞答是自由主義者，任陽光和雨水自由下落。

眼看是沒法下水了，他們卻覺得快意。從來不曾獨自擁有一座沙灘和整個南中國海的東北風。便這樣，靜靜坐在長凳子上面海迎風，什麼也不想，什麼也不做，細雨無聲下落。

那天中午，一樣的風一樣的細雨。男孩之一和其中一個女孩赤足在潔白的沙灘上，潮濕的沙包容著兩雙年輕的腳。他跟在她後邊，在長長的沙灘上持續踩下深深的足跡。沒有人開口說話。她的姿勢說明了她喜歡一個人走完長長的海灘。他故意停下腳步，試探她的反應，她報以逐漸遠去的背影和同樣的沉默。稍傾，他忍不住跟了上去，他判斷前方椰林中必然會有一些住家，她多半還會遇上馬來青年，孤零零的一個女孩，什麼事情都可能發生。他刻意把腳板嵌在她的腳印裡，掙大了原先的足跡，好讓兩個人只留下一行長長的蹤跡。他快步趕上。猛回頭，雨水和大雨正逐漸把他們留下的痕跡撫平。

雨不停的下著，他趕上了。瞧瞧已經走了好遠的一段路，他又想回小店去了；而她仍是頭也不回的走著，不知情？更像是不曉得他跟在後面。他再次停下腳步，呆呆的望著她走動的背影，兩人之間的距離越來越遠，之間的腳印越來越多，都是她一個人的。終於，背影模糊了，轉個彎，她不見了。他跑步追去，把她留下的腳印踩亂。這時，大雨來了。

大雨來了，以巨浪的姿勢，重重的打在他身上。他衝進白茫茫的雨中，她不見了。離開沙灘，他往椰林的方向奔去，隱約有一間高腳屋。當他跨到廊上時，衣服、頭髮幾乎都濕透了。那高腳屋彷彿是一間孤獨的旅舍，因東北季風而短暫荒廢。房門以鋼鎖鎖著。雨水順著亞答流下，他們把背部緊緊貼著板牆。椰樹間和海上均是白茫茫一片。這地方再沒有其他人。雨又下得那麼大，沒有人會來。沒有人知道他們在這裡。風不停的吹。好冷。他瞄了她一眼，她雙臂抱胸。她大概也很冷吧？她的衣服那麼薄，一定濕透了。他突然心跳加速，覺得口乾舌燥，手腳冰冷，微微顫抖。她離得那麼近，一隻手臂的距離。沒有對話。他想，在這種地方這種時刻什麼事情都可能發生，尤其是那麼冷雨又那麼大，她又離得那麼近又給雨淋濕了……

他不敢盯著她看，把焦距游移的目光投向雨中。雨突然變小。

「走罷。」

她突然開口，很小聲的說。然後快步走下梯級，向沙灘。他匆忙跟了上去。

剛剛留在沙灘上的足跡都面目全非，慘遭毀容。這回是朝來處去，她依舊領先。走了一小段路，雨又大了起來。她快速的躲進一棵向海灘斜躺的椰樹底下，蹲了下來，他也跟著蹲了下去。抬頭一看，向下的這一面樹幹是乾的，沙也倒影似的乾著，長長的一條。他們靠得很近，他鼻端清晰的聞到她身上淡淡的氣息。頭碰到樹幹，沙灘上又是簾幕樣的白。風不停的吹，濤聲澎湃。雨水沿樹幹邊緣滴落，掉在他背上、頭上、她的肩上。她沒說話。他專注的聆聽她的呼吸。她的衣服已經濕透了。很冷。她的身子在輕輕的抖。他咬緊牙關。這裡，這種時刻，什麼事情都可能發生。他想。

「很冷，」她突然開口。「看來雨會下個不停。我們還是快點回去，免得生病。」他點點頭。他們同時離開遮蔽的樹幹。她不走，他也沒動，等她先走。

「你走前面。」她忍不住開口。

「妳走前面。」他客氣的說。

「你走前面。」她固執的說。

「妳走前面。」他不肯讓步。

僵持了一會，她突然扭捏的說：「我的衣服濕透了，讓我走後面。」

一愣，他邁開大步，耳根一熱。她走得很慢，他於是得不時停下來等她。如是慢慢走完長長的沙灘。他不斷的回想，許多時候，什麼事情都可能發生，然而什麼事情都可能沒有發生。

原刊《幼獅文藝》七二卷六期（一九九〇年十二月號）

三年八個月

我和我的情人們摟抱著一莖枯草在水面飄浮。小木屋在正前方，左邊是稻田，右邊是莽林。水勢來得凶暴，一波又一波滾滾觸浪翻捲、拍打我們身側。暴雨橫掃，風吹自八方。寒冷令我渾忘了衣服的存在，只死勁摟著那抱枕一般粗的稻草，載浮載沉。每一顆雨珠落到水面之前都刻意爆裂、迸濺。我和我臉孔模糊的情人（啊，竟如許多）之間無言可談，在水波的光影裡我看到自己失血的容顏。洪水來勢越發猖獗，整座林子都傾斜了。小木屋無助的露出鐵皮頂，邊緣仍然有銳利的鋒芒。突然我想起戰爭與及戰爭中像我這樣一個蒼白女子的命運或者死亡的方式等等，而身邊這許多臉孔模糊的男孩卻令我覺得苦澀。裙子像水母一般漂起，風中有竹子折斷的疼痛聲，帶著明顯的不甘。樹倒了三排。小木屋殺氣騰騰的攔截了一堆浮木、亂衣，螞蟻和蜈蚣。又一波濁水沖來，當頭擊落。

彷彿是許多年以後我歷劫歸來，循著記憶尋覓我的家園與及料已蒼老的父母。那種心境顯然是出嫁了好長的一段日子，告別了少女的心緒而鍍上了一層莫名的滄桑。亂草，我只看到亂草佔據了疑是家園的舊址，小木屋殘落，白蟻窩沿板牆築上，亞答屋頂長滿羊齒植物，坍落。過多的陽光引來滿屋子的草，它們一逕開著沒有色澤的花歡迎我。那些臉孔模糊的情人就像是牆上朽蝕的歌星海報，殘缺而猥瑣。過了大廳，推開我昔日的臥房。嘿，一隻貓彈起在窗邊，滿是戒懼的望我。猶疑，不安。胖蓬蓬的像是過極了好日子。

「阿貓」我輕喚。

「不認得我了嗎？」

對峙良久牠才放棄了敵意，快速奔來，入我懷中。我安撫牠，像對待孩子一般（而顯然我是一個懷過孕的女人）。牠肆意的發出咕……咕……咕……

「你是在等我麼？」我問牠。

在一處黯淡的角落我發現了一隻雕花的瓷碗，碗中黏著數顆烈日曝曬後的剩飯。然後便看到一隻孩童的手，一人影從草叢中鑽出，瘦小污黑，是妹妹呀！妹妹妳在幹什麼？爸爸和媽媽呢？妳怎麼變成了這個樣子？她不語，又鑽入草叢中。我連忙抱著花貓俯身撥開重重的高草。一會，便看到一乾草鋪就的窩。有一個嬰兒，肌黑骨瘦，肚皮卻腫脹。呀，是弟弟哪！弟弟你不是小學快畢業了嗎？怎麼倒退還原縮小成這個樣子？我是大姊呀，大姊回來了，你們都不認得了麼？妹妹妳怕什麼？

弟弟不會哭，妹妹也不會說話，眼中卻有著相同的灰色。爸爸媽媽呢？妹妹手中有一紙殘片。我向她要來，尿黃的紙上是一行孤立的文字：

「佔領了三年八個月的日軍終於黯然撤退……」

握卷的手卻忍不住枯萎了，像脫水似的皺縮，抖顫，紙片在風中飄去。我驚駭的端詳自己的雙手。癢——突然的癢——一粒粒的白色突起，皮膚嘶的裂開，子葉鑽出，莖抽長，約略是某種豆科植物的幼苗。

我大驚。而夢便這樣醒來。

原刊《幼獅文藝》七二卷六期（一九九〇年十二月號）

斷橋

我們並肩挺立在那座木質的橋之前，以準備過橋的姿勢。橋是連續的，一片片經雨經水長期漂滌的淺色木板，仍然緊緊挨著承接我們脆弱的目光到彼端。橋下是業已暴漲的河水，濁黃冷淡的收復旱季的失地。淹過河岸，向八方拓展延伸。我們日日行走的路也投降了事。是以我們摸索著前來，往日的路在浸泡之下幸虧仍然硬朗。紅色的礫石也減去了銳度，容得赤腳踩上。一雙腳踩著水也踩著尖稜稜的石子，一剛一柔在矛盾中達致了微妙的統一。水淹過昔日牛羊喫草的青色視野，以閱覽過一整座森林的樹葉那種輝煌的雄姿在眼前鋪展。沒有聲音，只有線條，有形的畫過。彷彿聽到魚的笑聲在海一般汪開的視野當中，一些低處的樹猶髗沒頂中的亂髮。一架二次大戰時期的軍用直升機如黑蝎懸浮在空中，噠噠噠撥出一圈圈水紋，載走高腳屋頂上水已及脛的棕皮老人。只有那座橋完好的跨過河，只有那座橋依然完好的坐落。是以我們來到，且欲渡河。

雨依稀已停歇了一陣子，空氣中濕意沉重，雲做死灰遮蔽了有限的天。所有的樹都濕髮，插在水中承受水的盡落。把著扶欄，我們上橋去。

一左一右，各自愼愼的選擇步伐。驀然發現橋拱了起來，不，那是水。洶湧的水。眼前的木板間歇脫落，失根的浮浮蕩蕩，水與橋在私語商略。我拉著她那異常冷冰的手，卻也感覺不到自己的溫度。目光緊緊咬著腳下失重的一塊塊木板，眼角卻不經意的瞥見她飛揚的白色裙角。水局部越過橋面。而我們既然上了橋，就不可能選擇後退。我試圖調整呼吸。我們停在橋上，感受腳下膝間的波波蕩蕩。沉默令我不安，不安復令我沉默。水聲已遠遠的退卻，一無聲的世界。接著我們重新開始，試著不去在乎橋的斷續，一逕大踏步跨去。木板依稀像泡了水的餅乾，鬆垮垮的陷落。而我們卻沒有跟著陷下去，順利的過了橋，對岸是乾硬的紅石子路。

這或許是奇蹟令過橋的我滿心喜悅。關於流水承載著斷橋並且以浮力填補它的空缺這回事，醒過來後的我倒也懷疑過腳是否有涉嫌同謀。畢竟我愛做飛行或者飄浮的夢。接著我想到文字，一切文字書寫的成品，書寫、閱讀，歷史和毫不知情的她。

原刊《幼獅文藝》七三卷四期（一九九一年四月號）

午後

午後是如此燥熱，樹葉高高低低層層疊疊的平展，不動。簷影裡一犬荷荷吐舌，睐著睐著，一片枯葉重重下墜。

楊桃花開滿樹，點點淺淡的紫紅中略略瞧得見嫩小的新綠，纍纍的處處叢聚。矮婦人緩緩踱到樹下去，抬頭張望一會，扛來梯子，拎來一結實麻袋解開，盡是布塊。一再滌洗後返樸的色調。手伸進去一搜，捉出數塊一把，卻立即使勁擲回。無數黑色螞蟻在伊手背上橫過一道道深深淺淺的皺紋。摔不去，揮不完，揉不絕。

一端，烈日下鐵皮銀晃晃亮，覆蓋在劈好的乾柴上。伊快步扯拽著麻袋，一拋，立在鐵皮旁。持布塊一一抽出來在鐵皮上俐落的抖摔數下，無數的黑點在伊持續重複的動作中雨墜，滋滋聲大作，衝沒兩步就蜷縮，曲屈成一粒芝麻。良久，袋子空了，也拿去振甩。汗由額上滑落，滾過鼻梁，「嗒」的落在鐵皮凹槽上。面積迅即向內縮，沒了一無聲無息的乾了。鐵皮上無數的黑點，淡淡的焦味。伊邊把布塞回袋子邊淌汗，衣貼背濕，髮黏額。

初生的楊桃都穿上了裙子。從樹蔭裡往上望，無遮掩的日益飽滿。有的守候著蜘蛛，有的成了螞蟻的窩，在那兒產下白色如蛆的卵，守著楊桃，等待寄生蜂來偷情。

幾個月後，日頭還是那脾氣。男孩不懷好意的在每個午後到樹蔭下去，仰首展臂摸索。有的搆不到，瞄定了，一躍，準確的握著，連布扯在掌中。手掌有異樣的感覺。拉開布一瞧，都是黑螞蟻，正翹尾俯首猛嚙。

他在鐵皮旁得意的望著一隻隻慌張奔走的，足先曲了，接著身子在扭動，頭腹從腰部折起。他以食指彈下楊桃上逃亡的最後一隻，在褲子上擦掉附著的螞蟻的殘留。張開大口，四隻門牙扣上去，釘戳進去，「喀」的一聲汁液迸濺，點點灑落鐵皮上，立時滅跡。只有稀疏的蟻屍兀自扭曲。

又一年楊桃花開，午後，無風，枯葉重重下墜。

原刊《幼獅文藝》七三卷四期（一九九一年四月號）

「嗖」

「嗖！」的一聲屋前那棵高高的老紅毛丹樹一角濃綠抖簌，瞬間只瞧見一桿灰色絨尾蓬鬆，橘紅肚皮一閃。

「蓬尾鼠又來囉。」

朝日的斜光將伊滿頭白髮照得透明，根根如針。幾顆紅毛丹掉落，伊彎腰，一撥，都只賸個殼。

「準備好了麼？出發囉。」

「好囉。」黑沉沉如洞的門中步出一嘴皺頸縮的男子，各拎著兩個沉甸甸的袋子。一臉的老人斑如黑癥。「叫阿清仔載我地去吧好唔好？」

「算啦。佢要看店唔得閒。我地自己搭車去。」

有點冷清，人影稀疏。一座座白色的墳墓倒還比掃墓的人多。離清明還差了那麼幾天，貪人少才挑這個有陽光的日子，伊卻自顧著嘆了幾聲。沿著山徑一座座瀏覽檢閱，看看哪些是清掃過的。哪一些是新添的——新埋下的。一瞬間晴朗的日便沒了影蹤，天上黑氣團聚，從遠山一帶怒蘊。

「要落水囉。行快點。」

到了。一座灰色的圓塚，混凝土帽狀的築起。後頭是裸露的黃土，茅草併著其他雜草。墓碑豎立，樸拙的刻著兩行楷字。兩旁壁上貼著雲南進口的大理石，是一幅幅五彩豔麗的工筆山水。

碑下落葉盛殘水，孑孓蠢動。伊細細的端詳，混凝土上已有幾處裂痕，忍不住叨了句：

「偷工減料哪！」

伊坐在水泥地上，捲起褲管使勁捲揉著小腿和膝蓋。仍白皙，唯青筋腫脹浮起。男人見狀趕過來，蹲在一旁給伊按摩。

稍頃，兩老蹲著，以舊報引了火，在草叢間攏掇撥弄一番，便濃煙大起，必剝有聲。伊撿起落葉，投入火中。灰燼隨風捲起，落在兩老頭上、衣襟上。良久，幾處火沒燒到的再添一把，約略乾淨了，男人掏出小鍬，費力的挖洞。伊從袋子裡拿出一束變葉木，葉色紅黃綠各色兼具。一枝枝放入，將土撥回，捺實。理妥時兩老都淌了一身汗。噓噓濁喘。變葉木團團繞了一匝。

「去年種的雞冠花都死光晒囉。」

兩老倚著墓坐下歇息。微微有雨。

男人躺坐在陰沉沉客廳裡一張籐椅，望著堂前的紅毛丹樹，整間房子都在老樹濃蔭裡。一樹的果實纍纍赤紅，樹下疏疏散落著裂殼，料是蓬尾鼠又來了。屋裡很涼，坐了一瞬不覺眼皮便要蓋下來。

「老伯啊，我要沖涼，你去燒熱水。」女人在房裡喊他。他想動，卻刻意暫時裝著沒聽見。

「幾十年囉。……」

「那套衣服，陽光好也要拿去曬一曬。放太耐久囉，可能生咗霉。」女人自言自語。

「等下等下就過了十幾年囉。沒做好時唔安心，一等又等咁耐，墓都舊晒囉。……又唔知邊個（誰）會先用到。」

其時「嗖！」的一聲，濃綠中一晃，橘紅色的影子一閃，果殼嗒然落下。他不禁一愣，張大了嘴。

原刊《幼獅文藝》七三卷四期（一九九一年四月號）

行走的人

爾時他感受到一股難以言喻的歡喜，滋滋的從身體各個微細管的末梢，及心裡頭無窮無盡的深處冒起。當那股快感拔升之時，彷彿地心吸力也隨著被減消了幾許；於是他便發覺自己沒有了重量，輕飄飄的懸浮著、懸浮著。

先是細細如抽絲那般急速上升，然後便像漣漪一般漾開。他情不自禁的張嘴大笑。笑聲一響一響的遠遠播開去，遇著了山壁，又一響一響的次第傳回來。

第幾回了，附近膠園裡的住戶又聽到那人的狂笑，而微微震怖，放下手裡的工作。甚至狗也抬起頭，側耳——啄食的雞也一一愣著了——傾聽。除了笑聲，他們也聽到了嗒然的落葉之聲，持續的。

是歲末的落葉時節，橡膠樹幾乎全裸了，一地層疊的枯葉，風拂過時像極了有人輕輕走過，每片葉子都不自禁的響起來。

彷彿有人在某個日落後瞧見那人揹著沉甸甸的灰色布袋，在黑沉沉的林子裡快速的移行，沒入樹樹與聲聲狗吠之中。

後來，他們發現他住進那一片荒棄的膠林裡。那裡原先住著人，幾年前搬走了，留下一間蒼老的木屋和一眼陳年的井。

這樣也好，他們想。省得讓白粉仔或年輕的男女在裡頭胡搞。而且，夜裡遠遠的瞧見一盞燈亮在那兒，也覺得心窩溫暖些。

窺探的目光恆常曲折的穿過林立的樹幹，夾帶著落葉的沙沙之聲刺向那盞燈火，那間木屋，那名馬來雞也似的男子。

後來有人發現他每天黃昏都昂著頭、嘴裡咿咿哦哦的，朝西北方走去，在附近一面山壁前停下來，腳尖抵著山，立定，一動也不動。

一直到太陽下山了，他才緩緩的踱步回去。

經過一段時間的觀察，他們幾乎確定了——是一個「狷人」——「讀冊讀得頭殼壞去」——有人瞧見他夜裡伴著一盞火水燈讀書，一直到因爲打瞌睡而把頭髮燒焦了（他們在窗外聞到燒焦味）還不罷休。有時瞧見他磨墨寫字。

有時看見他自己一個人在笑。

「笑什麼？起猖！」

一句話論定。

爾時他覺得風冰冰涼涼的，上了他左手五指，像水那般靈靈巧滑而不膩的沿著手腕上游，從肩頭撫過胸前，往四方流蕩。於是衣褲便彷彿離體了，一種好舒服好舒服的，裸的感覺。

接著胸腔微微擴張，像充盈著什麼又似空盪盪的，像一朵白色的曇花無邪的次第綻開。他看到自己的額頭也自然的裂開，暴出自己的光芒。

爾時小木屋已半埋在落葉之中，那些群聚的落葉沒有一刻靜下來，嚶嚶竊竊的私語著。在額際的白光之中，他瞧見無數盛開的白蓮，於是花香便滿溢鼻際了。

終於他再也沒有在林子裡出現。

一天黃昏，有人瞧見他如往常那般走到山壁前，這回卻沒有止步，而是漸次沒入，迄至消失。聽說他的長髮還有一小截留在外頭，年深日遠，也早已蔓衍成野蕨了。

有人發現那落葉擁簇甚至被掩埋的小木屋裡，在辛苦的剝開層層積累之後，一塊乾褐的膠片黏著椅靠、椅坐且向地面垂延，向地面開叉如雙足。有一股乾膠片特有的清香。他經常穿的衣服——經婦人們的查證——都在那兒了。委頓在角隅，螻蟻進出。落葉蓑蓑。

爾時……

原刊《星洲日報・文藝春秋》，一九九二年

膠林小學

沒有什麼風的午後，他們圍坐在飯桌旁，一面喫著飯一面閒聊，話語聲中不免摻雜著咀嚼的囫圇之聲。鐵皮屋頂壓得極低，滿是陳年煙燻之色，屋頂上幾隻鴿子在踱步，指爪的刮聲如沙礫稀疏的撒落。廚房裡滿滿的昏暗陰影，他們的額頭和鼻端都泌出汗珠，男子率皆赤膊。不時響起一陣夾帶著尚未咀嚼完全食物的笑聲。老者蹲坐在圓凳上，一隻手高高的端著飯碗，另一隻手筷子中分，咀嚼時雙腮誇張的鼓翕。皺紋爬滿他膚表，一頭白髮。幾隻狗垂頭站在陽光暴亮的門口，不時投以飢餓的一瞥。

母雞在屋外亂躥，剛發育成熟的公雞發出邪惡的笑聲，在追逐著。

——爸，那時你讀的是什麼學校？

——他們在芭裡自己起的。

他回答時咀嚼聲不斷，語聲含糊。

——同一條路上的園主共同出錢請人起的，亞答蓋一蓋，有柱無門無壁，桌椅排一下，就那樣上課。

一隻公雞在征服多隻母雞之後，得意的躍上枯樹頭，伸長著脖子喔喔喔的啼叫起來。他們嘴裡咀嚼，雙眼滿是詢問的瞅著他。

坐在一旁的他的妻子補充說，就像寮子那樣，一面唸書一面要打蚊子。

——學生有多少？

——一起上課的差不多有三十多個。

——爸你那時幾歲？

——十一、二歲。

——同學的年紀都相同嗎？

——最小的七、八歲，最大的有三十四歲了。

——讀些什麼？

——華文、算術、地理、歷史……

——沒有馬來文？

——沒有。

那是在戰爭初期，他說。有些是學齡兒童，更多是戰爭中失學的孩子。學校就建在膠園之中。授課老師雖只有一位，流動性卻大，接連換了幾個。老的很老，年輕的卻比班上最老的同學年輕得多。那些老師離職之後都不知道哪裡去了，就再也沒有在鎮上碰見過他們。其中有一位後來被發現是共產黨，被趕回中國去了。

——那時只有你們這裡有那樣的小學嗎？

他把一口菜送入嘴裡，嚼了幾嚼，扒了一小口飯。

——不只。附近每一條路都有。

他舉了幾個他們熟悉的地方。單是這小鎮周邊的膠園中，就聽說建了十幾間。

——後來為什麼不念了？

他略略瞪了一眼問話的人。

——政府捉共產，每塊芭都是黑區。人都不可以住，每一家都要搬出去。人走了屋子還幫你放火燒掉，說是避免匿共產。學校都被燒掉了。

膠林裡這時起了一點風。榴槤樹下垂的枝幹綠葉長滿，像一雙雙攤開的掌。一輛廢棄腳踏車黑褐色的骸骨孤零零的立在膠樹間，一隻鴿子降落在車把手上。狗突然吠起來，次第的朝一個特定的方向奔去。爐子的火熄了，飯桌旁的矮胖婦人起身，幾步走過去，在水壺下增添柴火。

——狗不知道在吠什麼。

他突然轉過頭，望一望狗隻追逐的方向，說道。

公雞又在窗外飛掠而過，一隻母雞鑽進了香蕉樹叢中。

——爸，你記不記得你們的學校叫什麼名字？

他還沒有回答，就聽到添完柴火，望著窗外的妻子咬字清晰的說：

——我看敢是四腳蛇。

原刊《中央日報・中央副刊》，一九九三年五月二十三日

窄巷

兩堵通天高的牆壁夾出這麼一道窄窄的空間，說是巷子罷，卻無人通用。陰風屢屢從中析出，探出一叢叢綠，是婉約的苔蘚，和怒放的羊齒植物。牆上紅磚相互嘶咬著，齒縫間迸出幾許綠意新芽，和潮潮水濕；彼此挨擠著造成恆久的張力，在時間中熱脹冷縮，迸出裂痕若皺紋。每每在深夜清晨或暑午，便會聽到細微的響聲如沙漏，喁喁竊竊，像埋怨，齟齬，或是嘆息，一隻蝸牛載著沉重的殼滑上牆棱，蝸涎如膜。

宛如是霧蟄的洞穴，煙靄從中逸出。在苔蘚和蕨類的庇護之下，原本僅堪容一瘦子踏足的巷子，化作了象徵的森林。偶然把腳踩進去，一仰首，就像在千仞的谷底邂逅浮雲，天空變得無比峻峭，薄薄的一片，白亮，寶藍，或者含含糊糊。

巷子底部軟滑好觸，中央低凹清水淺淺漂過，長年不斷的從裡頭流出，永遠也不改顏色。注入深渠，溝渠壁上也長滿了綠色植物，遮遮掩掩中一群廉價的魚。巷外也是牆，垂直撐起，猩紅，紫禁城般的坐落。

沒有人知道這牆與牆的距離爲何存在。在這一帶深宅大院共同構成的好看的袈裟似的平面中，它是唯一的缺口，指向那一片鐵皮暴亮高高低低堆垛著陰陰板壁的貧民木屋區，隨著地勢的起伏而叢聚，像亂葬崗。有些鐵皮已熬成殘金鏽色，板牆厚厚的刷上一層紅土，一條紅石子路逶迤在聚落之間。這一帶的漢子婦人臉龐都給鍍上一層愁苦，土褐，龜裂。當中有一間孤獨的鐵皮屋離這堵牆最近，牆與屋間沒來由的空出一大片茅草地，屢屢出沒著渾身病斑毛皮脫落的野狗，仙風道骨的鼓著魚刺般的排骨。孩子的笑聲經常接觸這堵牆，回意中帶著淡淡的苦澀和落寞。成人的三字經朗朗的傳來，一些和生殖器有關的動詞名詞形容詞，第二或第三人稱代名詞。貧瘠的紅土摻雜著大大小小的石礫，除了茅草，照例什麼也長不出。那些枯黃的茅草，一逕年年盛開，白茫茫的花，化風吹送飄飛。

而曾經，彷彿我曾經避開眾人的目光，穿過茅草的披覆，摸索著來到這堵陰涼的牆下。懷著好奇，恐懼，心跳踴躍在胸膛。伸出幼稚的雙掌貼觸著牆，這才發現幾棵老榕樹附在牆上，所有的根都牢牢膠吮，像掛著一塊遭野狗撕爛的布。我仰首，目光和感覺順著牆爬得好高好高，竟而覺得身子沒來由的輕了。腦中胡亂閱過一些無關緊要的事。一些傳自長輩口中、毋需解釋說明的禁忌，如預期般的呢呢喃喃：

「小孩子別靠近那堵牆，那兒不吉利。」

我興奮的發現了這窄仄的巷隘，和它修飾著的綠。把手伸進淺流中，攤開，水格外冰冷，不禁自得的笑出聲來。依著某一條童稚的規定，誰先發現，它就屬於誰。就這樣，我可以蹲在巷口處獨個兒玩上整天，單是在淺流中交互翻掌，便夠玩上一段時間。偶爾有人發現我失了蹤而放聲高喊，我也刻意不回應，低身沒入草叢中，走到安全的地方，才開口應和。於是要到那兒去便得挑時候，那祕密的所在，讓我充分的享受孤獨的喜悅。

沒有人提起那口窄巷。也許他們都不知道，也許他們都知道都不說。然而所謂「禁忌」的中心應是這缺口才對，我暗自確認。每每我必須匍匐，小心的繞走，才能來到牆邊，並且隨時備好謊言以便應付可能的質詢。從這牆邊望過去，不免驚訝於那些木屋周遭都沒有興建圍籬，孩子和女人隨意往來於鄰近的住家。即使是少女的窗，也是終日敞開沒加鐵柵。

沒有人提到這牆裡頭住著什麼人，那是另外一個世界，這牆上沒有窗，沒有開向那落後與殘破的窗口，除了那窄巷。它悄悄透露了一些祕密供我輩幻想、猜度，以何其隱晦的形式。

幾度徘徊在巷口我按捺著強烈的好奇心，颼颼冷風撲面我忍受著，把玩蕨類鋸齒狀的葉緣，在淺流中撥弄綠苔。渴望見到通身透明的小蝦子，讓那不經意的隱匿，化作我驚喜的發現。

如是年復年，日復日，終於有一回，我大著膽子走了進去。

誠然好窄好窄的巷子潮濕冰冷的壁迫逼我的胸腹鼻尖和眼眉。正午的陽光是一刀明亮劈下，有霧靄靄升騰。我摸索著挨擠著緩緩前進，水聲如露珠下墜，像某座隱蔽的洞穴裡化作鐘乳與石筍的涓滴，是牆它泌出水來。我聽持續輕微的窣窣窸窸窣窣，像兔群啃噬菜葉，沉滯的唬唬荷荷，像午後蜂巢的神祕呼吸聲。我側耳，凝神，猜想裡頭是否住著蛇一般大、長的蜈蚣和蛞蝓，琵琶大的蠍子，而微怯。牆壁是濕滑的，一摸，突然感到一股彈力，一按，宛如肉做的，宛如腸壁，轉而帶著些許溫熱——它是活的！它在呼吸！

這麼一想，它登時收縮擠壓，把我緊緊的夾著包裹著。我進退不得，心知是墮進了類似豬籠草那樣的陷阱，眼看將被迅速的消化掉，而大恐慌。夢便及時醒來。

而這窄巷便成爲我往後夢的主要原型之一。因爲醒可以保證夢的虛幻不眞實，「醒來」便成爲夢逃避夢的現實的不二法門，做夢者醒了之後不必爲夢負責，不必承擔任何責任。因而夢中的我屢次造訪，試探：

有一回我深入裡頭，竟爾被淹沒在一陣黑色的霧中，在茫茫的黑中失卻了腳下的立錐處，而不知所措，一陌生的聲音自我內心深處響起：你誤闖了禁地，這是某人心靈中最隱蔽最污穢的角落，森森意識中最不堪之處……

又有一回我往裡走，驀然水乾了，盡頭是一處乾淨明亮的地方，四方形的空間如天井，陽光垂直淋下，梔子花盛開，兩位裸身的少女肌膚白而跡近乎透明，披著蟬翼和黑髮，正專注的爲一群等待著的蝴蝶繪上繁複的色彩。白色的蝴蝶柔順的等待，彩筆工筆勾勒塡色。每繪畢，便輕盈的撲撲往上飛。一旁有塊石頭，中間被鑿空，有清水，水中有無數小小的黑色蝌蚪，傻氣的搖晃著太大的頭。突然，好聽的聲音喚我，薄薄的：「過來，輪到你了。」我訝喊：「什麼?」

「輪到你了，快過來。」一女子喚我。

多年以後的一個深夜，我以五指守護著燭光往裡頭刺探去，抵達一處黃昏以後的老樹人家。有一扇柴扉，兩張籐椅，和正在乘涼的老夫婦。老樹枝幹多瘻糾結，盛展著顆顆橘紅的果。老人微笑著。

「隱逸詩人之宗！」我腦中迅速閃過一行字。

最近罷，我依稀以緬懷的心境來到袈裟一般的紅牆下，若有所思的輕撫每一塊方磚。那木屋區依然貧乏閃亮，一聲聲孩童的問候刺耳的傳來：駛你娘的□□……巷口赫然已經收縮成一道滴水的裂痕，羊齒和苔蘚圍著長，更冒出一棵榕樹的幼苗。或許「巷」字始終是個錯誤的命名，它的原始形象只是一道裂縫。我彷彿記得，曾經有一個孩童他懷疑世間的一切都擁有生命，而不信任自己的視覺，頻頻以掌以樹枝來測量巷口的寬度。那是遊戲的一部份，也是生命的一部份，在多年以前。

臨去時，我發現一扇窗悄悄的開在榕樹的掩護中，一少女白皙的臉龐一閃而逝。

原刊《星洲日報．文藝春秋》，一九九一年

一件小事

只有幾條大街交叉穿越的小鎮，低度的繁華，霓虹燈上的字往往指涉向日常所需，五金大賣場、阿忠爌肉飯、華歌爾內衣、全國電子、萬事達錄影帶、阿發肥料農藥行……當然還有全家及Eleven。這些年，每條大街旁都多出一家或兩家的越南小吃，領銜的總是越南牛肉河粉、鴨仔蛋和涼拌。生意往往不壞，簡單的烹煮道具，掌廚的一逕是年輕女人，騎樓前廳裡擺了幾張桌子，簡單的貨架，陳設著越南泡麵、乾河粉、醃魚罐頭等，大冰箱裡擺滿罐裝飲料。學步或學齡的孩子盯著聲量很大的電視卡通，或再三穿梭往返。難免有一個年齡大很多——髮斑白、膚黧黑，動作遲緩而有愁容——的高大男人，幫著上菜，或被使喚「把冰箱的牛肉拿出來」、「可以去接小孩囉」，尖銳高亢，明顯的外邦人口音。

也難免有熟客半開玩笑的試探，「□□□妳生意那麼好，應該買大樓了吧？」

大多數時候，都會有若干年齡相若的女人聚集，以陌生的口音嘰哩咕嚕的交換意見，有的甚至滿臉殺氣，憤懣作怒罵聲。

端午節，午後。暗沉的天，微微有雨。

披著頭亂髮，他低頭走進街旁陳設簡陋、看得出是居家改建的理髮院，壓得低低的簷，簡單的立地的招牌泛出黯淡的白光，紅色的廣告字：

家庭理髮
男仕理髮修指甲
女仕修指甲
越南新娘速配
越南新娘看護女傭

兩把白色泛黃的理髮椅空著，面向鏡子，廳堂一角閒著兩把紅色塑膠圓椅，一端掛著黑色吊床。但屋裡空無一人。

「有人在嗎？」反覆喚了幾聲，但沒有回應。穿過廢棄機械似的理髮椅，木板隔出的牆，隔出一道窄窄的廊，張望，屋子深處幾個或臥或坐聊著什麼的女人驚起。

一位上下身都著斑馬線條衣服——無袖上衣，長褲——的高瘦年輕女人出面招呼他坐上理髮椅，繫上黃色雨衣式的塑膠衣，開始理髮作業。削長臉，皮膚白皙，華人模樣。

其他女人也移到前廳來，嘰嘰呱呱飛快的陌生的語言，應是接續之前的話題。腔調有點像廣東話，但沒一句是聽得懂的。大概是越南話吧。

簷下雨嘩啦嘩啦流瀉。

報紙上的廣告：

二十萬越南新娘

二十四萬柬埔寨新娘

保證處女，不滿意包換

電視上的畫面：一群中年男人圍著群衣著鮮麗、上了妝的年輕女孩，指指點點。女播報員的聲音……看到這樣的畫面，不要以爲是選美，這是台灣男人到越南挑選新娘的畫面，選好後，就到這地方（畫面：門簾掀開，一少女出來）讓醫護人員做檢查。如果發現不是處女，男仕可另外再選一個……。

椅背後、鏡子裡，一年輕女人的面容，束髮，濃妝，聲音尖銳高亢，很起勁的說著話。目光不時投向理髮的場所。理髮的女人間歇的回幾句，手卻未曾停歇。

腳步聲，稍微蒼老的一個女人的聲音加入，嘟囔著大概爬上了黑色吊床。好一會，鏡子中自內裡緩緩閃現一年輕男人的身影，黑汗衫，平頭，短褲。目光使勁的盯著理髮的人，走到簷下，點了根菸，看雨。

手機響起。

——我不會過去啦。不要喝了酒就打電話來……求我也沒有用。

較年長的女人突然說起略顯生澀的華語，急促而不耐煩。

連續往返好長一段越南話。修完左邊的髮，修右邊。

背後的越南女子邊說邊冷笑。

修後邊的頭髮。

先於噠噠拖鞋的腳步聲，一男子粗重的罵聲穿過雨聲，氣呼呼的：

——幹你娘，啥咪時間了講備去睏，叫我帶囝仔。

——幹你娘，我透早就要起來賣豬肉，中午還要拜拜。平時暗暝還要帶囝仔洗身軀，哪像伊整天趴趴走，哪有阿呢多話永遠講未完。

——幹你娘的，……

理髮的女人突然快步往屋內跑走，他轉頭看了下那兀自幹你娘的中年男子，粗塊頭，牽著個稚齡女兒，五歲上下，含著奶嘴。

理髮的女人扛著面尺長的鏡子，照他的後腦，問說，「後面這樣可以嗎？」並不流利的華語。

他點點頭，她又飛快的扛著鏡子跑回內室。

電視上的畫面：皮包骨的越南女人，被棄置路邊。

越南新娘被關七個月　四十公斤瘦到二十九公斤　嫌犯披袈裟出庭激怒檢查官　首度依「使人爲奴隸罪」起訴

幹聲不絕的男人走了。女人修他前庭的髮。後方手機又響起。稍老女人不耐煩的聲音：

——告訴你我不會過去啦，我已經不是你老婆，不要喝醉了酒就打電話過來……

理髮椅放了下來，刮除鬢毛，她的身體貼得很近，幾乎可以聞到氣息。刀鋒磨擦著毛根，沙沙作響。

好一會，她細聲問說，「大哥，洗頭嗎？」他搖搖頭，她再問，「大哥，真的不洗澡嗎？」

女人們一陣歡快放肆的笑聲。

在「大哥，對不起」聲中，雨下得更大了。

二〇〇五年二月

原刊《星洲日報・文藝春秋》，二〇〇五年五月八日

蛞蝓

觀自在菩薩行深般若波羅蜜多時照見五蘊皆空度一切苦厄舍利子色不異空空不異色色即是空空即是色受想行識亦復如是舍利子是諸法空相不生不滅不垢不淨不增不減是故空中無色……

如今回想，那是多麼美好的往昔。時間靜止了似的。兩個和尚在劈柴。一上一下，像一台木偶槓桿。五色花叢裡，彩蝶翻飛。樹梢間，白頭翁鳴叫。日日誦經，時時念起念滅，有所思。花一般的，那個女孩……。

從山坳口望去，遠山層層疊疊連綿不絕，早晚都籠罩著彷佛徐徐上升的霧氣，乾濕濃淡的層次肌理，永恆的水墨畫意。即使是酷暑，山也未曾改換它的顏色，只是更明澈些，有更清楚的細節。金色的大殿，三面包裹著落地玻璃帷牆；浩大的鎮廟金佛端坐，以千隻手默默守護著眾生。

沿著山坡栽了一排排老梅、老桂花、山櫻花。令人心喜。

然而停停歇歇的微雨已經持續下了許多天了，到處是濕意，大玻璃上，毛毛的滋生著似有若無的青苔。清閒的日子，趺坐間，有時會錯覺自己是魚缸裡打盹的一尾吃素的肥魚。但也許長日苦坐無聊，常不免想起往事；想起那些令人回味無窮的女人們。有時雖也擔心追緝者終於搜查到這裡來——眞的被嚇了一跳——就如同不久前報上報導的，那個被香客識破僞裝的逃犯，但畢竟是他自己太蠢，哪有人當了和尙還滿臉殺氣的？道行太淺了嘛。像我，他自忖，身爲知客，慈眉善目，笑臉迎人，卑躬有禮，還戴了副金邊眼鏡，讀過幾年書，會說幾句過去從電視上學來的「文話」，一直頗受好評，被稱讚「有書卷氣」，尤其是那些熟爛臭臭的中年女人們。

但訪客其實並不多，也許因爲眞的太過偏僻了。也不知道她們爲什麼會找上這裡來。這一帶多山，每座山都有寺廟精舍（大部份大概都是違建，一如山裡隨處可見的鐵皮工寮——有的還改造槍械，有的提煉安毒，有的是淫窟），光頭的比有頭髮的多，各拜各的，碰上什麼人都是做個揖一句「阿彌陀佛」了事。再怎麼偏僻都會有「心誠則靈」的蠢蛋找上門，送錢來，眞他媽的阿彌陀佛好行當。對他這種人來說，做夢也想不到人生竟有此際遇，立志以後一定要自己來開業，以普渡眾生。

而法空老師父對他也算善待，他從不問過去的事——他老人家也不看報紙，如一頭老貓，一整天大部份時間打瞌睡入定，只有初一十五或是佛誕清明等節慶貴客造訪時方振奮過來。

當日他狼狽投靠，身上還帶著血跡，只憑一封介紹信——昔日牢友法印大師手書——據說渠曾是他的得力助手，出家前精通造幣、鎖藝及筆跡之學，出家後舊藝未嘗荒廢。他製作的鈔票，行家咸認爲是精品，不少玩家積極收藏。不只可以通過僞鈔機的檢驗，而且和一般僞鈔之以一萬二或一萬五換眞鈔一千元的行情不同，他的作品，和眞鈔的兌換率竟是一：二，也即是一張可以換兩張眞鈔。如此人才，入獄是難免的。

法空大師看了信也沒多問什麼（可能有點老花了），只一邊幫他剃度一邊喃喃反覆吟誦：放下屠刀立地成佛放下屠刀立地成佛放下屠刀……。而他一路擔心被他發抖的手割破頭蓋骨，插進他滿是壞主意的大腦深處。也怕他的剃刀不乾淨，B肝還好，如果刮過愛滋頭，那他就衰大了。道上的消息說，這深僻的寺廟，曾經收容「度化」過不只一位像他這樣需要「立地成佛」的跑路者。只需忍耐沒有酒肉和女人的枯淡日子。

（呵女人……尼姑——只要年輕——也是貨眞價實的女人呵。）

不知道是怎樣的直覺，總覺得那把鋒利得嚇人的剃刀割除過不少滿溢纏附蠢蠢欲動的超大精蟲的大燥騷睪丸。

緊張到精索靜脈曲張，左右大小粒痛到滿頭汗。老和尚大概以爲他正誠心悔悟吧？

賜名法海。

每逢晨昏，成群大大小小的蛞蝓，那微妙的肉身，朝聖一般的，貼著玻璃，伸長了觸眼（多無辜的眼神），蠢蠢的往上滑動，留下一道道涎跡（令人不自禁的賁張勃起脹痛）。大多半途折返濕答答的滑下，大概終於發現是迷途；但有的執著的吸附到金色簷下。那兒常有飛鳥棲息。麻雀或燕子，雖遠不如鴿子（不論是家鴿野鴿還是賽鴿）肥美多汁，但比愛亂講話的鸚鵡好多了——逃亡期間他就烤過隻會唸大悲咒的金剛鸚鵡，帶酸，有臭尼姑味——餓昏時灑點鹽或汗水烤起來味道都還算不錯的。

蝸牛也常爬上來，最討人厭的是那種非洲大蝸牛，那團肉像老鴇的屄，一路爬一路擠出圈圈狀的黑色大便。在最苦的日子裡，他吃過不少，而且不是烤得很熟——一邊烤一邊滋滋作響冒出水泡，好像在尿尿。味道其實還好（如果不嫌噁心），耐嚼，也耐飽。後來才知道那肉裡頭有致命的寄生蟲，有三個泰勞因此送命。眞是阿彌陀佛。

種類繁多的小蝸牛可愛多了，細長的獨眼，小巧半透明的殼和輕盈美妙的肉身，眞是惹人憐愛。他任她們和蝴蝶幼蟲在他照顧的花園大量繁殖。

看到他對小蝸牛的態度，曾乜見法空老師父悄悄的點點頭，大概是看到一絲善根善種吧？

那蝴蝶般愛笑的女孩不知道哪裡去了。

總是燦爛盛放的馬櫻丹叢——白的、橘色、深紫——常有大黑鳳蝶翩翩來訪。

這桶狀的山坳，廟的產業，三面都是高高的土坡，廟的主體蓋在較高的山坡上，彷彿爲了佛像的視野；其他的周邊建築——精舍、禪房、亭子——在低處，平坦處有花園，池塘，停車格，訪客多時充當臨時旅舍的鐵皮屋（但訪客似乎未嘗多），花園一般由他照護，播種剪枝施肥收成，分區種上觀賞花及蔬果，大波斯，黃禪花，杜鵑，非洲鳳仙，向日葵，桂花，玉蘭花，蝴蝶蘭，馬櫻丹——絲瓜、南瓜、苦瓜、葫蘆瓜，四季繁花盛開，招蜂引蝶不在話下。六坪大的池塘裡種了荷花蓮花水芙蓉，養著肥大的錦鯉。夜夜蛙鳴，尤其雨前雨後。

一池蝌蚪在痴心妄想什麼。

如此生意盎然。

鶺鴒、鷺鷥、五色鳥。

賞鳥賞到流口水。

肥大的田雞。不知人間險惡的野兔。可愛又好吃的山羌。

健壯的野狗，毛色油亮，一黑、二黃、三花、四白。吃起來其實沒差多少。

阿彌陀佛罪過罪過，為此他掛了幾次胃病急診，為了健保卡，幾不免暴露身份，還好他手邊還有幾個備用的俗家身份自費囫圇過去。

嗚呼哀哉，想不到流落至此，連拉的屎都是素的。

共同生活在這山坳裡修行的，連同法空老師父和他，一共才八個人。竟然有兩位是女的，男女同修。三十來歲的法性，虎背熊腰，臀大宜男。雖是點了戒疤，卻是一臉橫肉，兩眼殺氣，倒是比所有男人都還壯碩上幾分，奶很大，好像常在使用，不太像是吃素的。她看人時像黑店的女掌櫃，滿眼都是肉——什麼蹄膀、里肌肉、肌條、小排、腰子、睪丸、熱狗、雞巴——她掌廚，兼負責採買伙食，兩部黑色九人座廂形車有一部經常都是她在單獨使用。她出門習慣戴上墨鏡，好像黑道在執行任務。另一位法號法如，二十來歲，渾身上下像塊刨平的木板，沒什麼特徵——更別說性徵——面具般沒有表情——倒是有幾分像老師父——像國稅局的查帳員。她負責財務，她也常下山，開另一部修理車，也戴墨鏡，並且獨一無二的配一支 Nokia 手機。他的牢友隱約提起過這位小師妹，說曾經是他的得力助手，「心細如髮」，可能得到了他的眞傳。

其他人下山的機會就少了。菜倒不必常買，除了自家種的瓜豆地瓜葉，周邊山上且多竹筍野菜可供採擷，更別說是吃到怕的蘿蔔。其實最需要買的是魚和肉，可惜他們不吃。令人懷疑她是不是去偷吃牛肉麵或胡椒餅——也許方便她去買衛生棉。買一堆難吃的豆腐豆乾，有時買回來的素海鮮比眞的還臭腥。還好她不愛用塑膠袋，什麼都用舊報紙。法空老師父不讓訂報買報（也不讓看電視聽廣播），對他的生存其實相當不利，那些舊報就成了他的珍寶，引火前必細細瀏覽，也才知道他的那幾位「摯友」據說都變成了稀有動物——穿山甲，逃進大森林裡去。

也難說，說不定有人和他一樣披上袈裟成了「高僧」。

兩位負責柴火的，法碼法器，都是衰瘦的中老年人，道行高低看不出，營養不良倒是一目了然。表情遲滯惘然，看得出都有過一段不堪回首的坎坷過去，而且可能不太常使用腦部（被打壞了，或吃素吃壞了），眼神非常空洞，好像一眼就可以望見那被他們的呆頭遮住的事物。

其他兩位中年壯漢，法言法意，負責邊坡整治——因爲太常崩塌了——扶正加固傾斜的樹，疏通被泥石堵塞的水溝——環坡而掘，一點小雨就可能堵塞了。

還有從附近水源以竹管接來的山泉水，一夥人的日常用水。常被斷木流潦土石沖斷。

當然，化糞池也歸他們。

法空老師父據說過百歲了，整個人已乾枯如菜瓜，仙風道骨。據說練得一身洗髓經，可以自行運氣去蕪存菁，提煉內丹。每日初曙，法空老師父都會摸黑垂立廣場，雙手輕輕舞動，或展或斂，以吸收天地精氣，且全身上下氣孔咻咻咻必必剝剝釋放出縷縷濁氣，聞起來像垃圾焚化爐在排氣。十天半個月，總有那麼一回，待他自我料理完，地上總是一灘屍臭水，把附近菜園堆肥堆裡的綠頭蒼蠅都搶了過來。有回窺見他沖澡（趁大雨，貪方便），胸前背上赫然都是五色刺青，一飛天女子，長髮，小臉，栩栩如生（雖然都是黑斑），裙裾飄飄（雖然看起來有點髒），好像是住在他的皮上而不是刺繪上去的。看來他的來歷並不尋常。迄今每個黃昏，仍愛光著身子獨自在井邊汲水沖冷水澡，即使是最嚴寒的冬夜。但他倒並沒有強制他們必須仿效他，不過不讓用電及瓦斯，只准燒柴火，到林中撿拾枯柴枝，或扛回枯木截短劈成木片，是另兩位師父的日常工作。他們的慢動作令人感覺他們體內的時鐘刻度與眾不同，有用不完的時間，有時竟花上好幾天時間，以斧頭、鋸子、番刀，對付一根遠比他們瘦的枯木，像對付一個難纏的魔鬼。

法空老師父的來歷，那位同修的牢友，他昔日的大弟子，曾提起，他「起家」前曾經有過一段艱苦的修練，年輕時，極端貧困的年代，於荒山墳場築茅廬，斷食（反正窮到沒東西吃），即所謂的「塚間修」（在墳場打坐、打蚊子、打瞌睡）。但真正發跡的倒是他昔日的同修塚道法師，熬出頭來了，在北部某座山上蓋了座金碧輝煌佔地數十畝的道場，信眾數萬，自封上人，身價早逾數十百億。每逢法會政要雲集，生意興隆；但有人指出他所謂的靈山禪院裡，沿牆排列的並不是什麼經書法器，而是大大小小罐的壯陽酒，裡頭一根根泡著的長短大小軟硬，大概不是人參就是雄獸的那根。說是信徒的供奉，純陳列嗎？但這年頭，尼姑也公然上街買香腸熱狗，只要「心中有佛」，大概沒有什麼事情是不可以做的。譬如再三爆發的住持「考驗女信徒或女尼抗拒魔鬼誘惑」而性侵得逞、小和尚口交雞姦疑雲、老女尼疑涉對壯漢少男施以採捕之術、自稱會說六種外星語的斂財「大師」……。

空即是色。空即是財。

制伏不了胯下那根「紫頭將軍」。

這裡沒有牽電，沒有電線、電線桿，自然也沒有電燈，反正不需要那麼亮。經書只有兩櫥，金剛經、地藏菩薩本願經、法華經、大乘起信論、妙法蓮華經……等，字都大得很，唸錯了也不大聽得出來。

暮鼓晨鐘，單調異常重複的日常生活。但因爲是山坳，日出得晚落得早。照三餐誦經。晨起，如廁，梳洗，誦經；午後，誦經；睡前，誦經。睡得早起得早，天黑後不久，八點左右就要就寢，黎明天還沒亮，不到六點就要起來了。依循這種爬蟲類、鳥類、哺乳類的自然節律，不到半年，即使沒吃肉喝奶，都覺得精神好多了——每天隨晨鐘起男人自然的生理反應，硬得難受。

但是那女孩……。

山坳後方，是一片數十畝寬的台地。往昔是台糖的牧場。部份作爲農地，一向租給農民輪種蘿蔔和生薑，鳥糞還是牛糞發酵成的堆肥，一向臭烘烘的沿邊坡下沉到他們這裡。再過去是間新建成的大學，一直是個塵土飛揚的大工地，被稱作「四狗大學」的，據說野狗比教授多，教授比學生多。女孩應即是從那裡來的，讓他瀕臨枯淡的心頓時百花齊放。

令人懷疑是太過天真大膽還是涉世未深，那天大清早她和另一位女生騎著 50cc 機車沿極彎曲陡峭的坡道滑下，直達谷底廣場。

湖綠色短裙，長髮，小臉，大眼，薄施脂粉，眼睛非常有表情，含情帶笑。兩個人嘰嘰呱呱的說個不停。

嗓音清亮。

——想不到這裡也有住人。

——阿彌陀佛，師父早。

先是向劈材的木偶問路。他們停下手邊的工作，一臉汗，傻笑，指指剪修花枝的法海。

——師父請問這裡是——

——施主是在找什麼地方。

——百了禪寺。

身上飄來淡淡沁人的香水味。（不怕遭虎頭蜂攻擊？）

——正是敝處。

——眞的是這裡嗎？路標上好像不是這個名字喲。

——路標只是參考用的。有緣自然會找得到。

——繞來繞去找了好久喲。

她甩著長髮，撒嬌似的翹起上唇，做抱怨狀。看起來非常年輕，身子單薄。也許還不足二十，臉上有幾分清秀的稚氣。

——附近的寺廟精舍都找遍了。

說著突然撲哧的笑了出來，轉頭向一道來的女生說，「那些出家人的眼神怎麼好像都很色。不是吃素的嗎？」忍不住又格格笑了起來。

他察覺自己耳朵發熱，有一窩蚊子在吸血似的。

——阿彌陀佛，色即是空，空即是色。請問女施主有何指教？

——沒想到踏破鐵鞋無覓處，原來就在這麼近的地方。

她目光四下搜尋，兀自說著話，突然問道：

——請問這裡是不是有位法空大師？

但她竟然也是持介紹信來。密封的。竟然也是指名要找法空老師父。迄今仍不知是誰寫的介紹信，沒人讓他看，是和他的牢友一樣的「佛友」嗎？她依稀說是什麼廟的什麼大師介紹她來的，來找大師「調氣」。

「調氣」？（不會是「調經」吧？）

老師父不知是在睡覺還是便祕中，讓法如去通報了好一陣子都沒下來。

他花言巧語稱讚她一望而知深有佛緣。

用剛燒好的山泉水（希望沒被堆肥污染），給她們沖泡了他特製的花茶，花朵也是他特製的，玫瑰花瓣、桂花、玉蘭花、山茶花、達摩……趁盛開時摘，正午日正當中時置於鐵皮上曝曬，乾透了收進密封罐裡，原是老師父交代的工作，說是招待貴賓之用。喝了三種花，再向她們介紹此間香花香草，女孩微微不安，四下張望。

好一會老師父出現，把她們迎了進去。

在法空現身的瞬間，當他看到女孩，臉色非常快速的一變，滿臉皺紋被狠狠捏了一把似的——拳縮，但立即鬆開，恢復原狀。

是舊識？或只是張熟識的臉？

略顯焦躁的，揮手把他支開，要他去協助那槓桿木偶劈柴。

一會出來，老師父送到門口，女孩笑嘻嘻的騎上摩托車走了。

此後每週五都會隻身定時來訪一趟，一樣的薄施脂粉，一樣的及膝短裙，一樣的淡淡花香，一樣的笑靨如花。

阿彌陀佛。他竟學會了等待。

日子變成了彩色。

甚至有了哀愁。

他夢到自己化身巨鯊，一口就把她這尾迷途的小美人魚活活吞了。

想念過往那些女孩們。雖然那些花樣年華的女孩，那些美好的身軀，早已腐爛化為污泥肥料了。雖然不乏醜八怪，畢竟是青春年華，生命最發亮的階段，身體還是美好的。墓旁的花（有的是杜鵑，有的是玉蘭，鳳凰木，有的是風鈴木，黃花的或紅花的）應早已高大盛放。也算是物盡其用，重生為繁花盛開了。

每回她離去，目送她纖細的身影，一直到消失在樹葉梢間，連機車聲都聽不到為止。爾後一天天細數日子，等待她來臨的時刻，等待她的笑顏，花一般的香氣。多次他送她自製的乾花瓣，近乎以獻給菩薩的虔敬心情。

自她來過之後，老師父那裡似乎也起了驚人的變化。

就在女孩定期造訪期間，有一晚睡夢中聽到怪異的拉長的吼叫聲，醒來發覺是午夜，推開門，月色明亮。那叫聲，分明是發自成年後的男人，帶點沙啞和痛苦，間歇的，好一會長長的啊一聲。好似在受虐——受著酷刑——剝皮或抽骨——或生殖器被老鼠夾夾著了——那樣的哀嚎。聲音來自老師父禪房的方向。走火入魔了嗎？他正往那個方向走了幾步，就聽到鄰房傳出冷冷的沙啞聲音：「不要多，管，閒，事。」大概是其中一個通溝的。他停下腳步，而哀嚎聲延續了大半夜。

沒有另一個人出來關切。

次日，一切如常。法空照常在夜日之交練氣，精神奕奕；倒是平日目露凶光的法性，卻起得晚，顯得疲憊委靡，兩眼被打腫似的兩個大黑眼圈，喉嚨全沙了。其他人如常。很想找人問，但不知如何啓齒。

　次晚亦如常。

　可是此後只要那女孩來的那一天，午夜必然有怪聲。

　有時是前述那種男性的哀嚎，有時則不，分明是女人的叫聲。有點像貓叫春，但悽厲得多，簡直像是被活宰——白刀子進紅刀子出——捅、刮、切、割、剁——一直叫到聲嘶力竭，好像被吸吮骨髓似的，一面喘一面發出鐵鍬磨擦水泥或粗石板的刺耳怪聲，孤立的一聲聲，一直到接近黎明。

　是某種祕教的儀式？

　不知哪裡發出一聲長長的嘆息。

　而女孩總是容光煥發的甩著長髮離去。

　整個氛圍變得有點詭異。

　那對木偶槓桿的動作彷彿變得更爲遲緩、更無目的。

　繁花依舊盛開。

　漸漸的，白日已難得見到法空現身，偶爾現身，也是兩目通紅，帶著殺氣，很快就遁回黑暗中。黎明的練功取消了，只剩下黃昏的淋浴。

　在那個烏雲密佈的早上，那女孩被迎進禪房不久，突然發出一聲尖叫，「師父您的法器……」但被剪斷，馬上歸於沉寂。好一會，彷彿有細微的啜泣。

那一回，女孩走時垂著頭，步伐蹣跚遲緩，以髮掩面。當然不可能有笑容。素色的裙子，臀部的位置隱約有一小片血跡。目送她的背影遠去，機車沿著蜿蜒的坡道，竟然好幾回沒了聲息——熄火了——的的的的機車殘破的離去。說來連他自己也不相信，竟是紅著眼眶目送她離去的，最終遠山和綠樹都一片模糊了。

心底知道，果然出事了。

那女孩是不會再來了。

都結束了。

時空凝結。沒有人聲。只有風吹樹梢，及何其聒噪的蟬鳴。

百無聊賴。烏雲密佈，適時的下起大雨來了。

這雨再也沒有停止過。

於是這個世界只剩下雨聲。

這山坳的形狀像個缺了個口的桶。但缺了口的桶還是桶，坡緣的水都往這裡傾瀉，沿著小路、沿著土坡，挾土帶泥的。

而就在那個夜晚，法空的禪房裡寂靜無聲。或許是被大雨掩蔽了。

次日，格外冷清。不論是早課、朝食，參與的人都很少。除法空外，法言法意法性也一直沒出現。只好去看看到底是怎麼一回事。法空禪房的門開著，趨近一看，滿地都是血，無頭的屍體趴伏在蒲團上，脖子斷處血跡未乾。已經變得非常衰瘦——彷彿變小了好幾號的——法性呆坐在一旁啜泣，如喪考妣。

兩個通水溝的私人用品——不過是些衣物法器——都不在。但車子都沒丟？

不知道是誰幹的，但是他應該知道警察來之前他也必須離去，不然馬上就倒楣了。雖然雨是空前的大，而且沒有停歇的意思。

大雨連續下了三天。

離去的有五人。

也幸虧走得早，後來聽附近村莊裡的人說整個桶子山坳都崩掉了。每一台電視全天候SNG。和報上的消息十分一致。許多山邊或山坡上的住家都遭崩坍的土石掩埋或沖毀。有的人身陷其中，有的人逃出來。不少違建精舍私庵都遭「佛厄」，他佛慈悲，百了禪寺亦不能免俗，受災慘重。但並不確定是誰被掩埋、誰逃了出來。倒是沒聽說有什麼血案。

許多天後有一則訊息，「……百了禪寺一高僧遭土石流活埋，死狀甚慘，近日挖出部份破碎的遺體，頭顱迄未尋獲。」

不自禁想起同牢房的那個牧師——雞姦或強迫引誘口交過數十位男童——在牢中佈道時（他絕口不提那些世俗的往事），講耶穌講到啓示錄那場大洪水。

如今雨還下著，只是小多了。

在這視野開闊的塚間，他挑了個華麗的墓，通體堅固的大理石，或貼上進口多花色的磨石子，有數坪之寬，最裡頭是墳起的墓及石碑。鋪上蓆子就勉強可坐可臥了。墓頂挑高約有一層樓高，儼然如一座小廟，確是遮風蔽雨的好地方。周邊數坪大隆起的韓國草皮，良好排水的水渠。頭髮和鬍髭都長了吋許，但卻常餓肚子餓到頭昏，胃一天到晚咕嚕咕嚕響個不停。餓到頭暈眼花。曾厚著臉皮到饅頭店去化緣，化得幾個冷饅頭，卻難忍那白眼。老頭子說「時局不好，你手好腳好的，不要再來了。」

饅頭不止冷硬，而且還有霉味。

即使那樣的饅頭，也吃完了。

偶爾抓到一隻蜥蜴，烤了，好久都熟不透；但最多的是食指大小的蚯蚓，形形色色的蝸牛與蛞蝓。要吃下去確實考驗道行的深淺。

有災難才有希望。災後確有幾座新墳。

新墳頗不乏新鮮的供品，只是保存不易。

在這人口老化的小鎮，隔不久該就有老臭皮囊要埋，不愁沒新墳，沒冷豬肉和酒。

畢竟是生物，難免有糞尿，阿彌陀佛抱歉了，就近下風處的舊墳——除了清明和忌日，不太會孝子賢孫親朋故舊到訪——將就方便，反正很快就化爲塵土。

山區蚊子多。用收集的舊報，烤著潮濕的細枯枝，勉強生起火堆，柴枝滋滋作響，冒著水泡、冒起白煙。很容易就熄了，枯枝沒一會就燒完，只好冒著雨再去撿。難免被大蚊子叮到滿頭包。

晚上冷到睡不著。尤其從午夜到凌晨。冷到發抖。

後山白曼陀羅花叢生，延伸爲百尺的密林，寒時盛放，毒香醉人，如在異夢。

冷、餓、蚊咬，「塚間修」眞是不容易。餓到眼前發黑，很快就會出現幻覺——看到鬼神。

但更常看到的是那些如花的女孩們。驚慌的神色。啼泣。尖叫。哀求。微蹙。咬牙切齒。掙扎。沉睡。深湛的鎖藝，暗夜裡如影子、蜘蛛般無聲的闖入，最原始的捕獵，制伏，交配，汗水與淚水。聽到精蟲巡遊的咻咻之聲，到那最溫暖潮濕的上游。抽搐，在暗夜裡；嗥叫，在荒野。撫弄她們的身體，彈性良好細滑的美麗胸乳，那叢黑亮的髮草，散發著深海氣息的生命與歡愉之門。

那是神的臉顏。

還有那些輕率的女孩們。

從一座小鎭到另一座小鎭。城與城。

有好多回，掙扎與制伏間，雄獸的狂肆。

出手過重，女孩軟綿綿的沒了氣息。

漸漸冷去的肉身。

啊多悲傷的時刻。

不能隨意棄置，腐爛的惡臭是不能忍受的；必須有場起碼的葬禮。荒郊野外的古老儀式。回歸大地。化身爲萬物。

而今，她們彷彿都縮小了，身體其他的部份都消失了，一一化身爲蝸牛蛞蝓，柔軟濕滑的蠕動著，像他心中的神的臉，滿附墓園的內壁，庇護他的塚間修。

在許多個淫雨綿綿的夜晚裡，在荒郊的野夢中，修行者化身一片片攤開的曼陀羅葉，吸吮夜之精氣，任大大小小蛞蝓啃蝕著，嚙咬著，而有大歡喜。

嚼著夜之曼陀羅花，仰躺在曼陀羅花林裡，繁花盛開，如是而諸神降臨。

二〇〇四年九月二十五日初稿

二〇〇五年二月二日小補

原刊《蕉風》四九三期（二〇〇五年二月）

土地公

1

一切都結束了，還是剛剛開始？

連綿暴雨，彷彿把一切都凝結在一片惡水裡。

許多天了，雨季前走失的那隻貓，Putra 終於還是沒有回來。妻說，只怕是凶多吉少了。

是隻七歲的老貓了，淺灰虎紋，毛粗硬，據說有山貓的血統，個性強悍執拗。某縣縣長官邸血案時從北方的城市帶回來的，以慰新婚不久的妻因沒有孩子的生活寂寥。稍後從同樣的地方領養了另一隻，據說是牠的同母弟弟，毛卻非常細軟好摸，且極愛撒嬌，喜偎人懷，發出嬰兒般的低吟，伴以下頷微微的抖顫。故擬其聲而名之爲「Bumi」。牠失蹤於我們上一回搬家的兩個月後，就如同這回 Putra 失蹤的時刻。是我們在這座小鎮八年裡的第幾度搬遷，每回搬遷總不免會無意中丟失一些東西，那已成了生命本身的隱喻了。

每回想起，「牠從來沒有『唬』過我們。」妻說，指牠的膽小及好脾氣，不似 Putra，被惹毛了就「唬唬」作響。依偎妻懷如幼兒酣睡的牠，妻生下孩子後，明顯的被冷落了。怕跳蚤和其他可能的寄生蟲，伊不只不再碰牠，更為了牠嗚叫可能吵醒熟睡中的孩子，而一再驅趕牠，不理牠哀求似的叫喚。那時慣於沉默的 Putra 也欺負牠，把牠從每一個可以睡覺的地方趕走。有一天，牠走了就再也沒有回來。

曾經想過，也許終於決定去流浪了。但有一天也許會回來，畢竟是從小養大的，如同孩子般。也四下找過，自然是毫無訊息。妻淡漠的說，大概是遇害了。

「沒想到就這樣不回來了。」

那麼的親，早已是我們共同生活的一部份。

生活就是那樣，總會在意想不到的狀況下失去些什麼。

次日是焚風，然後是暴雨，鐵皮屋頂被壓得喘不過氣來，連續數日，路成了溪，園子也漫起水來。乾涸的河滾滾濁流，灰黑色泥流，伴著擊打木石的鳴聲，長年閒置栽滿作物或密密長滿五節芒的河床，一夕之間改觀，大水撫平了一切。電視畫面裡，大水再現了傳說中惡龍的身姿，凡過處，是撕裂的大地，和逃亡的人。昔日遊憩之處，無一不成災區。

那一年，我們驅車去看災情。黃濁泥流從山上滾滾而下，伴著山石，連根拔起的樹，往路上傾瀉。

河體擴大了。亂石滿河床。

如果貓遇害，屍體也早就回歸大地了。

如今又是那樣狂暴的雨。

然後毫無預警的，巨變就那樣猝然發生了。

2

狂躁的狗吠聲，清晰的穿過雨聲。

被驚醒，時間過了午夜。

從窗口張望的妻說，好像有人來了。

我們不禁一驚，這種時候誰會來呢？莫不是……但這種山區。

連綿暴雨，多少天了。

慌忙開門。

一匹狂風帶著雨滴灌了進來，吹熄了蠟燭，屋內陷入一片漆黑。

時時刻刻驚雷閃電，照出來人斗笠下疲憊不堪的蒼白容色。

解下斗笠。雨如注澆灌著他的平頭，臉上奔瀉著流水，身上的簑衣都濕透了，像從水裡撈起來似的，淌著水。揹著巨大陸龜殼似的沉重背簍。氣喘噓噓，面容愁苦，皺紋深深刻滿額頭，不勝負荷似的。

腳上穿的竟然是草鞋。綁腿。

穿著如畫中到深山採藥的古人。

嘩嘩雨聲裡含混的話：

——眞不容易找。還是找到了。

——□□大哥，眞的是你。

走進屋簷下，小心翼翼的卸下背簍，上頭蓋著黑色帆布，但還是淋濕了，我協助他拖進屋內，死屍那般的重，難道竟然是書？珍貴的絕版書？還是藥，起死回春的藥？趕緊把門關上，費力的。風和雨及雨聲就都關在門外了。妻快步摸黑拎來一條大毛巾，交由他套在他脖子上。

伊多點了根蠟燭，以掌呵護，仍拂照出彼此晃動的影子。仍有不歇的風，寒涼的從屋內不知名的角落襲來。

把他帶進屋裡頭一間長長如巷弄的漆黑房間，點亮一盞黯淡的煤油燈。從衣櫥裡掏出一些衣服，從內褲到外套一應俱全，解釋說，那是以前住的人留下來還算新的衣物。幫著他把濕衣脫下，一邊問他要不要洗個澡，還有瓦斯。他說不必了。他把濕衣收在桶內，順手拿起拖把，從裡到外，把來人留下來的水漬快速的拖了一遍。

廚房響起燒水的聲音。

換好衣服，擦乾了頭髮，他像舊布偶那樣攤坐在沙發椅上，閉上雙眼，十分疲憊的樣子。短促的，水壺鳴叫了一聲，隨即被切斷。

紅茶的香氣，輕盈的腳步聲。

——喝杯熱茶吧，□大哥。

他喉頭嗯了一聲，好似大夢初醒，睜開眼，道了聲謝，連聲說好香好香，骨節叭啦作響的坐直身體，矮几上兩根燭火在微微搖晃。

——嫂子不好意思，請問……有沒有什麼吃的……。

他肚子發出連串的咕嚕咕嚕。

——還有一些餅乾。

——不好意思，在這樣困難的時候。

但卻一點也看不出不好意思的吃完了兩大包蔬菜餅。

——以前從不覺得蔬菜餅有這麼好吃。

吃了一臉的餅乾屑，連續喝了三大杯茶，這才再度清醒過來似的，問說：

——小朋友呢？怎麼沒看見小朋友？

——暑假剛好回去探親，因局勢緊張，小孩就被家人暫時留下來了。還好是那樣……。

——那也好。誰也不知道……

他按摩肚子，接連打著飽嗝。

——眞想不到時局會變成這樣。

他嘆口氣，習慣性的按摩按摩眼角，揉一揉腳，這才稍稍恢復了活力，打開了話匣子。

他說其實他恰好有事驅車南下，一路下著雨。大概九點鐘左右，在高速公路□□交流道附近，突然全部路燈同時熄了，而且可以清楚感覺到路面激烈震動。掏出手機想打電話給老婆，發現手機竟然全無訊號，大概基地台也掛了。原以為又是大地震，高空中依稀有飛機（他補充說，聽起來像是戰鬥機）接二連三的呼嘯而過，往北方而去。他說雨實在下得太大，視線原就不佳，路燈熄後，更好像是在水中行駛，只好就近找了個交流道下去。（但那一籮筐……）一下交流道更嚇了一跳，除了過度明亮的路，黑漆漆的不只沒有路燈，整個小鎮如同死鎮，燈光全沒了，只有零星、黯淡的也許是緊急照明燈，或者燭光。我找到一家7-Eleven，只有招牌用自備電力勉強亮著，塞滿了臉色凝重的男男女女，提著籃子或捧著箱子，在店裡摸黑搶奪食物和飲料，簡直像搶劫。兩個店員一臉惶恐的蹲著像兩隻青蛙，不知道是否該跟客人結帳。他們喃喃地說，終於打過來了。（果然，電視突然中斷，廣播也突然……）路上塞滿了車，但似乎都不確定要往哪裡去，車速慢到像是在紅燈前。儘管下著大雨，車裡頭的男人卻都紛紛旋下車窗，探出頭大聲吼叫，穿過雨聲：「打了，打了，打過來了。」大燈照出雨的綿密，所有賣食物的商店好像都被洗劫了。他說他漫無目的的駛著，不知不覺離開了鬧市，走向更為昏暗無人的鄉間小路。雨實在太大，有好幾回差點把車開入大排或稻田。也不知道走了多久，有一陣子甚至可能被雨聲催眠了。走著走著，突然一驚想起車子快沒油了，一路上加油站也都熄了燈，在夜雨裡根本就看不出哪裡是加油站。我想這下子完了。我把車停在路邊，正想著該怎麼辦，心情好沮喪突然看到挑米古道的指示牌想起你們好像就住在這附近。

他即沿著那條崎嶇不平的古道，昔日商賈從外邊以扁擔吃盡苦頭挑著米步行繞著層山到這盆地小鎮，山與山間稍平坦處都因歇腳而聚落成村，老樹下往往有小廟，安著土地公。

他笑說，他冒著風雨落石，像一個苦行者。

——眞不好意思邀我那麼多回都沒時間來。還好你們寄給我的地圖我一直夾在隨身的筆記本裡。

說著他彎腰起身走向門邊的竹簍。掀開帆布，雙手小心翼翼的捧出一尊尊土偶似的事物，笑嘻嘻的放置在茶几上，一二三四五六。是戴著方巾，著長袍端坐，蓄著大白鬍子臉露微笑的土偶。是**土地公**。七八九，三尊土色的觀音，其中兩尊懷抱著嬰兒。最後，簍底有兩個黑色塑膠袋，脹鼓鼓的包著什麼。打開其中一個，是三部精裝小冊子。他拿起其中一本黑皮的，翻開，取出一份夾紙，遞給了我們。確是我們許久以前寄給他的我們畫的「路觀圖」。另一個大塑膠袋裡頭包著的軟軟的似是衣物，也許是件道袍？

——還好路邊有農人的竹簍，不然我這些寶貝就要變落湯雞了。

他指向桌上那幾尊土偶。他說，但路實在不好走。路都變成了溪流，滾滾濁流，有的地方還有土石崩落，眞怕半路就被活埋了。跋涉其間，眞像是在苦行啊。黃泥水沿著所有的邊坡瀉下，有的地方都坍了，山河變色，我看這次災情會非常慘重。他的臉色十分凝重。

——老共即使不打來，老天（突然禁不住仰首打了個長長的哈欠，「天」字被拉成長長的弧）倒下的水也會把我們淹死。

雨沒有停的意思。他要了塊面巾，認眞的擦拭他的土偶們。一尊尊，仔仔細細的，像他的孩子。

——你一路上都帶著這些？

他轉過頭笑得很微妙。因爲角度的關係，擠出雕刀刻出般的深深皺紋。禁不住的得意。「我在車上安了神位咧。」他笑說。

——我的護身符咧。

他呵呵的笑了起來。

接著就硬塞了一包東西給我，看起來應該是藥，悄聲說，「印度貨，吃了可以增加閨房樂趣。」

妻收拾好客房，就是那間如長廊的房間，點上一盞小煤油燈。

他請求我們幫他把土偶們搬到他的睡房，擺在床邊，靠著牆。

那本厚厚的黑皮筆記本，另一本也是厚如磚頭的赭紅色皮書，燙金的 *Ulysis*，作者 James Joyce；白色封皮燙金的小書，Arthur Rimbaud 的 *Illuminations*，都整齊的疊擺在床頭小几上。

我們把油燈移去牆角，他向九尊土偶拱手作揖，也向我們拱拱手，連聲晚安睏死了明天見。

——水不會從窗口灌進來吧？

神經質的自語，打著哈欠鑽進被裡頭去了。

這棟房子也是倚山而建，屋後是座小山，流水正嘩嘩的瀉向屋後的牆。我們也一直憂心它到底是否抵擋得住源源不絕的山水。

但我們確實不知道發生了什麼事。夜裡突然停電、電視斷訊，原以爲不一會就會恢復。在這一帶山區的雨季，這是尋常事，路和電纜被沖斷，三五天後再修復也是常有的事。如同兩年前那場大水，房子雖沒受損，但因連外道路每一處轉角都有崩坍，亂竄的土石流把路一節節扯斷，被困了一週，水勢減緩後才搶通。雖不致斷糧，卻難免心驚。所以我們早就有儲備大桶煤油，多盞仿古煤油燈。米油麵粉乾糧甚至鹽和衛生紙，也都有相當的備分；大桶的鋼瓶瓦斯，也一向多買兩桶。外頭有自己磚砌的巨大蓄水池。確實爲了不時之需，但沒想到竟然會那樣。是聽廣播裡說，「……博愛特區遭受猛烈突襲……」然後廣播裡一陣巨響，刮耳的電波亂頻之後，收音機一度陷於靜默，突然一陣公鴨嗓，「……阿扁啊和國軍弟兄誓死保衛——」隨即「卡」的一聲被剪斷了。之後就再也沒恢復。電話自也毫無訊號，只剩下嘟……嘟……嘟的空洞聲音。

緊張的局勢已持續了多年，相互放話、軍備競賽、軍演，狼來了狼來了，戰爭在重複的狼來了裡因慣性而成了沒人當眞的家家酒。

況且是在這樣的雨季。

難道是又一次超逼眞的演習？

七、八月裡幾度戰機飛越海峽中線，然後是潛艇的擦撞，互相大量的捕獲間諜——深入到新聞界及學界。對大多數人而言那至多也不過是家家酒的微小細節變化而已。但我們還是把小孩給暫時送走了。硝煙味已經很重了。危邦莫入，亂邦莫居……。

連貓都適時的失蹤了。

雨中無事，原就在草擬一首哀悼貓的詩。好不容易睡著，原想天亮後再步行到鎮上去探探消息。但一被驚醒，就再也難以入睡了。但客人卻鼾聲大作，似乎在做著好夢。夢到太平日子，悠遊於市，處處有神庇護。彷彿土地公和觀音在泛發著溫暖的金色光芒。

3

想起若干季以前的那一次碰面。那是他出狀況以前不久的事。還是個有名的詩人，學者。風大，我們離開會場時，早暗天初入夜。

初冬微涼。

一如既往，百無聊賴的討論會。專程趕赴，到會場時已是最後一場，名牌早已擺好，一個空缺的位子。主辦者等得快拉肚子抓狂了。

算是空前的創舉吧。循著地址，會場竟然是間超豪華的殯儀館，而且現場左右都有喪家在進行著告別式。我以為跑錯地方了，一到門口就有接待人員舉牌相迎，急急引進挑高陰森的內堂。

像是惡夢的現場。沿牆排列著不知多少具冰櫃和棺木。議程中關於防腐技術、屍體保存的那一場剛剛結束；早上兩場名家的專題演講**上帝死了**、**小死與永生**自然也趕不上。這一場是關於復活者的。

長途旅程疲憊的緣故——在身體的移動中總是失眠——頭腦發脹的唸出以色筆框出的黑字，零散的座上客，大概也在紛紛昏睡之中，身體發出熱能；只差沒有鼾聲，但滿堂是暖烘烘的睡意。濃郁的二氧化碳，只有常青植物在一角瘋狂吮吸。

我聽到自己清晰但陌生的聲音，咬字不是很清晰的，在談原鄉葬地與惡。死亡與災難。本土與瘋狂。犧牲。激情。想像。忙碌的兩片唇，舌頭掀動，句號，逗號，破折號。穿牆而來的法事鐃鈸，阿彌陀佛大合唱；是殯葬業者提供的孝男孝女抖抖顫顫的號哭聲，阿爹啊啊娘啊你死啦卡好啦啊啊啊。好幾回眼皮幾乎要像重症肌無力那樣，像一道閘門掉下來了。突然耳朵聽不到聲音。原來是唸完了。啪啪啪啪，無力的禮貌的疏疏落落的掌聲，像一群人踩過積水的路面。

然後是講評。嗡嗡嗡嗡，耳朵反應不過來，某些語流被切割下來，放大，粗黑體字。愛。慾望。暴力。本土。憎惡。不可能的。現代主義。上帝。刪節號……一如他的綽號。風格問題。台下幾個蠢問題。亂碼。句號。亂碼。逗號。亂碼。逗號。亂碼。問號，問號，問號。還好棺木裡的人沒有亂舉手發問。

接下來輪到隔座的報告。**先知的獨白**。

我掏出一本大開本薄薄的書做掩護，準備睡覺。

公鴨嗓，像某知名無恥政客的招牌噪音。**請愛用川貝枇杷膏**。嘎嘎嘎，撲撲撲，母鴨被追逐得亂飛。大概有一隻被得逞了。站在母鴨背上，使勁銜著對方頸背的毛羽，忘我的抖動屁股。射入。拍拍拍，又去追逐另一隻。中日韓混合字元。

撲鼻一陣陣惡臭。垃圾場的氣味。一看，我正處於那人下風處。臭味和那張嘴發話吐氣的節拍非常一致。

想起遠方住處附近的垃圾場，混雜著各種有機物腐敗的惡臭，帶著難以言喻的甜膩，類似於某些人從消化系統深處發出的飽嗝，包含了從食物到糞便的不同中間階段的氣味取樣。

那座垃圾場，集中了小鎮所有的垃圾，日常聚集了大群的白鷺鷥，翻飛起落，遠觀竟是一道異常美麗的風景，有盛世之感。

好不容易結束了，删節號飛奔奪門而出，我爲了搭便車，緊追在後。他邊跑邊拖著一句話，那些食古不化的老頭子要來講廢話了。

那是靈長類們飽餐動植物屍首之前的閉幕式。

擠進他那小如甲蟲的破車，好像從廢車廠搶救出來似的，感覺比一般車扁得多，被壓過似的，車皮多皺褶。他說別看它破，最近方遭竊，被開走油燒光了被棄路旁。

一起吃個飯吧。

很快的，車陷在車陣裡，街上周遭都是車屁股紅豔豔的亮光，或過於耀眼刺目的車頭大燈。昏慵慵的夜，每一部車裡頭都坐著飢餓的靈長類，車燈照出黑幢幢人影。

間歇的交換一些圈內的訊息。譬如某位出版社前輩的瀕臨破產而進出精神科。一如往常，我聽的多，說的少。也沒發表什麼意見。

由於並不在這個舞台的中心，且住在遙遠如異國的鄉下，和城裡的朋友好久才見上一次面。懶於出遠門，單是往返的旅程便去掉一天。長途車，令人疲憊不堪。常是因爲延伸的工作，如開會，於會前會後順道訪友，約碰面吃飯喝咖啡。半年也沒幾回，兼之鮮少以電話書信之類的方式聯繫，職是之故，這回的話題和上回的話題之間，常有著極大的時間落差。每次出門，遇到不同的朋友，有的會認眞的端詳一會說，「你胖了。」有的則說，你看起來瘦了——白了，或黑了。端看和這位朋友上回碰面是什麼時候，有的竟是多年以前。更糟的是，因記憶力不佳，也因爲旅程的疲憊，我常記不起打招呼的人的名字。頂多記得那一張臉。但臉往往隨歲月變形，亦不可靠。太常不見面，話題自然漸漸沒了，久而久之，甚至不見也無所謂了。同一個人變成了另一人。有些人就那樣在相互的忽視中無聲無息的死去了。弔詭的是，死了反而好像並沒死，因爲反正不相聞問。

一位年輕的同行上吊，結束脆弱的生命。小道消息說，是因爲一位年輕情慾女作家亂放電之故。悼念文，報紙副刊整版的哀痛惋惜，哀戚的告別式。他爲他寫了篇近乎痛哭流涕的長詩。半年後，另一位同齡同業把自己吊死在城市郊外的樹上，因法醫太忙而在樹上吊掛了半天。說是家庭問題，憂鬱症，看不開。年輕的妻子哀悽的守護。

人世無常。一位同齡同事突然送急診，肝癌，腫瘤八公分。他治老莊及生死學。他樂觀而天眞的說，謝謝你幫我代課，開個刀切掉就可以回來了。但他再也沒有回來，很快就送入安寧病房，然後是冰櫃。他新婚不足半年，剛畢業，第一份正職，新車，滿懷熱情與希望。他曾開心的說要載我越過中央山脈到他濱海的家鄉。但他的婚禮，我們都沒去，因時值瘟疫蔓延。改了期也沒去，出於審慎，也不知道會是那樣。一如他在故鄉的告別式，熱鬧而哀悽。哭得稀里嘩啦的朋友和學生。但他任職的學校何其淡漠，連派個代表去上個香都省下了。

就在他亡故後沒幾天，無法承受刺激，另一位更年輕的同事倒下，大面積腦溢血。

幾乎同時，一位壯碩的學生把自己吊死在校外的住處，邀他出遊的同學發現了，解除他的懸吊狀態。獨生子，一家的希望。路邊簡陋的靈堂，最陽春的儀式，同窗們間歇的爲他摺紙錢。他竟送給他們如此巨大的問號。無理而沉重。據說他死前一直在探尋死亡的奧義。

最後一堂課，不知情的我也隨意談起人的必死性。

但醫院裡，每天增加多少新生兒？

話與話間的間隙在膨脹，往往如此，沉甸甸的，一塊塊。

新聞成了舊聞。軼聞亦了無新意。

無事不在可談與不可談之間。許多事件在兩次碰面之間發生，並且錯過了。譬如層出不窮的政治事件，政壇上小丑的言行，移民中南美洲或矮黑人。再譬如最近那位年輕作家自殺的事，一度引起城裡圈內人極大的震蕩，座談演講追悼，但我和那人全然未嘗見過。他人本身生命中巨大的事件，竟完全與我無關。也全沒人問我有何感想。我在局外。

錯過了彷彿就錯過了時效，再也沒必要提起。

意義就像支燒完的菸，流逝了。

我很少特地拜訪他，更幾乎不曾特地相約見面。友朋傳言他極喜愛鬧市裡那些世故妖嬈的少女。我也不知道這喜愛後面是否該加上「褻玩狎妮」這幾個字。我們不曾就這個話題交換過意見，也未嘗追問談及此一話題的人。他人的萬千臉孔，往往我只認識其中一面。大概有一些隱祕的幸福，如果是那樣的人生。但必然也有其隱痛。譬如我那位愛嫖妓的朋友，總愛炫耀不同種器官差異帶來的樂趣，卻從未坦誠不同品種性病帶來的痛苦有何不同，與及造訪友朋時他用過的廁所就必須立即消毒的困擾。

我們總是不期而遇，在城裡外觀破敗的簡體字書店。看起來不像快要倒閉，而是倒閉好久了。爲了那些泰半是雞肋，見了心喜，但其實可有可無的準精神糧食。

有一回在書店門口被正在看戰利品的他拉住，令人驚異的是他一頭一臉的汗，好像甫做完什麼激烈運動，或剛從某個女人身上完成祕教的儀式，或者被澆了頭水。看得更仔細些，卻像是皮囊在漏水。他十分熱絡的要我坐下喝茶，我說我趕赴一個飯局。

樹幹截成的矮凳，他喚店裡的小姐燒水。直說桌上的兩罐茶葉是上好高山茶。

紅泥小火爐，炭火緩慢燒著，煙味鄉愁般的飄起。

一邊自顧自的聊起木偶，面具，本雅明的駝背小人，大概是他最近關懷的一些問題，地水風火四大要素，神祕主義。

時間分秒流逝，白煙漫起，而水老燒不開。

他好似有許多話想說。

很快的，我們陷在白煙裡。

他聊到一部關於城市的長篇中的城市暗角。

多麼虛幻的城市。拼布般重層的歷史，均是補釘。建築、街道、事件。某些東西不斷的流逝。

而我總是在惺忪中造訪。那麼多與自己生命無關，卻具體可感、眞實到無以復加的人。因爲不相識，目光不會交會，在半空中就相互錯開了。有各自的身世、家居、生活圈，無關涉的同時代人。

好一會，從車陣中脫身，車子發出卡車式的巨大咆哮聲，繞入昏暗的小路，再轉入寧靜的巷子，停在路旁車與車的夾縫間。近處有小廟，香煙裊繞。

走在潮濕的路上，沿途是尿騷和臭水溝的氣味，有時是高牆，關著老樹黑瓦的日式平房。賣吃和賣雜貨的小店門口，坐著一臉倦容的中年人，迎著朦風和有限的晚照。人行道上塞滿了機車，匆匆走過相偕的行人，有的是朋友，有的是家人。晚餐時間，不知哪裡飄出家常菜的香氣。

但隨即聞到一股公廁般混合著陳年排洩物的惡臭，但臭源似乎並非廁所，而是一個人。

街口迎面佇立著一個高大的漢子，衣裳微微發亮，朝著他斜前方（我們後方）散放著煙的廟的方向張望；眼神荒漠，嘴裡唸唸有詞，蓄短髭。頭上盤著個秦代款式的髻；身上穿的似乎是楚墓出土的小菱紋絳地錦衣，只是既髒且破，綿絮外掀；著布面功夫鞋。更近些，但見他衣服上點點的綴掛著大大小小的銅製的鑰匙，彷彿掌握著眾多深鎖的門。越靠近味道越重，行人紛紛掩鼻一臉嫌惡的低頭快速通過。回頭時，竟看到他背上揹著扇小電風扇，也不知有何用途。

他說，每一座城市都有不止一個像這樣的迷失靈魂的人，在街頭喃喃自語不知道終日在尋找什麼。

有時看起來又像個先知。

他說，老是吃館子，都吃膩了。今天吃點特別的。但我其實極少吃館子。

他領著我推開一扇門，是一處樓梯間，勉強擺了幾張桌子，人坐的不多，但已覺得很擠。都是家常菜，一尾煎黃魚，炒高麗菜，豆腐湯，梅干扣肉。

他吃得津津有味。他語調平和的說，他臥病了好一些日子的高齡母親最近過世了。不久前方聽說他近百歲的父親方駕鶴西歸。

我想他一定感慨很深。

我告訴他我卜居的小鎮，幾乎時時刻刻都可以看到靈堂。好像次第輪流在不同的街巷間，已成了小鎮日常的景致。畢竟已進入高齡化社會，老人都留在鄉下，等待自己的葬禮。

他問我有沒有常去各地的廟看看。每一個小鎮都有許多廟。

他說母親過世後，他逢廟必拜。

是在懷念母親煮的家常菜嗎？

他俐落的快速吃完。

——不趕著回去吧？帶你去一個地方看看。

昏暗的街，休憩三五聚聊的中年男人，一路向他招手問好。窄小的店門有微光，幾個舊櫥裡頭擺了幾支破碗。又一間，檀香刺鼻，沿牆擺著十幾顆大大小小粗糲切割的佛頭，一尊肘大金色觀音鎖在玻璃龕裡，兀自泛著黯淡的光。一尊兒童大小泛紅的四面佛張牙舞爪的被關在靠牆的玻璃龕裡。

他走進去，問道：「有沒有新東西？」瘦削而神情木然的店主從布簾後內室像捧著一粒小玉西瓜似的佛頭遞給他，有著光滑溫潤如玉石的外皮，好似經過許多雙手的把玩撫摸。祂雙目緊閉，神容慈祥端莊，雙唇微笑，唯脖子斜向的創口清楚顯露出石的銳利和鋸的堅硬。那人說，「是極品，阿富汗的貨。」他仔細的撫摸一番，聞一聞，好一會微笑著交還店主，說「過幾天再過來。」

一間又一間，有的掛滿多色石頭串成的手環項鍊等飾物，與及公孔雀尾般華麗的衣裙，飄著印度廟令人屏息的濁香。有的展售著雙目圓睜臉紅耳赤高血壓般暴怒的大鬍子關公，一樣有大小之分；一些殘破褪色斷手缺腳難以辨識的神，一堆堆一筐筐標價賤賣。

原來是眾神的市場。他說這裡午前是傳統市場，仍可以看到一籠籠的色彩鮮豔宰餘倖存的公雞，及雞糞的臭味。殘餘的血腥氣。如果不是我的錯覺，我多次見到耶穌那愁苦的臉，乾枯的身軀，銅製的，或鐵鑄的，或錫的材質。斑駁褪色的聖母，也悵悵的置身其間。

有的擺幾箱舊書舊雜誌舊報紙，我撿起一本泛黃的《皇民必讀》翻一翻，通篇日文，且有一股尿騷味。成堆的舊唱片，大圓盤。

翻開一本小人書，肥碩的女人眦目張開雙腿，沒有陰毛的私處腫大如鮑魚。

他喃喃的說著，從很年輕開始，就迷戀漫遊穿越市井，與市井中人無目的的劇談。這是最眞實的人間，他說。

我們快步走過，有的擺著舊木犁，牛車輪；舊時日的茶壺，燒炭取暖的黑色爐子，巨大的照相機，收音機，只見於電影中的舊日時光。

緬懷往日時光？經驗與記憶的殘骸？

離開巷弄，走進另一家店，只見牆上掛著巨幅的日本太陽旗，白底紅丸。上面蜘蛛腳式的名字簽署，有的四個字，有的三個字，做軸射狀如黑色的日光。他解釋說，是出征前的神風特攻隊的誓師。他指著身邊一襲套在人形木架子上的土色軍裝，腰帶帽子一應俱全，肥胖的老闆啞著嗓子插嘴說，「那是神風特攻隊的軍服。」架上有一些日文舊書，內堂有舊傢俱、日用品，牆上掛著一長一短兩把武士刀。一張舊桌上有一大盒數百張黑白舊照片，多係精神煥發的結婚照，二十餘歲的男女，在攝影棚裡；更多的是青春少女的合照，高女的水手服。略帶羞赧的，或是郊遊，在溪邊、樹下；臉上、眼裡熠熠盡是生命之光，與日常所見的青春生命無異。我曾在鄉下廢棄的舊房子裡見過類似的昔日的少女影像。

他說，精品都被挑走了。

——都是桃竹苗一帶的大家族流出來的。

——這些女人如果還活著，至少都是七、八十歲的老太婆了。

另一家店。門口臥著赤棕色毛的狗，使勁搖著尾巴迎客。幾被物品塞滿的店裡一邊是一層層的茶葉罐子，貼著福建安溪鐵觀音、烏龍茶、福建武夷茶、白毫烏龍、老欉水仙……等等。另一邊架上整齊陳列的是成人頭顱大小的甕，甕沿甕身都黏著若干貝殼，不凡身世的象徵。

守店的中年女人熱絡的招呼他喝茶，「很久沒來了哦」接著「你留的東西要不要順便帶走啊？」

女人四十來歲模樣，微微發胖，小姑獨處。明顯有一些白髮了，容色有幾分疲憊寂寞。令人想起遠方遇人不淑離了婚的姊姊。他們有一搭沒一搭的聊起一些共同友人的近況，喝著濃濃的普洱。他介紹說我來自南洋，伊便談起伊的家鄉澎湖的海；他補充說，那些甕都是澎湖海溝裡撈上來的，至少有幾百年的歷史了。

那遙遠的明清，帝國，海盜，古沉船。進進出出的狗，熱絡的擺尾。停滯的時間。一壺又一壺熱茶。

辭別了姊姊模樣的寂寞女人，走在夜幕降臨的市街，昏睡感愈來愈深了。

他一再強調，這裡看到的城市面貌必然大異於我從前所見所知，譬如那些女作家筆下的市街。

這裡有城市最深的記憶。然而是殘破的。有限的。

他說他在找平埔觀音，綜合了聖母像及觀世音菩薩，是唯一抱著嬰兒的觀音像。

樹幹分岔成舒發的舞姿，老樹庇蔭裡，燈火微明，有人聚坐喝茶，大聲說話。

是另一家店。甫進門，老闆模樣的中年男人以平靜的語調對他說：「有一批新貨剛到。」

接著捧出一尊尺許長的木偶，粗獷的雕紋，老舊受損的情況相當嚴重。依稀看得出是慈愛的母顏，與睜大眼仰望母親的幼兒；身軀衣物的紋路，則近乎省略。他仔細的端詳撫摸，好一會又換了另一尊。

一會，便東摸摸西摸摸，看來心情頗佳。

這家的貨更雜，舉凡片岩石桌棗木椅，黑膽石龜甲石鐵丸石玫瑰石，竹根老翁頭，老唱機水壺煙囪，及稍後他把玩不已的一隻木瘤蟾蜍。沿著牆是一壁中藥店放置草藥的深色木抽屜，猶散發出淡淡的藥味。牆角有幾尊容色還算清晰的土地公，我問他可有興趣，他笑說他公寓裡已有四尊。

那高樓。

地水風火，麟鳳龜蛇。

此後好一陣子沒有他的消息。

輾轉聽說他出了狀況。把多年的工作辭了，載了一車的神祇全省跑。換了部九人座的二手車，將之改裝成流動寺廟，加了個廟宇常見的飛簷屋頂，前後還掛上四個大紅燈籠。據說看起來像靈車。

那年，妻看中山裡的一間法拍屋，是個廢棄的蘭園，屋主生意失敗後躲債出逃，留下了一屋子衣物傢俱，一輛機車，及推落草叢的一部轎車。蘭園依山而建，蘭花久乏照料大多數都病葉斑斑，但有的兀自盛開。只是五節芒更為茁壯，且深深的侵入。房子稍事整頓就可以住了，周遭腹地大，不只貓狗，甚至可以養鹿。屋前幾棵楓香，枝梢上天蠶蛾的幼蟲日夜蠶食，且樹幹上纍纍黏掛著往年咬破的舊繭。

最可貴的是那如長廊寬闊有獨立衛浴的房間，可書房兼客房。搬進去後，我依地址給他捎去一封信，邀他小住談藝，「備紅泥小火爐，可煮水煎茶；山有湧泉，夜涼有螢。小路多風，一天繁星。」因山深路遙多曲徑，故手繪詳細的地圖，以藍紅線密密標識。

但一直沒有回音。

4

——他走了喲。

不知道過了多久，妻推一推我肩膀，小聲的說。

這才發覺自己不知道什麼時候睡著了。

雨似乎停歇了。

——東西……。

——都帶走了，除了……。

客房裡，收拾整齊的床，彷彿沒有人睡過。燈火猶亮，賸少許煤油。桌上擺著笑逐顏開的土地公，幾枚泛綠的古銅錢。此外連濕衣、詩集、籮筐都帶走了。一張便條紙，蟻字：

循著廢棄的廟，我沿途收集神祇

我們推開門，雨果然停了，刺目的亮。然而天空堆滿密密厚實的雲，一直到層巒起伏的群山那邊，有的化爲白茫茫的雨霧；看來雨不過是小歇，不知道還要狂下多久。震耳的是轟隆的水聲，屋前丈許深的大排近乎滿溢，水速流。水的吼聲且從四方樹林傳來，大約開拓出新路的山洪持續在奔瀉，甚且挾帶巨石沙礫，有的甚至是滾滾泥流。

水還胡亂奔走的時刻到處亂走，難道不怕被活埋？

對面高高的擋土牆圍起一塊建地，是截平了小山頭而成者，是某位家境富裕的女尼精舍的預定地。但如今擋土牆沿接角處崩裂了，狂瀉著黃泥漿水，順著路滾滾而下。在泥流間，一排清晰的鞋印，往離去的方向堅定的延伸。

刺耳的，呼嘯而過的是巨鳥般的戰機。

如日落時的鳥群，但迴旋穿越，擦身而過。

然後轟隆巨響，地動山搖，火光與濃煙，遠方一架飛機斜插在一座小山上。又一架，墜落層巒，大地迸裂，亂石奔走。就是那樣，如節日的煙火，紛紛華麗的殞落，巨響，火與煙，石與土，大地震震下沉。

巨響中，屋後土石崩落，逼得我們拔腿往前奔跑。跑了好一段路，回頭，房子已被掩埋於土塵裡了。

暴雨再度從天而降。

在雨的淘洗裡，原先屋後的小山崩餘剩下一巨石凸起。滿面泥漿，但五官儼然，如古佛低眉。

此刻，番薯狀的地圖上，千萬座大大小小的土地公廟，兀自亮著燈火幽光。不論是在大都市人煙一角還是少人過的荒郊野外。

諸神默然。

二〇〇四年暑假

原刊《香港文學》二四一期（二〇〇五年一月）

原刊《星洲日報・文藝春秋》，二〇〇五年三月二十七日、四月三日

目虱備嫁

目虱備嫁家蚤兄，要請蠓仔做媒人，
虱母搖手喊唔通，家蚤唔是妥當人，
牛蜱大隻兼厚重，嫁伊才會親像人。

——台灣童謠・〈目虱〉

家蚤唔是妥當人

機艙裡反覆播放著家鄉的童謠。

疲憊不堪，代號目虱的祕使好不容易從惡夢裡醒過來。夢見全身的骨頭被一位渾身漆黑油亮看不見臉孔，壯實如鐵鑄的男人拆了，再按草圖胡亂裝配回去。裝完後碎骨頭竟然剩了一地，毫不吝惜的拿掃把掃進臭水溝。

皮被小刀剝開，從頂門至屁眼，掀開了，頭骨連同背脊骨整副被取出，肋骨肩胛骨尺骨脛骨等逐根被卸下。

整張皮如地毯般被攤開。豔紅，血淋淋，邊緣呈鋸齒狀。

一個灰髮的老婦人，跪在皮上，一手持燈，另一手持小棍子撥弄他亂成一團的內臟。唯獨心臟跳得很凶猛。

薩滿的占卜術？

圓柱體。空玻璃罐的反光。

大玻璃魚缸裡，睪丸擺動，大陽具腫脹著龍魚一般的貼著水面游來游去。

全身上下無一不痛。

打嗝。

隨著意識的清醒，轉化為癢。傷口癒合的癢。

但胯下尤其癢，另一種癢。好似有小東西在皮上皮下活動，吃喝拉撒，交配屙仔。

怎麼搞的，癢得幾乎坐不住了。

在商務艙座位上，身體扭動個不停，一直設法讓癢處和椅墊磨擦，以致無法維持正常坐姿——斜傾，敞開下體，磨蹭——多次引來空中小姐溫婉的關切。「先生，請問您需要什麼？」好意思回答她說，「小姐，我胯下癢，請幫我抓一抓」嗎？

那玻璃罐「禮品」斜放在行旅箱裡，但直放更危險。應該不會爆掉吧——那麼大的高空氣壓。如果爆掉，裡頭的「漬物」掉出來，麻煩就大了。

以彩色雜誌遮掩著，或者薄被蓋著，隔著西裝褲猛力抓搔。動作大得引起鄰座的老外側目。唯一的隨行人員睡得像個死人，廢物似的猛打鼾，中毒似的。

抓得好舒服——癢的補償？幹伊娘，太用力了，痛。脫皮了？

從什麼時候開始的——在那個□□國——難以啓齒的祕密行動之後？

祕使難爲呵。

是的，史有名言，弱國無外交。爲了維持祕密外交的祕密性，誰能想像，有時竟然藏身貨櫃，和報廢車、被拆卸解體的賓士車或破機車一道被輸出。更別說曾經易容變裝和「十大通緝犯」一道偷渡，或混在大陸妹堆裡被人蛇押回，多次差點被強暴得逞了。

經過民間管道祕密溝通了許多回，如同所有的擦屁股行動（擦字號秘檔），總要花上不少美金——沒想到他們竟然還是使出這種賤招（雖然已經默認是道歉之旅），各部門的官邸不讓去，那麼多五六星級的大酒店竟也不是預定地，這小子難道比他的梟雄老爸還狠？

也不必表明身份，一下機就八個從角落冒出的黑道模樣青年男人（墨鏡，黑西裝，膚黑）架上黑頭車接走，沒有一個是正式場合見過的熟面孔。

那個負責穿針引線的台商呢？

車窗的玻璃也是黑的，向車裡鑽的時候有人伸手從後頭往胯下猛力抓了一把。劇痛。一上車就感覺天似乎也變黑了，令人眩暈。車裡坐著西裝筆挺的男子，詭異的微笑，情治人員式的不懷好意，褲袋裡掏出，快速的亮了亮，印滿紅色藍色蟹行文的塑膠證件。也沒法判斷到底是不是假的。看來層級都不高。一個都不認識。不會是跨國詐騙集團吧。

大概為了表示親切吧，不說英語而說台語，哦，伊娘喲，目虱們喜歡說那是閩南語。

——我們龍哥歡迎你來到鼻屎國（pi-sai-kok）。

龍哥？李□龍？

不過是個台北市大小的地方，大腸般的高速公路、快速路，死板的格子狀的高樓，沿街很假的綠樹。兜了好一會的圈子，以為會到什麼高級的地方，不料卻轉向一處破敗的老社區——原以為這光鮮亮麗的都會小國家不會有這種破落的地方。錯！再富麗的豪宅也會有廁所，猶如再怎麼的大美女，都不可能不長屁眼，也難免要放臭屁拉惡屎。

原以為只是穿越，但駕駛卻似乎刻意搖下半個車窗，讓熱騰騰的穢氣湧入。矮小的平房，舉目盡是印度人，印度小吃，布料，香料，臭水溝。老印度的臭味，雜亂。三角錐形印度廟上，神像多如鳳梨果實上千萬隻花眼，異香四溢。三拐兩拐，經過若干座有小花園草皮圍繞的白色殖民地獨棟巴洛克式典雅舒適的小洋樓，以為那其中之一必定是目的地，大官們的別館。但竟然沒有停留，經過若干住宅區，幾座羽毛球場。

烈日酷照。

一棟紅牆碧瓦的中式的獨棟二層小洋樓，車上的人指點說那是晚晴園，說那是當年愛國華僑捐給孫中山搞革命兼「飼細姨的所在」。車子慢下來（是到這裡嗎？），只見紅樓前遮陽柵下，一個長得很像百元鈔票上敵國國父模樣的初老男人，翹鬍子，縱慾過度似的氣色暗沉（他和蔣光頭的老屌，到底操過幾個屄？），一身白，悠閒的坐著喝茶。幾個女星樣的標緻女人身著舊日曆上的時裝，嘴巴塗得吐血紅，和老男人互掀著嘴皮。兩個肚腩大得幾乎把落葉花紋狀上衣的鈕扣撐開的老闆樣的黝黑華人，站在一旁大聲說話——嘴巴掀得很大。是當年的愛國華僑——革命之（你老）母嗎？

怎麼？演戲？特別節目？革命劇場？

車子又呼的開走。

後來轉入另一個破舊的老社區，老街，兩對面，兩層的排樓，土黃或白底，霉黑的雨漬染成舊中國畫裡骯髒的山水，牌坊狀屋頂有浮雕著獅子，老虎，鐫刻著建造的年月，一九二〇，一九三〇，一九五六，一九六三⋯⋯。雜貨舖，衣飾，咖啡店，香燭，熱帶魚⋯⋯街道的盡頭是衰老的大伯公廟，再過去是天帝廟，天后宮，香火鼎盛，善男信女撚香作揖，唸唸有詞。和南部那些鄉親大同小異的衣著和臉孔，神情也類似。

車如小舟划過，無聲。

電線桿上烏鴉翻飛。天上盡是啊啊的沙啞的叫聲。

憋尿憋得快尿在車上了。

車子駛向郊外，上坡，車速放慢，多寄生植物的老樹濃蔭。路的兩旁盡是獨立或半獨立歐式洋房（是目的地嗎？），大坪數，看起來十分舒適雅緻，掩映在老樹綠蔭或盛放的九重葛裡，大都是熱帶果樹吧，有的恰逢季節，結實纍纍，紅的黃的一簇簇，一顆顆陰囊狀，依稀長著長而堅挺的毛。看來是高級住宅區。在這裡談公事也不錯。隱祕而愜意，有度假的閒適之趣。

但看來仍沒有停下的意思。

車子駛進一處緩坡，半人高的鐵籬笆，兩個持長槍黑制服的馬來士兵看守，向車子行了個軍禮。開門，門邊掛著木牌，上書橘紅色陰文「ISTANA LAMA」。車子慢慢駛了進去。車窗降下，沁涼，放眼盡是參天大樹，幾棟船屋模樣的高腳屋翹首相迎，屋頂雖是棕櫚葉鋪就的，卻漆得像野公雞的屁股毛那麼華麗。屋後三四層樓高一艘生鏽的軍艦，大概是二次大戰留下的，其後有象的影子。屋子下方確有年輕小母雞咯咯的領著毛絨絨的幼雛，以爪撥開落葉泥土。一隻發情的大公雞一路追殺未成年小母雞，後者慘叫飛奔，並在目虱們的車旁被攫住，當場雞姦得逞。小母雞還來不及反應，公雞就完事了。甩甩翅膀，伸長脖子仰頭長歌。小母雞回過神來，快步逃走，繼續之前的逃亡。

車子一直開到747那麼大的高腳屋旁，停下，一個人小聲的說「去放尿喫茶」。便領著拾級而上，全木造的房子，說是當年馬來土王的皇宮。有熱咖啡與紅茶的香氣，裡頭坐了好些人，不乏遊客與官員，各色人種，操英語或土語、印度語（反正聽起來都一樣——唔知講啥）。

目虱憋氣衝向廁所的方向。門口有孟加拉人負責收錢，摸了十元蔣光頭，還好萬國貨幣均收。好原始的廁所，一切都是竹製的，有牌子英文說明需對準竹筒裡尿，「因本島嚴重缺乏淡水，所有被排出的水均需回收，經嚴謹的科學程序淨化成最爲純淨甜美可食用的水」。很長的一泡尿，有點感動，沒想到尿尿也對這個國家有貢獻。但外頭的茶水能喝嗎？不會是現場回收再生的吧？

好節儉的國家。

爲了表示誠意，就算眞的有尿味也得喝。

最好續杯。再善意的尿出來供回收。

中國成語不是有一句「禮尚往來」？

聽說日本人也早已研發出回收大便做成高纖餅乾，賣給怕肥吃素的老外。

竟隱約可以聽到濤聲。海風輕拂，令人昏昏欲睡。熱帶殖民地的慵懶。

遙遙望見蔚藍的海，是太平洋，還是南中國海？

「這裡住過柔佛王國的敗家蘇丹，就是他把這島賤賣給英國人萊佛士。」黑道之一充當導遊，竟然是北方口音。

「資料上說，這蘇丹上半身像豬一樣肥，下半身像雞爪那麼瘦。他最有名的故事是，被許多年輕貌美的姬妾向英國人指控說，變態土王用滾燙的松香油滴她們柔嫩羞赧的陰部……」

就才發現地面是傾斜的，樹，房子，石頭，天空，甚至海。

「……有一回細皮嫩肉的少女們身披薄紗奔出皇宮……」

突然瞧見樹林裡隱約有些青年男女，慢吞吞的遊蕩，像是在撿垃圾或拔草。離奇的是，胸前或脖子似乎掛著塊大牌子，白底紅字。

喝過咖啡，吃過可疑的日本進口的高纖餅乾及餡料令人有不當聯想的咖哩餃，目虱忍不住好奇心的驅使，朝那些行跡可疑的人走去。那些人露出想逃又不敢逃的樣子，表情非常痛苦。目虱看了塊牌子，以中英文寫著「我再也不吃口香糖」，又一，「我以後再也不敢亂丟垃圾了」，另一塊，禿頭中年男子，「我再也不偷女人內褲」，西裝畢挺，花領帶，細框眼鏡，「我再也不在電梯內小便」。都是雞毛蒜皮的小罪嘛。

那些戴墨鏡的男人不知何時悄無聲息的趨近，其中一個小聲的問道，「聽過勞改嗎？我們向中國學的，非常有用。」

他吹噓說五年來有數百個流氓被改造成超盡責的模範警察，他們的長處是「對壞人的心理有透澈的瞭解」。

難怪。

又問說有沒有聽說過他們是如何對付強姦累犯及吃軟飯的姑爺仔的？

答案相當驚人：「你一定以為我們把他們閹了。不止如此。國家花錢幫目虱們變性。切掉那根惹麻煩的東西，做人工陰道，德國進口的，耐用；做處女膜，日本貨，細緻；打雌性荷爾蒙，紐西蘭的乳牛分泌的，讓奶脹大起來。這種新女性尤其受外國觀光客歡迎。你知道我們國家早在殖民地時代即有公娼制度，以解決男人的不定時頻繁發情。」

「這些人，對嫖客的需求最有研究。」

聽到睪丸不禁一陣陣抽痛。

好消息是，嫖妓好像不違法。

難怪沒有人戴著「我再也不嫖妓」的牌子。

只要捨得花錢——資本主義萬歲！

但那種人工的假貨會好玩嗎？

勉強拖著微微發軟的雙腳，臨上車前看到屋後巨石假山旁竟然有一頭眞的大象，揮舞著象鼻，發出吼聲——被拴在生鏽的軍艦上，以象牙努力打磨。一度以爲是混凝土製的假象——竟也掛著個牌子，「我以後不再踩死人了。」

眞是個嚴厲的鼻屎國啊。

喝過茶後，又被架上車，說下一個節目是去參觀禮品店，之後便是晚餐時間，「開開眼界」。不會吧，被劫持參加「新加坡一日遊」的觀光團？

——低調，保持低調。低姿態。

心裡的聲音不斷化成公鴨嗓長官的訓示，反覆叮囑。

——不要亂問。謙卑。

——祕密應該是沉默的。

——擦屁股的動作應輕柔，千萬可別擦破了屁眼。

轉眼間又回到山坡下的市區，另一個華人舊城區。不知怎的，兩輛車只剩下一輛，陪同的人員也只剩兩人。停車後，被帶進老舊商店街之間散發著菜市混合著魚腥酸菜腐肉髒臭味的幽暗小巷，石板路，沿途一簍簍鹹魚肉乾水母魷魚乾，臘腸如簾幕，臘鴨垂掛，印度風的熱帶香料，迷宮般的一直走到沉默陰鬱的盡頭深處，漾出紅光的古舊多污漬蛛絲的土地公廟旁，臨界點上。止步。

——挑個禮品吧。

看過去，是一片簇新的禮品商店街。手機，數位相機，光碟機，香水，女性內衣褲。另一面是古董店，盡是中國進口的假古董，木雕，紅木傢俱，破鼎，亂七八糟的銅器，各種玉器，唐三彩，不知道哪個廟裡偷來的觀音、鋸下的石佛頭。

但他們卻一前一後領著目虱走進廟旁那家不起眼的小店。

店名roots。銅牌小字：國家級專屬禮品店。

一股噁心的藥水味，沿牆兩排架子，一層層堆滿尺把長、巴掌寬的玻璃罐，裡頭黃色的液體略顯得濁，隱約飄浮著一根根東西。

——啥咪碗糕？

——挑一個給貴國領袖吧，會有專人送到飛機給你。這東西不適合帶著滿街跑。瓶子弄破了也麻煩。

靠近一些，看得仔細。一驚，竟然是——瓶子上且貼有人名標籤。

一堆英國人名、日本人名，也有少量的華人、馬來人。不乏教科書上的歷史人物Sir Thomas Stamfort Raffles, Colonel William Farquhar, Daeng Ibrahim, Mori Koben, Tomoyuki Yamashita, Yamata Banana, Chin Ho, Yap Ah-Lai, Sun Yat-sen, Wright, Lee Kuan……

不會吧？完整的，整套的泡著。這是殖民遺產。一個聲音說。眞是歷史的另一面。有的大概泡太久了，表皮處處溶蝕裂開，化爲棉絮狀物飄在液體中。有一根傢伙竟然是開叉的，像有兩個頭。有的好小，像曬乾的海參。和兩粒不成比率。

——都是眞的嗎？

——如假包換。

——國寶喲。

一個道士模樣的中年男子——長得頗像中共國台辦發言人——不知從哪裡冒出來，插口道。

——都是些名人，那貨源……

——對不起，那不止是業務機密，還是國家機密。

——啊哈！

緩慢檢視至櫃檯旁，目虱突然大叫一聲。「好大。」像驢子的那麼大。操過多少屄啊這根傢伙。那一坨也如公猴大，罐子裝得滿滿的，毛也長如怒髮。

罐子看起來也大了兩號。

——這是 Mao，毛□□的?!

目虱指著櫃檯上的玻璃罐，漂浮著巨大的多皺褶黑海參，問道。

道士得意的點點道士髫。毛如黑苔，微微晃動。

——那是本店的鎭店之寶。非賣品。

目虱不禁一臉狐疑。

——這怎麼可能？那傢伙不是還躺在天安門的玻璃箱裡嗎？

——你沒讀目虱私人醫生的回憶錄嗎？他早就被「掏空」了。

安全人員插嘴。

——故宮裡故字號的文物好多不也被掉包盜賣了嗎？是的是的，而且是個盜墓王國。改革開放後，什麼是不能賣的？

硬是挑了那「鎮店之寶」，很是糾纏了一會。最後安全人員以國家大義（「應以兩國長期的友誼爲重」）說服了店老闆，離開那地方，一陣陣頭重腳輕，想吐。太詭異了。不管用身上哪個部位想都知道怎麼可能。是戰犯、死刑犯、沒有親人的老苦力，還是被強迫變性的強姦犯、販賣女性的人口販子？甚至是牛羊馬豬狗獏或老虎——或根本就像合成牛排那樣是牲畜的肉合成的，包在羊腸裡，做法和香腸熱狗類似？管他的，反正最後也不過是放在國家博物館裡。

之後被帶去吃晚餐，也不是任何像樣的飯店餐廳。從後巷進入另一條骯髒的街道，林立的路邊攤。血腥味，食物的香味，漫天的煙，圍桌群聚喧嘩的食客一籠籠果子狸、穿山甲、巨型果蝙、羽色鮮豔的雉雞、鱉、巨龜、眼鏡蛇、大如鱷魚的四腳蛇，一缸缸不知名的熱帶活魚。

不會連美人魚、魚尾獅的尾巴也賣吧？

「在這裡可以感受到十九世紀的獅城，」安全人員解釋說，「混雜的移民社會，暴亂的飲食。」果然，食客包含了各色人種，衣著簡便的當地人。好些歐洲觀光客，或打著領帶的白領。

「以整個南方千島爲腹地，他們每天不知道吃掉多少生物進化的中間環節。」安全人員帶著博物學家的口吻。可能是大陸新移民，大學畢業的。

「比起你們的華西一條街如何？」

他吹噓說不比廣東廣西的那幾條「山產街」——專吃越南稀有保育類，Sars的發源地——遜色。

「除了山羌、野鹿、果子狸之外，他們最常吃的還是貓狗蛇，貓吃再多也還是貓。儘管牠會抓老鼠。我們有眞的老虎肉，看你要串燒，宮保，還是三杯。附送虎骨高湯。蘇門答臘進口的。馬來半島，婆羅洲和泰國的都快吃光了。」

眞奇怪，大半天的經歷，怎麼和兩地觀光宣傳品上說的都不一樣？怎麼感覺好像是在越南、泰國、廣東、墨西哥、巴西？

虱母搖手喊唔通

癢。癢。蔓延開了，往上從煙囪一直延伸到肚皮了。

不會是被紅火蟻給螫了？

還是全身的感覺全錯位了？

祕密行動其實兵分兩路。慣用的兩面手法。只有目虱以祕密管道通報，另一人完全以觀光客身份入境，拖把頭直接下的命令。也許才是眞正的祕密行動。他的工作很簡單，不過是收集了兩小窩最近甫從美國進口並成功本土化的紅火蟻，裝在細長的玻璃管裡，在島上挑兩處隱蔽的草皮放生。這個城市小國不是素以綠化自豪嗎？再簡單不過的任務。只要求不被發現，以免在大量繁殖前被撲殺。以紅火蟻的難纏，恰可以貫徹烽火外交的使命。

兩人只有回程時在機上會合。本國飛機是國土的延伸，另一人的出現，可以說是安全完成任務的指標。雖然他好像也是被抬上飛機的，一樣累到無話可說。

隨手翻閱報紙，說巧不巧，剛好有則小文章〈搔癢五年　眞是疥瘡？〉有這麼一段文字：

> 疥瘡由疥蟲感染，是一種在顯微鏡下放大十至二十倍才能看到的小蟲，寄居在皮膚角質上層，在皮膚上鑽洞排卵、排糞等造成過敏感應，導致皮膚奇癢。……疥蟲喜歡聚集在皮膚皺褶，如指縫、肚臍周圍、腋下和胯下等，男性龜頭及陰囊可能因過敏出現結節……。

不看還好，一看更癢，而且沿著文字描繪的版圖擴散。他忍不住衝向廁所，脫下褲子。紅腫而微微脫皮，眞的是疥蟲嗎？還是更可怕的什麼蟲。幹伊娘，這就是愛台灣的代價？

不會是昨晚最後一個節目的後遺症吧？

虎骨高湯，虎肉片火鍋，虎鞭酒，虎卵切片殺西米。眞伊娘喲大開眼界。事後還送了兩根虎鬚供剔牙。虎牙一顆供收藏避邪。吃到中毒般醺醺然，耳不聽、眼不明，簡直是被抬上車載走的。

醒來時發現身在一條臭臭的河邊的破舊碼頭上，被放在一張躺椅裡。

酒樓的陽台，掛著一串串大紅燈籠。全世界水手都在此射過精的紅燈碼頭？天上水中各一輪清月，黑色流水，岸邊挨擠著散步的人。

渾身發燙，不知是感冒，還是發情。他發覺自己勃起了。全身軟綿綿，只有那地方是硬的。而且硬得像根刺。廉價香水的氣味，紅色燈光裡，高矮肥瘦十來個女人，他聞到雌性生物生殖器散發出的強烈牡蠣氣味。

背景音樂是中國北方民歌。

木造的欄柵。腳步聲，一群身著黑長袍的男人上來，瘦高身子，影子拉得很長。迷離間聽到有人喊「龍哥」、「龍爺」，一個頭很尖的男人欺身靠近，一口嗆鼻的鮑魚味噴向他。

接下來發生的事，就難免破碎離奇而難以分辨了。

他記得被抬進一個房間。紅木大床。背騎在一身牙膏味的白皙女人身上，邊咬邊幹活，快活得狂叫連連，覺得自己簡直是可摩多巨蜥。

雄渾的歌聲：

（哪裡來的駱駝客呀——）

但下一個時刻，一個被稱作「魔術師」的男人（「龍哥，魔術師來了。」）以不可思議強有力的手勁在搓揉他的身體。先是咯咯作響，然後抽骨，俐落的像在拆卸一台收音機，轉下一顆顆大小螺絲，彈簧，電路板；毫不覺疼痛，只是拆到喇叭時有點兒疫。沒有用的部份被一一去掉——如同草屯的無骨鵝肉，潮州的春雞，去掉脊骨刺鯤鰭皮捏成魚丸的鸚鵡魚，小日本的殺西米，印第安人的燻鮭魚，同榮的茄汁沙丁魚，高郵的雙黃鹹蛋，紐西蘭的三頭鮑。

柔中帶勁，準確而沒有絲毫的猶豫，不愧是大作匠之手，全不用釘子。經過如此一番純手工造就之後，他覺得身體柔軟得像黏土麵團，任他壓成薄薄的一片，一根棍子往復捍，製成麵皮準備包餡；或再搓成條狀，一忽兒甩成麵條，再甩成麵線；揉一揉，抓一抓，一窩絲；拋一拋，成了印度甩餅……後來不知怎的，被捏成了軟酥酥的某個東西，耐捶的大麻糬——奶屄臀三位一體——所有的感官好似都捏在一塊了（譬如眼睛和睪丸擠在一塊），古印度宮廷的色情瑜伽（處女被搓成「大薄片」），又如同畢卡索後期的畫（屁眼裡有兩排牙齒）。就在那時，他瞧見房內一個明亮的地方，一張太師椅上，端坐著全裸健壯結實的年輕男人，男根翹首，身上盤著五色華麗的龍，嘴緊抿，一副意志堅定的樣子。不覺一陣春心蕩漾，裡頭彷彿有個淫蕩的子宮心室般頻繁收縮。

——搓好了，龍哥。

他覺得被捧起來，好似變得很輕，有龍刺青的男人接了過去。腦裡嗡的一聲，一陣不可思議的撞擊，瞳孔放大，劇痛。他覺得瞬間成了烤全羊，被剖開，一根桿子從屁眼直通到嘴巴，撞歪了幾顆大牙，不覺流下淚來。

一片片拈下，放到燒油鍋裡炸。

有的炸得酥脆金黃，有的不慎燒焦了。

（沙里洪巴，嗨。嗨。嗨。）

（嗨。嗨。嗨。）

（嗨。嗨。嗨。）

他慘叫著暈過去幾回。

事後，他想，如果剛好有記者問他「有何感想」（如同台灣那些無聊電視台的笨記者愛向災難現場的受害者追問感想），他一定會說——「我覺得自己被烤熟了。想不想咬一口嚐嚐看啊，笨蛋！」

感覺那人沒載套子。和所有有過類似遭遇的女人一樣，第一個浮上的念頭是，會不會懷孕啊？接著是，不會有性病吧？更可怕的是，一直打嗝。噁心的氣味從胃裡翻出。好似一個容器被掏空復又被灌滿了。有沒有搞錯，遇上了傳說中的加油槍？

（先生加滿嗎？九二還是九五？）

（要什麼贈品？米酒還是面紙？）

（都好。假米酒可以消毒傷口，面紙可以擦屁股。）

沒有盡頭的夜晚。他無可自抑的懷念起那些把初夜獻給他的可憐女孩們。南部無邊的蔚藍，嫩綠的稻田，黃澄澄的油菜花。他們自詡是有故事的一代，而男人的故事裡總少不了女人，哭泣的女人。政治浪漫主義。白色恐怖的年代，流亡，無盡的寒冬夜裡的取暖。女人光滑的身體，濕軟的深處，大海無限的深藍，亙古的嘆息，宇宙洪荒的呻吟。涉世未深的天眞少女，愛上浪漫，還是愛上政治的火花。或者多情的人妻，性飢渴的寡婦，哀傷的聖母，北港的香爐，四川的鴉片火鍋，油膩膩的客家小炒。不同的情境，不同的生命時刻。爲他的浪漫故事增添細節豐富肌理。酷愛在她們身體深處輕率的灑下滿滿的不安定的生命種籽，想像那是家鄉的油菜花田，秋熟稻穗，蝌蚪池塘，獅子座流星雨。

慢慢的，一塊塊的，重新組合自己。

燈光裡，裸身的女人們，愁容，肚皮微微隆起。她們圍著他坐下，張開雙腿，身子後仰，腫脹的奶子高高挺起。胯間叢毛油亮，粗重，有節奏的，緊迫帶著喘的呼吸聲。陰唇緩緩張開如豆莢，黑色的，濕漉漉的小老鼠般的小東西從每一個洞穴鑽了出來，血淋淋的爬向他，腸子狀的臍帶猶連著母體那神祕的洞穴。

紛紛響起小貓的啼聲。

但目虱一張嘴，卻哭得比她們加起來還大聲，賭氣似的。

然後每一個陰唇間出現一隻大眼睛，少女般的黑白分明。眨巴，噙著一滴澄澈的淚。

（阿拉木漢怎麼樣……）

蒼老成大象的眼睛，多皺紋，哀傷疲憊而帶著血絲。

很久以後，昏天暗地的——也不知道究竟花了多少時間，才勉強把自己組合起來。好像體內的生理時鐘被撞毀了，而時鐘總是停止於劫毀的瞬間。還是被偷換掉了，換成骯髒的破古董沙漏，沙地阿拉伯進口的。沙子都流到了外頭。

總覺得好像少了什麼——少了一塊拼圖似的。有的部份總是感覺不到。麻掉了？好似在暗沉沉的地下室。

大喊大叫著「我的懶叫——我的卵葩!!」

醒來時，發現人已在機場貴賓室，看起來年歲不小的空中小姐，善解人意的捧著那罐國寶禮品，親切的微笑說，「先生您別擔心，寶貝好端端的在這兒。」表情簡直和廣告上的一模一樣。

可是一放鬆，繩頭被剪掉似的，成捆木柴就空空空空散了一地。一個聲音說，麻藥沒完全退就是那個樣子。

沉到底。深海底，海鰻如蛇，在鯨魚軟如海綿的屍身上鑽進鑽出，瘦瘦癢癢的，微醺，忍不住想要產卵。

牛蜱大隻兼厚重

做了那樣的一個夢。深海般的漆黑裡，有光。往光的方向伸手過去。滑進裸著的母親的陰道裡，怎麼拔都拔不出來？似乎別人夢過了（那是被母親溺壞的兒子的夢）。無限黑暗裡浮現母親嚴厲的臉，男人婆似的高頭大馬，動輒一個耳光，以難聽的乳名吼他：「狗屎（kau-sai）！」。就因爲他喜歡抱著狗玩摟著狗睡……（錯誤聯想）隔壁那個發育得很好的放牛的大女孩，他偷看過她在河邊洗澡的，因爲父親欠債賣了給垂涎的地主當小妾（〈水牛〉）……所以不是的不是的，是母親女媧般躺下的（北港媽祖被燻黑的臉孔）身體沒錯，手確也顫抖著伸了過去——不過是爲了掏取門框上的大串鑰匙，最大的那根長三角錐狀（上頭刻有父親的名字：鄭成功，明仁天皇，小布希），金光閃閃，紅藍寶石鑲嵌。插進鎖孔，把門打開。是兩扇老舊厚實多刮痕的木門，還貼了形容猙獰的門神。伊啊作響的開了（該上油了）。整個人跨了進去。竟是座陰涼的深宅大院。（台灣啊，妳是母親的名……）

昏黃燈光裡，三層樓高的迴廊，多皺褶牆壁，一層層線裝或精裝的書（「宇宙是座浩瀚的圖書館」）……不是的不是的，老媽哪有那麼大的學問庫藏？

很多抽水馬桶?……（大不敬！）

廢車場一般的巨大古墳場?……（馬六甲三寶山?）

大大小小的肉罐頭如何?……（罐頭倉儲?）

大條德國香腸垂吊?……（無聊。）

陽具千萬條?……（情趣用品店?）

一妙齡少女，縫製羽衣。……（鶴妻?）

空盪盪的大廳，勞蛛綴網。一老頭子搖頭擺腦，吟誦「子曰學而時習之不亦悅乎」……（古道西風瘦馬，干我屁事?）

多皺褶潮濕的電扶梯緩緩往裡頭移動，深處有白光，有涼風吹來如捷運站。會出現那猥褻的捷運車頭嗎?穹頂螢光閃爍，如繁星的天空。光閃間，一張張憂慽的世間臉孔。（好似聽到有節奏的嗶嗶聲）好像紀念館裡逝者的影像。柬埔寨的骷髏博物館裡，沉默的頭骨。螢光飛速游向白光的所在，帶著大歡喜。停格，殷勤擺尾的一隻精蟲，頭上如有燈發亮。忽然他發現身體在飛快的加速，流星般衝向那道白光。

（「兩千萬粒的番薯啊仔。」）

（阿母啊。）

「心跳恢復了。」年輕女人的聲音。

再度恢復部份意識，白晃晃的燈光。迷迷糊糊的，救護車鳴笛裡，聽到有人不耐煩的大嚷

「轉走轉走!!告訴他們已經沒有病床!」

但似乎被轉走的並不是他。

其後聽到腔調怪異的蚊蠅般極細聲的對話：

——家蚤兄，你怎樣會在這？

——聽蠓仔講目虱備嫁，叫我來看看。

——牛蜱你也在這？不在牛身上？

——蝨母叫我來的。伊講目虱備嫁……。

——這是我們的地盤吔，你們混哪裡的？

——你們是……

——陰蝨聯合國部隊。我人備開會，目虱家蚤蝨母你快去別人的腳尻做巢啦。

接著是大合唱：

——在冰天雪地的俄羅斯，在神之居所喜瑪拉雅山

女郎的光腚哎呀呀。

——在上海，在鹿特丹，耶路撒冷

陰濕的胯下是我們眞正的家鄉

——我們知足長樂，我們在屄與屌間旅行
相逢毛髮間哎呀呀。
——在毛髮與毛髮間，我們不需要祖國
會飲屌屄間哎呀呀。

在病房裡醒過來，著白長袍的老醫師向他報告治療的狀況：

肛門十五公分撕裂傷，送來時因已過多日，部份已自然癒合。八顆大牙被重力撞擊以致牙根鬆動，已固定。背部五十餘處齒咬撕裂傷，出血，瘀青。處理中。多處開放性骨折。肋骨遺失一支。

捕獲陰蝨九十一隻，八十隻分散於陰部，從鼠蹊至股溝。六隻於頭上，三隻於鬍髭，兩隻於睫毛處尋得。七隻被逃走，疑跳到護士身上。搜捕中。含東南亞特有種三種，拉美二種，北歐一種，日本特有種一種，西藏特有種兩種，俄羅斯特有種二種，朝鮮一種，台灣保育類一種。

「謝謝你豐富了我們的陰蝨標本收藏。」

醫生略帶困惑的說，他的陰莖有被切除又縫回去的跡象，「切掉了又反悔，還不如決定要不要做之前先想清楚。」老醫師以教訓的口吻說。「還沒有完全癒合，之前為你插尿管可能也會傷到它。」

接著喃喃自語，最近怪病人怎麼那麼多？有一個從東南亞回來的病人，被發現左右腳被對調了，切除縫合都做得無隙可擊。「但何苦多此一舉？以後穿鞋不要穿錯腳就好。也要重新學走路。」

躺了幾天，覺得自己比較完整了，尿尿也比較不痛了。但有關方面一直沒聯繫。他們應該早就知道他回來了。最離奇的是，專線電話撥過去也都沒人接。怎麼回事？被「斷線」了？像臭臉婆說的「可以得金馬獎」的那些身陷對岸的？

想想醫院這裡離總統府那麼近，不如親自送過去好了。行李袋不見了，還好那罐東西還在。醫院裡的醫生護士都來欣賞過了，不少病人及家屬也都慕名來參觀過了。均讚嘆不已。再不走電視台很快就會把 SNG 車開來。

抱著那罐寶貝，悄悄溜下樓。步伐蹣跚的挨著牆，拐幾個彎，走向凱達格蘭大道。日前喧囂著「要真相」的泛藍群眾——為了選舉時劃過 LP 的一顆子彈，說是自導自演。開玩笑，將心比心想想，哪個男人會拿自己的寶貝蛋來開玩笑？要自導自演不會讓子彈劃過肚皮嗎？

那些傢伙竟然非常有默契似的無影無蹤。所以南部鄉親說要載來保衛總統府的百頭大水牛大概也省下了，否則保證上 CNN，BBC，NHK，就像那個對獅子佈道的天才。

離開個幾天，不料局勢變化這麼大。但重重鐵籬拒馬還是照常阻隔，憲兵軍警，荷槍實彈，如臨大敵，迎向看不見的敵人。但其實太冷清了，很覺淒涼，令人不習慣。

只有個披頭散髮的老婦人盤坐在拒馬前喃喃自語，寬麵包臉，髒兮兮的像長了霉，罩一件破爛的皮大衣，瓶瓶罐罐，母雞護雛似的展臂守護那一袋袋不知什麼垃圾，臭烘烘。不像在抗議，倒像是萬夫莫敵的守護那權力的最高象徵。他想起來了，不就是那位常上新聞，帶著死去的老公風乾的頭顱，到處申冤的瘋女人嗎？

往日看新聞時，他直覺的反應是想問她，「妳上廁所時也帶著妳老公的頭嗎？就擱在馬桶旁？看著妳大便？」

他正想向警衛出示證件，瘋女人卻不知何時已扯住他衣襟，目露「他鄉遇故知」的喜悅之光，臉上滿溢春意，大聲嚷嚷：「狗虱，你哪會在這？你攏沒變咃。不認得我啦？我是隔壁的牛蜱大姊啦。」

手一滑，玻璃罐就摔了下去，世界的聲音——車聲、人聲——凍結在一瞬間，然後整個世界如玻璃般化成了無限大大小小的碎片，細顆粒往透明的光滑球面散開。他發覺自己如同一串色澤黯淡的串珠，那線頭又被剪掉了。只剩下孤零零的雙耳，右邊耳洞的絨毛裡，兩隻陰蝨在歡快的唱歌：

有毛就好，
有洞就好，
有地方可以住就好。

（嘿嘿嘿～）

鼻屎也好，
耳屎也好。
有血可以吸就好，
有地方產卵就好。
（嘩啦啦～）

二〇〇五年一月二十八日初稿
二〇〇五年二月初補

第四人稱

像一局沒有下完的棋。

遠遠便看到一戶人家燈火燃燒般的明亮在巨大的芒果樹蔭裡。鐵柵門上掛著大大小小紅的黃的綠的燈籠，是誰佈置了這懷舊的燭光，迎風撲撲作響，沿著水溝旁緊密的排列，在風中流淌著燭淚。進了大門，有人呼喚你早已廢棄不用，幾乎想不起來與自己有關聯的綽號。樹影裡黑幢幢的一撮人，燭光裡，那些人那些聲音那些面孔，依稀還有點印象。有的已經叫不出名字，有的僅僅記得當年的渾號。但其實都帶著青春期沒有分寸的戲謔，惡意的親暱，不太喊得出口了。

庭院中間圓桌上，一盞大光燈大放光明。

巴西人猿，土人，賴蛤蟆，咖啡烏，伊拉克，……土撥鼠、穿山甲、夢港、春捲、不要加蛋。

每一張臉孔都著上歲月的印跡，眼袋深濁的暗影，浮腫的臉，退卻的髮際，臉上的稚氣蕩然無存，好幾個男生都嚴重的禿了頭，要不大概也滿頭白髮，要麼極瘦，要麼是一肚子中年的肥油，頭骨賁張，略顯疲態，約略可見這些日子以來生活的情狀。未婚的女孩窈窕依舊，可是不免略顯形單影隻的淒涼和乾澀。加深的法令線，眼角的魚尾紋；已婚的女人，孕育過新生命的身體，幾乎毫不例外的小腹微隆、臀腿贅肉橫生，微微發福了。

已經進行了好一陣子了。

反正是飽食後的活動，女人吼叫著追著小孩到處跑，或者交換著和生養孩子有關的話題。男人們嚙齒類似的啃著花生瓜子，聊的不外乎政治時勢，股票行情，沒有來的那些人的閒話。

原以為清楚的知道地點在哪裡，卻找了許久。千篇一律的社區到處都是，隨便拐個彎就可能迷失在那相似與疑似之間，許多人家都種了芒果樹。如果是印度人或馬來人，種的可能是椰子樹。這些年，住宅區不斷擴增，緊貼著舊的社區，百十倍的增生。格局近似的花園洋房——單層排屋、雙層排屋、獨立式、半獨立式。真不能理解這幾乎完全沒有產業，沒有港口，高速公路沒經過，只有一條舊鐵道經過的小鎮，哪裡來的那麼多人買房子。他們靠什麼謀生？往好處看是，至少證明了這多年來，三大民族都在努力的生孩子，且都養大了，大到都在準備或已經或忙著生孩子了。所以才會有那麼多燈火明亮的人窩。

入夜了的緣故，風涼，處處是類似的歡樂的燈光。看起來溫暖而安適。

但幾乎所有的人都經歷了類似的生命歷程。離開學校幾年後，做工、存錢、貸款買車、買房子、結婚、繁殖、發胖，或慢或快的累積財富。後來很清楚的感覺到，其實大家都過得不是非常好。畢業十餘年後，公認最有成就的兩位，一位娶了大貿易商的女兒；另一位，娶了大地主的女兒。其他的，都在打拚煎熬。生命最美好的年華，十來年用於讀書，其餘的重複別人的生活模式，說不上有什麼建樹。

途經校園，高崗上，鐵籬笆裡，古堡般的四層樓。夜裡燈火稀疏，像一間舊廟，在並非節慶的時刻，門庭冷落。前方是黑沉沉的足球場，包圍著樹的濃蔭。圓而大的月掛在東邊，彷若有物的影子在裡頭竄動。

多年以前，曾經有早熟的青年，透過文字想像祖國，夢想建立紅色烏托邦。但烈火早已燒盡。

牆下磚石上，又是一排燭光。幼童發出歡快的聲音，女人追逐著。紅燭沿著矮牆，深入兩旁院子的盡頭，有的已經熄滅，有人快速重新點著。

中秋夜，同學會。

主其事的巴西猿人夫婦熱情的招呼坐下，直呼難得。

這種聚會，常聽說有熱情而懷舊的老同學在辦，一般都選擇農曆年，也只有那時候可能會有比較多人回故鄉小鎮。但普遍獲得的反應還是十分冷淡，小貓幾隻而已。我是幾乎例不出席的，一則是少遇上，再則是覺得無聊。多年不見，能談什麼十分可疑。倒是有一年不知怎的竟去參加某個類似的聚會，場面相當冷清，或許爲了重拾歡樂的記憶，新婚的召集人非洲土狼竟號召參與者玩當年（幼稚園時代）的遊戲。

拿出五毛錢硬幣，唱著「哎呀不得了，哎呀不得了，我的五毛錢怎麼不見了？」天呀，好像走進了神經病院，渾身雞皮疙瘩。

最後的節目是往往爲我們當年念的那間獨立中學募款，也許正是「飲水思源」的道德訴求嚇跑了大部份人。

如往常，汽水，紅茶，果汁，水果酒，月餅，閒話。

其實這回是爲了赴一個舊約。

當年我們這批留台的離馬前夕，恰是中秋夜。住宅區裡，幾乎家家戶戶的矮牆，都點上密密的蠟燭，鐵門上都掛燈籠，以迎接民族傳統裡最古老的節日之一。微涼的夜，曾經騎機車繞過一個又一個燈火輝煌的社區，不免是傷離別。

中學畢業後，一干舊同窗，不論交情深淺，總之各分東西。不外乎有的留學，有的就業。大抵就業的成婚的早，但總有例外；留學地從吉隆坡、新加坡、日本、台灣、澳洲、英國、美國不等，端看父母的財力。從來不曾想到，有的同學竟然自畢業之日起就再也沒見著，轉眼將近二十年了。沒入茫茫人海裡，過的是什麼生活，經歷過什麼，一切憂歡悲喜，竟了不關涉。如果有人當年一別便生下孩子，如今也接近我們當年的年歲了。

日子的間隔以年數，有時一年，有時兩年，有時幾年沒回鄉竟也沒啥感覺。大抵在外頭有了自己的生活，年歲漸長，兼之故家變化頗大，倒也不再那麼令人依戀了。我也漸漸成了一個過客。就像母親說的，家成了旅舍。然後你看到兄弟姊妹紛紛結婚，然後孩子一個接一個生下，有的女人每次回鄉看到她都挺著個大肚子。許多小孩你叫不出名字，甚至誰家的你都搞不清楚，不論是新生還是舊生，介紹也是徒勞。下回見面他（她）早已長大許多，而彼此都把對方給忘了。

於是一點都不親，生生的，或竟對你視若無睹，一點興趣也沒有。年長的一輩漸漸凋零，較遠的親戚，竟是毫無感覺；只知道誰誰誰哪年沒了，掉進時間的縫隙，如此而已。自然法則，舞台不知不覺的清出來，留給下一代了。

主人廖是我中學時代最熟的朋友之一，課餘常一道踢足球。其實他並沒有那麼愛吃香蕉，可能因爲走路時雙手擺動的方式不像一般人，而比較像人類在南美洲及非洲的近親，故得此惡謔綽號。

我們那一班是第一班，當屆全校希望之所在。我們念的那間華文中學就在幾條街外，歷史悠久，一直以來均聚集了附近許多新村或更小的小鎮的華人子弟，相當部份是來自偏遠莊園裡，橡膠或油棕或種菜種瓜工人的子弟。那些上下學都乘坐公車的，不乏上下學都要耗上一、二個小時通車的。像那樣的私立中學，國家馬來化教育體制下的棄兒，全馬不過六十間，法令禁止增設。國家不補助，師資設備、教師的薪水、教員的福利，所有經費全靠民間贊助，其窘境可想而知。學位也不獲承認，大量的華裔家長大老遠的把子女送進華校，這種帶著「苦行」色彩的舉措，很難說不是民族情感在默默支撐——對一般工人家庭，那是一筆相當沉重的負擔。多年來，我的許多親戚的下一代，大部份都不送華校而送進政府全額補助的國民中學，理由很單純——無法精熟的掌握馬來文與英文，及取得官方承認的會考文憑，更難在社會裡競爭。華語文程度，會講會看華文報就夠了。確實，華校生的馬來文一般都不好，除非他生長於民族混居的社區。從小學就開始三種語文教育，無怪乎一堆人在語言上都過早的精神分裂。每一個階段都有一大堆人被教育體制淘汰，過早的投入社會。我念的那間頗有聲望的國民型小學，當年的六年丙班的同班同學，畢業後進入華校繼續念書的，並沒有超過一成。有的進入國家教育體制，但有多少人能熬到畢業，取得「有用」的文憑，其實十分可疑。

我們就讀時這華校正值全盛，連續多屆有不少優秀的學生在全國的統考中名列前茅，掙得許多個A，順利的進入國外有名的大學深造。校代表參加全馬的辯論數理運動象棋作文比賽等各種，都有亮麗的表現。或許相當部份該歸功於我們那位體育系畢業，一身——包括法令線很深的臉——肌肉精實、氣質像軍官的陳校長的領導。他說話極具威嚴（我們都相信小島巨人李光耀一定是他的偶像，他們說話時的手勢和著重時的腔調極為類似），也常有人看到他狠刮或腳踹後段班犯規的學生，痛斥如典獄長之於囚犯，但對我們都極寬容。高中時逢雨季，常因黃泥路面被泡軟，機車滑輪或被泥巴咬住而遲到，若是向被學生謔稱為印度大水牛的訓導主任拿准證，必定遭冷言冷語，甚至要被罰站。我習慣一被刁難即直闖校長室，他總是二話不說即簽了。

體育系的背景，常成為學生背後嘲笑的口實，好像那是個不光彩的科系似的。有一回地理老師臨時請假，他竟來代課。平時他常在教室外偷偷巡視，是學生驅散瞌睡最好的藥方。只要看到百葉窗下一雙凌厲的眼睛，其上是一小片梳得烏黑油亮的頭髮，全班就會突然安靜下來、清醒過來——包括那些疲憊不堪的老師吧。那回，他自然是照本宣科。我清楚的記得，他以權威認眞的語調，若無其事的把地理課本上的海拔唸成了拔海；植被唸成了植披。害我把課文重複看了五六次。他是在考驗我們嗎？

傳聞他在鄰鎮頗爲殷實的家族有黑道背景。這或許可以部份解釋他黑道大哥式氣質的由來，也多少可以解釋校外的不良少年何以都對他頗爲敬畏，不敢去招惹學校裡的師生。課業上嚴重挫折、眼看人生前景黯淡的學生，一向是幫派最愛吸收的對象。社會像一座巨大的機器，相當一部份人早早的被捲入、輾壓成壞毀的數字。

中學的某一年，有一天課後我們這一班及隔壁班同學突然被令上了校車，車子開了好長一段時間，大路切小路，彎路上山，東西南北的不知道要去哪裡。繼之以隔得遠遠的漫長的等待。酷熱的日午，我們在沒有冷氣的車上淌了一身黏黏濕濕的臭汗。巴士和各種廠牌的私家車停滿了停車場和樹下，到處都是人。瞇著眼餓著肚子看前方，是一個靈堂。字型的輓聯塞得滿滿的，白色的花與黑蛇般狂躁的中文字，大概象徵了地方上無名書法家憤懣的意志。香煙裊繞，道士們敲著鐃鈸高亢的悲吟，幾個行列的黑衣成年男女隨著道士的手勢忽起忽跪，行禮如儀。好一會，我們被喚下車排列整齊，被引到靈前鞠了幾個躬，退到一旁去全身臭臭的淌著熱汗等待。不一會，在奏樂聲中被引入全黑的送葬者的人流中。而我們這百位華校生，男褲女裙，不論男女，校服都是白的；極鮮明的對比。多年以後在台灣電視畫面上曾不只一次見到那樣聲勢浩大的葬禮，黑道大哥的葬禮。

據說是校長的父親（還是母親？祖父？）過世了。

大隊中學生到華人的葬禮去獻花獻輓聯或參與送葬，其實是大部份華人葬禮常見的景象。尤其是家中有成員曾經就讀華校的。透過這種方式，喪家一般會從白金中撥出若干金額捐給學校。

他另一爲人稱道處是，他有超強的記憶力，不同屆的學生多年不見，他仍可以準確的叫出他們的名字。也許是長期爲學校尋源頭活水訓練出來的？他腦中的名簿和帳冊，隨時準備提醒他們對共同體的債務。還是只記得那些有希望的學生？但名字是有效的，從他的口中，一旦被叫出，就證明你是學生，你有債務。

在父親的葬禮上，即將退休的校長也曾來靈前上香及募款。明顯的老一些了，但目光仍然淩厲，語調仍然權威。準確叫出好幾個兄弟姊妹的名字。在葬禮上，一個也逃不掉。

即使你決心把自己自我放逐到遠方。

常有人（尤其是那些沒機會念中學或念不下去被退學的）在背後刻毒的說他鼻子比賣棺材的還靈光。哪裡有人死了，他馬上聞到，馬上找到，要死人錢。

「華校是民族精神的堡壘！」每次週會他都要慷慨激昂的複誦這一句華教運動共同的口號。而讓這些離鄉的人返鄉的力量，節日或婚嫁，也早已漸漸讓渡給葬禮。

每一次葬禮都永遠的切割斷一些與故鄉的聯繫。

一聲啼哭、一聲驚呼，一個小孩被燭淚燙傷了，正哭得死去活來。「叫你不要玩你玩，活該。」一女人尖聲斥罵。還好現場不乏醫生，隨身大概帶著退燒葯（？）之類的，很快就處理好了。

眞不可思議，生出這麼多小孩亂衝亂竄，一人一口，巨人都會被吃掉。嗚呼，女人的生殖器眞是件了不起的東西，偉大的傢伙。

聊起生孩子及人口的話題。

本國執政最久的最高領導者曾經嫌大馬千多萬的人口太少，呼籲多生，最好生足七千萬，好跨入工業國家。這十年，單是從東馬邊境潛入及渡馬六甲海峽而來被快速發給身份證的印尼非法移民，人數即超過百萬。這比自己生快多了。華裔人口百分比從三分之一降至接近四分之一，顯然馬來人還眞的比較能生，「有政府幫忙他們養。」有人憤懣的說。有人轉述一位研究東南亞問題的前輩的話說，大家都不生還比較好，省得子孫痛苦。

我們乾巴巴的聊著，話題有限，有一搭沒一搭的說著。

譬如聊起九一一，有人認爲美帝活該，談到入境要捺指模及檢查鞋子，有人開玩笑的說，「如果有個阿拉伯人突發奇想，把炸彈塞進直腸裡闖關被查出，那恐怕以後每個入境美國的外國人都要檢查肛門了。」

但有的人笑得十分慘淡，如如果、可口可樂，看來似乎必定是最近工作不順利，或家裡發生了什麼事，心事重重的樣子（稍後才聽說是生意失敗）；但也有人不識趣的要無條件的重拾中學時代的熟稔，不像關心倒像是搞不清楚情況的老是問及隱私，譬如以爲他早已不在人世的牛屎龜，當年曾借著老同學的信任，賣過給我一張假的返鄉機票。又譬如還是單身、長年在台灣拿短期居留當醫生的最節儉的動物。他最完整的保留了舊同學的通訊錄，也最愛突襲造訪過著各自的生活的舊友的。十多年來，每逢他換工作或簽證轉換的空檔，就到處旅行；只要有舊同學住那附近，必定入夜時分一通電話人就到了他家門前，且要求留宿敘舊。有的朋友嘲笑他徹底貫徹了「出外靠朋友」的古訓。他完整的保留了中學生的熱情和不識趣（總是空手），而所有被突襲拜訪過的人都猜想，以他的節儉和高薪（外籍的緣故，往往只能待在急診室），如果不是有可觀的不動產，戶頭裡的存款只怕已超過兩千萬，很可能是老同學中潛在的「最成功人仕」。可想而知，他也是老同學碰面時的主要話題之一。大部份同學都爲窮鄉僻壤裡的父母在新社區買了可觀的新房子，也讓他們從可能有虎象爲鄰的窮鄉裡遷出來，譬如土撥鼠、穿山甲、夢港、春捲、不要加蛋及大山芭裡的一枝花。

勤奮而篤實（雖然他約朋友吃飯常「忘記」帶錢包）的巴西猿人廖，他的醫生之路走得頗爲坎坷。很早就立志要當醫生，這在小鎮居民來說是頗不尋常的，也許就因爲他有一位當醫生的叔叔的緣故。高三那年，因統考的A不夠多，無法直接進入醫學院，而假道僑大先修班，轉進台大醫科。七年苦讀，之後回馬。其時大馬還不承認台灣的醫學學位，爲了被認可、考取大馬的醫師准證，而在窮鄉的公家醫院當住院醫師三年，重新學習用馬來文寫報告。很短的時間裡，他的臉變大了——頭髮往後腦撤退，可能是爲了保護更重要的部位。

有一回到那個擁有許多回憶的著名的海邊玩時，我們曾順道去看他。從他的口中，更清楚的知道國家的醫療狀況。不承認台灣最好的大學醫學院的文憑，可是卻承認連印尼政府都不敢承認的印尼學校的醫學文憑，並公費派送大量馬來留學生去學習把病人醫死的醫術。也難怪新聞上常看到有醫生從開刀病人體內取出手術刀、螺絲起子彈簧之類的東西——前一個醫生不小心留下的，好像醫的是機器人。他領的薪水，根本買不起車子房子。因而有才能的醫生根本不可能會待在公立醫院。他笑得苦澀。他說醫院很希望他能留下來，病人很喜歡他也很尊敬他，可是他知道，他的回饋就是這三年。最近他服刑期滿，想回到台灣去做幾年的原始積累，湊足資本，再回鄉開診所，從頭開始。

之所以應他之約，是他強調，有一位多年未見的老朋友想見我，晚一點。

他和同行總是找得到你（舊名最節儉的動物）交換當醫生的趣聞與苦水。

嘎嘎笑聲中，有人講起據說和一位舊同窗結婚，剛到剛果盆地度完蜜月，累到沒辦法來的非洲豹**相逢恨晚**的笑話或閒話。

最近和美洲豹吃過飯的賴蛤蟆邊笑邊喘著說，

——他眼睛都快打不開了，要死不活，聲音小得很。「好累哦」他撫著腰說，「快斷了，我快給她搞到沒辦法過正常人的生活。」他最近每天都像坐月子的產婦那樣吃麻油雞在補。

——怎麼搞的？

——「她怪我們認識了……那麼多年，同班……那麼多年，這麼晚才……發現……她的好處。」

模仿他要死不活的樣子。吊著氣。

——「她怪我錯過她最……美好的年華，不止錯過……她的……少女時期，她的……青年時代都過了大半，現在……快過期了，接近高齡產婦。」

——那她不是更應該感激他嗎？有人插嘴。

——才不是呢，她不只怪他，還要懲罰他。她發揮了她數學老師的專長，設計了個相逢恨晚的公式，根據她的算法，他們高中畢業就該是情侶了，正常的話，以二十歲開始有性生活來起算，保守的估計，每兩天一次，小數點不算，粗估一年一百八十次，錯過了十五年，共二千七百次，這是他欠她的總數，她要求他在五年內補足（不算利息），除了正常的義務外，平均每年要補差額六百四十次，整個加起來，每天至少要兩次，扣掉每個月不能辦事的那幾天，其實平均每天三次左右。

——難怪蜜月不夠用。眞是相逢恨晚的悲劇。

——慘，到頭來豈不是兩敗俱傷？

可想而知，這兩個成語都極可能成爲他的新綽號。譬如那個終於娶了馬來姑娘（割了包皮）的伊拉克，以前的綽號就叫伊朗。

非洲豹是我們那一班中極少數繼續深造念上博士的，而且是純理科，生化。他中學和大學時成績都平平，後來憑著過人的毅力，令人跌破眼鏡的考上研究所，一路熬上去。最近剛聽說受聘一家德國的藥品公司，從事研發工作。據說是研發與壯陽（膨脹、持久、長短）有關的藥。

——下次遇到他記得問他壯陽德語怎麼講。伊朗說。

有人補充了一個從某位新加坡大使的回憶錄中看到的故事。在中東某個豪華飯店裡，一位剛果大使把他可愛的女伴生吃掉了，被發現時，被吃得只剩下不能吃的部份；而吃人的，回到他黑暗的心臟的故鄉消化去了。

說話的是剛剛忍不住笑得很大聲的咖啡烏，而今是首都某私人商學院的講師。別人說話時，他一般都和他所殘害的民族幼苗（年齡比他小很多的少妻）默默坐在光影裡微笑，很少插嘴。多年不見，他比中學時代白多了，可是看起來不過是稀釋了的咖啡烏。

說起來我老覺得對他有所虧欠。高一那年，有一回踢足球，不知怎的他右腳就被我踢斷了。印象中不過是腳尖輕輕碰著他腳脛，即聽到爽脆的一響。由於是在學期中，資質極好的他被迫休學一年。那時班主任帶著我們到他家去看他，一路黃沙漫飛。只要有車輛經過，就要屏息好一陣子，讓紅霧慢慢沉澱下來。燠熱的日午，如同置身沙漠。我第一次見到比通往我舊家更為惡劣的世間之路。沿途是矮矮的油棕樹，熱氣蒸騰，空氣扭曲著往上升。大概是新的墾殖區或新翻種地，沒有大樹可遮蔭。

在其中一條分岔的黃泥路的盡頭，一間簡陋的鐵皮木板屋（近似我的舊家），屋旁遍植可可樹與咖啡樹。見到訪客，他腳綁著石膏綳帶，躺在木床上露出白齒憨笑，做狀要起來，但顯然移動困難。父母妹妹都在園子裡忙碌。他悄聲告訴我，待會千萬別跟他爸說是我踢斷的，他爸的脾氣很壞，他告訴他是自己摔斷的。他朝園中大喊數聲。好一會，三個比他還黑的人出現了，壯實如黑人的父親，赤膊，像拳擊手那樣多肉，身體稍稍移動，胸前肌肉抖動不已。但憨厚寡言，看到老師造訪，激動而謙卑。家裡沒電，用的是發電機；沒自來水，用的是井水。不像家，倒像是臨時的居所，一如那時候我的居處。一陣忙亂，拉椅子請老師坐，說著抱歉的話，讓老師曬著大太陽跑來這種大山芭實在不好意思，讓他去讀書書不讀竟然踢斷腳，不如在家裡跟我做工我每天做到半死都做不完。好一會，女人煮好熱騰騰的咖啡烏，所有大汗淋漓的人喝了，再發一遍新的、更明澈的汗水，舌頭都快伸出來了。我猜想他一定因此而被修理，鐵定在家做了一年苦功及挨許多年反覆的怒罵與嘮叨。之所以膚色這麼黑，平時課餘免不了協助處理大太陽底下的農事，一如家裡所有的成員，不論老少性別；一如所有來自山裡的孩子們。

沒一會，果然，猿人廖拿著簽名簿來逐一募款，露出尷尬的笑容。

——母校交代給小弟一個小小的任務。

——趁著大家還來不及逃走，希望各位為母校盡一點心力。

——如果馬幣不夠，各種外幣都歡迎。

——支票也可以。要不然先報個金額簽個名，之後母校會派專人天涯海角的去找你催收。

之前，有小孩的就以小孩睡覺的時間到了為由，逐一走了。那群幼小而嘈雜的野獸一走，確實安靜多了。不過廖笑嘻嘻的報告說，那些老同學，都是被迫交了保護費才放行的。

——五十壹佰的，和白金差不多。

蟲魚鳥獸，異方殊族，一下子就走得差不多了，只剩下幾個死黨在扮演哈姆太郎，默默的咬著向日葵的種籽。零星的交換對美帝及最近鄰近國家的爆炸事件的看法，關於延續多年的經濟不景氣。

然後他們也拖著哈欠走了。

夜漸深，大光燈熄了，剩下的燭火，不知更換幾回了。熄得差不多了，稀稀疏疏。還燒著的，剩短短一截，燭蕊貼地，燭液流淌。像天主教葬禮的守靈夜。

但那個人還沒有來。

廖拿了個陶缽，細心的收集沒燒盡的蠟燭，拾掇刮取剩下的燭液，滿滿的一缽，中間擺了半根蠟燭，重新點著，放在石桌中央。很快的，燈籠逐一熄滅，就便是唯一明亮著的燭光了。但此時月已至中天，異常的明亮。

只剩下主人，他搬出紅泥火爐，燒上炭火，煮水。搬出一套茶具，一罐鐵觀音。打著很深的哈欠，說大概快到了吧，等一下你們自己來，我老婆催我去睡覺了。走的時候把門帶上即可。

他向我要了錢包，掏光我數百元馬幣現鈔，說，他窮得很，他那份你也替他付吧。

他又露出以前約了人吃飯，付帳時說忘了帶錢包的那種表情。

聯絡時，他確實說有個人想見我，但又故作神祕，不肯說是誰。他說對方要求保密，又怕我不肯來。他說是一個特別的老朋友想找我聊聊。他說有一盤沒有下完的棋。其實不難猜想，一定是那個人。幾乎很少人願意再提起他了，更別說是敘舊。這幾年，他確實成了一個禁忌。有幾分懷疑他是不是找個什麼理由騙我去好募款，便說如果是無聊的會面不如免了，省得心煩。他說你一定有興趣的，他不止是老同學，更是一個罕見的題材。

罕見的題材，倒令我想起多年以前在淡水見過的那一個。

那是個隔間了賃租給學生或什麼人的地下室，狹窄的走道經常帶著水漬，潮濕陰冷如太平間。走道的盡頭是山壁，路面與天花板同高，以路爲立足點，那是地下室。房子斜搭在山坡地上，如果立足山下，那還是二樓。每個房間都關著一張或兩張血色不足的臉，同居男女，學生，或者避世的人。女人哀婉的呻吟聲是不能免的，發自生命的最深處。即使聽得出歷經收斂節制，或被強有力的手摀住；在午夜，或者凌晨，那個諸神沉睡的時刻，好像火災的警報器一個接一個響了。其中有一個確乎異乎尋常，鶴立雞群，不止是常見的那種一級一級走進沒有光的所在似的一階一階一聲聲，或猛跨數階——上衝，或者高空彈跳的一躍，或者像突然被高壓電電到屁股——除此之外，帶著很強的嘶嘶的吸氣聲，而像是花和尚在大口滋滋吸吮入口即化的肥肉。吸氣聲一般都會被牆給隔掉，可是它不，而且簡直就在耳畔，由此可見它的原聲是如何勁道。仔細聽，可以清楚發現是兩個人的聲音，像風箱那樣有著時間差，又好像從極深的井底淘取什麼，噁噁嘶吼。好像爲了報曉或與雄雞爭鳴似的，總是在雞鳴的時刻。因爲頗懷疑是某種神祕的（密教、藏傳、道教、儒教？）房中術的吐納聲，也曾請自稱練過多年氣功，及研究道教的朋友分別來鑑聽，兩個大男生都像未經人事的黃花大閨女那樣嚇得煞白了臉，落荒而逃。

聲音隱約來自樓下。那是女房東的居處，從不讓房客涉足。伊總是濃妝豔抹，從沒見過她原始長相；盤著個烏溜溜道士髻，中年，身材瘦削，有個豔麗的成年女兒住樓上。常看到個高大、披著長髮的壯年男子低著頭下樓去，或是從樓下上來，戴著大鏡片的墨鏡，好像那些不願讓人認出來的電視明星。最令人受不了的是他身上那股惡臭，渾身的公騷味，多年以前曾在父親誤買回家的老公野豬肉（煮熟了連最大膽的公狗都不敢嚐）上聞過那樣可怕的味道。

一個難得日光明媚的初晨，因著好奇心的驅使，我不像以往那樣上樓，而是大著膽子偷偷摸下樓。一步步往下走，是黑暗，與及撲鼻的怪味。大概是混合了各種香精香水——其中我可以辨識的是檀香和迷迭香，總之是印度味——及人的體液、分泌物，然後見著幽幽紅光，走廊上，一個書桌大小的神壇，供著一尊被燻得全黑的裸體神像，雌雄合抱，性器密合，獠牙外露。走幾步，一扇門開了個縫，微亮中一張大床，大紅床墊大紅被，白皙女體半掩，濃雲披散。女人張嘴慵懶的嗯了一聲。

不敢多留，輕聲順著階梯再往下，左轉，一扇小門，輕輕扭開喇叭鎖，冬日裡暖洋洋的明亮。再下了列階梯，是個小小的庭院。幾株筆筒樹，假山疊石，小池塘有水。大大小小的烏龜好幾堆，各疊了三四層，伸著龜頭，在曬太陽。沒料我的視線被一棵筆筒樹擋著了。鐵椅上有人坐著，是那個很臭的流浪漢，袒胸，褲襠整個攤開，伸著毛驢般巨大的陽物，一抖一抖的，擠眉弄眼的在曬太陽。

——喂，進化不完全，睡著啦。

微細的鐵器刮砂石的銳聲，及一股惡臭，把我從瞌睡中嚇醒。惺忪中，石桌旁矮小瘦弱的身影，頭髮好像上了什麼膠似的固定著它經歷一切的狂亂。如果是大白天，鐵定有一大群蒼蠅追隨他。難怪一聽說他要來，沒有人感興趣，避之唯恐不及。也難怪他會選擇這樣的時刻。

——鹹魚，果然是你。你好像更臭了。

我打趣的說。

——果然是另外一個人，不是我。

他更靠近些，圍繞他身周，是一股無形的濃稠氣息，濃得快要顯出敗腐的顏色——像毛玻璃。有屍臭味。可能是跟他這幾年的工作有關，他的家族事業，在殯儀館當抬死人及挖坑掩埋死屍的工作。但據說常有喪家向館方抱怨他身上的味道比死人還臭，而不願意讓他進屋裡去為死者注射防腐劑。

因為那件事之後，他發誓不再洗澡，也不敢更換身上的衣服。

我猜想是從甘地那兒得到的靈感吧。

微細，但幾聲清晰的嚶嗡，確有幾隻綠頭蒼蠅在他身旁飛舞。

月光下看不分明，但約略可以看出，他的上衣長褲都很僵硬。許多點狀及塊狀的深色暗影，就像是割膠工人或水泥工人的工作服，長期沾黏了凝固了就洗不掉的膠汁或水泥，變得厚重而僵直。數公斤一件，利刃都不一定穿得過去，天然防彈。

鹹魚沒有念大學，太窮之故。很少人拜訪過他。他從前的家是河畔的違建，每回驟雨，水就進到屋裡，直到窗的高度。一家五口，連同七十幾歲的老祖母，默默泡在水裡等水退，重複訴說早年在唐山的苦日子。幸運的話，屋裡低窪處會留下土虱白魚。

屋裡重要的東西，如衣物米缸鍋碗桌椅床板，都從梁上懸下麻繩及粗鐵絲捲成的勾子，以便水來時迅速打點固定。多年以前，聽說他家抽籤買了間廉價屋，雖然窄小，但至少不必經常泡水。

但鹹魚無疑是我平生所見最聰明的人之一。當年常一起下棋，到全國各地參加比賽，是平生最激動人心的回憶之一。但他強得多，幾乎是令人震驚。再怎樣的高手，往往幾步棋就被他定調了，對手的時間好像就被調慢了，動一下都艱難萬分。好像被毒蛇咬了一口的老鼠，一下子全身都麻痺了。從初中開始，他就曾奪下數屆學生組全國象棋賽的冠軍。高中後，更數年蟬聯公開組全國冠軍，震驚棋界。這些贏來的獎金，後來讓他得以進入國內某馬來語學院就讀，也讓他取得在華校教馬來文課程的資格。後來確也在不同的華校教了幾年馬來文，結了婚，還發表過一些以馬來文撰寫的詩與論述。

要不是那年被國家內部安全法令掃進去——竟然是奧爾根事件！是同情那個教派的綠色烏托邦，或潛在的恐怖主義，還是純粹的池魚之殃——他的語文優勢讓他順利進入不同的馬來人圈子，他的異族朋友有好一些在該事件中被掃進牢獄。但圈內有人說，是他那些拐彎抹角喜歡用如果開頭的詩（如果晨雨不曾歇息／入夜以後應叫它什麼；如果不是北方的風／哪會那麼深長的雨／到底是愛深長／還是恨比愛深長／妳的潔淨，我的相思；如果你是我，你就不會是他／如果你是它，你就不是你……），深深引起那些規定必須副修文學的文字警察們的注意。但也有謠傳說，是他和一位包頭美女間跨種族的地下戀情引發的政治效應。一般而言，我們這前後幾個世代的華裔青年，很少會涉足實際的政治活動。經歷一九六九年種族衝突後，家長從小就會告誡政治的可怖，都期盼子弟學一技之長，當個專業人士，或經商，勿涉政治。留學台灣的，這種傾向更明顯；這幾年，因著台灣的政治解嚴，和學術風潮的轉變，也略有改變。但大體上，是保守務實的中產階級。

在太平甘文丁扣留營，關了兩個月，其後被轉入半山芭，未經審訊的關了兩年。兩年裡，爲了整他，營方不讓他洗澡更衣，讓他身上滿是跳蚤和皮膚病，更加劇他那種寧願被打死也不求饒的犟脾氣。他用自己身上的惡臭來對政治表示最深切的抗議。傳聞他靠著和所有不同種族的牢友下棋度過了那段艱難的歲月，竟然說服了好幾位印度人和馬來人在背上刻上一副剩下幾顆棋子的古譜殘局——因膚黑，只能刻成觸感良好的陽文浮雕。

有一個瘋狂的印度人，不怕痛的刻了滿屁股車馬炮將士相（不排除有受虐傾向），搖身一變而爲古老中華文化的愛好者。那人後來多次因風化罪入獄，罪因是向女人展示他有文化氣息的屁股，象形的古戰場。

之後他被限制居留了一段時間。自從有了政治犯前科，且養成骯髒習慣後，可想而知，是再也很難找到正職了。妻子帶著小孩回娘家去了。臨走時留言，除非他把自己弄乾淨，否則此生就別再見面了，以免給小孩不良影響。即使是父母弟妹，也只願在屋旁廁所附近，搭個板寮讓他獨居。

沒想到當年只因爲他名字中有個「賢」字就被叫成「鹹魚」的他，竟一語成讖。成了隻臭鹹魚。方言裡，一般用來指稱穿了許久沒洗的臭鞋，與及屍體。

就如同當年，就因爲只有我長了黑黑一遍胸毛，就被叫作進化不完全。

我掏出特爲此會而準備的古巴雪茄，給了他一根，也爲彼此點了火。

——抽根菸，提提神，趕趕蚊子蒼蠅。

勁道眞強，吸一口，就微醺了。各哈出一口白煙，就看不到彼此的臉了。

他說他最近搬到中華義山去了，原先看守墓園的老頭子最近死了，他服務的殯儀館力薦他去。理由很明快：

——反正只有死人不嫌你臭。

——很多人搶著要呢。這份工作。

看得出他許久沒說話了，十分生澀，彷彿每個說話的單位他都要仔細思考似的。我們邊喝著苦澀的茶。

他突然放了個響屁，夜深人靜，附近人家裡，幾隻狗大概被驚醒了，一陣亂吠。但似乎什麼味道也沒有。

他說一個差點被酒鬼丈夫打死的印度女人和他住在一起，她丈夫不久前好彩喝到假酒，死了，燒掉了。

他們在巴剎撿垃圾時一見鍾情。據說原本爲一尾發脹的死魚就要大打出手了。可能是他用來罵她的印度話太漂亮了，惹起她潛藏的母性憐愛。人人都說是臭味相投。

——她很黑，大概是種姓之末，賤民階級的。

——她也很臭，從頭到腳。可能是代代累積的。她家族在印度，世代掃廁所，清大便。

——她把我在墳場的家佈置得像個印度廟。一盞長明燈，不知道哪裡弄來的各種發臭的燻香。屋旁種了許多棵茉莉和素馨，白花掉了滿地。有時她插了滿頭，但還是個醜八怪。

——在床上，她眞是個絕色。我想她的酒鬼老公一定是個性無能。

——搞到我都想化爲女身，爲她生十幾個小孩。

——眞不愧是濕婆之後，古老文明。有此神器，別說是人，神都生得出來。難怪她們創造了那麼多神。

——大母神……。

多年不見了，難得他指名想見我。難道只爲了向我炫耀他超美滿的性生活？而令我好奇的是，當年他提的那個問題（讓我覺得他非凡的聰明，而困擾我多年的問題）——爲什麼所有的語言最多只有三個人稱，而不是更多，譬如四個人稱？——究竟獲得解答了沒有。

多年來有限的累積，我對這問題的追蹤。我掏出隨身的黑色筆記本。曾經寫過數封長函給他，但都沒有回音，後來才知道那陣子他在坐牢，吃咖哩飯。我想信可能落在內政部的專家手上了。

譬如阿根廷小說家波赫士，就構想過幾種怪異的語言——一種不含後設語言功能的語言、一種不含動詞的語言、一種時態倒錯的語言、一種不含形容詞的語言……但似乎不涉及人稱。

根據法國當代語言學家本維尼斯特（Emile Benveniste）在一篇論文〈動詞中人稱的關係〉中，在考察了印歐漢藏各個語系後，斬截的論斷——不論任何語系，至多只有三個人稱，某些語言更只有兩個人稱。排序和稱謂也許不同，但功能和結構是類似的。從漢語日語到馬來語，莫不如此。他從阿拉伯語法的三個人稱中獲得啓示——第一人稱被稱爲「說話者」；第二人稱被稱爲「受話者」；第三人稱是「缺席者」——進一步歸納出人稱的結構，指出其實三個人稱在結構上分兩組：人稱與非人稱。我——你是一組，他自成一類。

「我」同時指稱那說話的人及該關於「我」的語言陳述。說「我」的人不可能不同時指涉自身。第二人稱「你」必然預設了被「我」指稱，也不可能不被想像爲是個發自「我」的語言陳述，「我」常被設定爲「你」的前提。二者可以逆轉、互換。而第三人稱只能在我——你關係之外才能被思考。……第三人稱的形式隱含了一個關於某人或某物的陳述，但它所涉及的並非特定的人（某個發話者）。它，預設了物的存在。

換言之，阿拉伯語語法準確的指出，第三人稱是個缺席者（the one who is absent）。故本維尼斯特下結論說，第三人稱在功能上不過是一種表達非人稱的動詞形式。於是我們得出人稱／非人稱的二元對立。依此觀點，第四人稱豈不是蛇足？即使它存在——人的領域還是物的領域——也必然可以被含納進在上述的二元結構內。難道是神的領域？

但本維尼斯特的論述只怕不免也有隱祕的神學背景。在宗教哲學裡，神或上帝（或阿拉）都不可能被歸屬於第三人稱的範疇。但也不可能是我（在宗教體系裡，這個位子很卑微），因此只有你（thou）方是祂的位置。這也是現代猶太哲學大師馬丁布伯（Martin Buber）在其名著《我與你》中著力論述的：「原初詞我——你可被消解成我與你，然則我與你之機械組合並不能構成我——你，因爲我——你本質上先在於我。而我——它卻發端於我與它之組合，因爲它本性上後在於我。」你是超越者的位置，神的位格，但也是他者的位置——他者並非敵人，而是朋友，但也不是它的領域。第三人稱則是物、外在、歷史的世界。從布伯的舉證，我——你既是神我一體也是母子一體，但也別忘了基督教三位一體的構思，那也止於三，容不得四。換言之，即使是爲了神，更不可能列居第四。再從精神分析來看，佛洛伊德即把本我用第三人稱無人稱 das Es 指稱之（在其本我——自我——超我的人格結構中，自我ego 是我，超我superego 相對而言是內化的你），難道是它（das Es）——內在的非我——你？那個自我深處的地獄？這仍可窺見和神學的對話。

（他的目光像骷髏那樣空洞。我繼續賣弄。）

當代法國精神分析大師拉康（Jacques Lacan）討論主體形成時其實也涉及三個人稱，譬如在鏡像階段中，母子一體被撕裂，以父親爲象徵的絕對他者介入。拉康的創意在於以鏡面爲中介，拉出一個我的幻影——本我之顯相，第四者，主體誤認爲我的鏡像。這沿自佛洛伊德的一句話：Wo Es war, soll Ich werden（凡它在處，我必相隨），於是古希臘或印度或漢藏或什麼語系的神學式的你——我的先在的一體結構，被精神分析的我——它所置換，這個它並非外在客體物或他人的世界，而是內在於我的結構之中。於是可以修正本維尼斯特的說法：說「我」的人不可能不同時指涉自身及（那個深不可測的）它。

是這個它嗎？

他動了動唇，沒有直接回答我。只是笑得很難看。只有兩邊嘴角獨立活動，唉的嘆了口惡臭的氣。

幾不可聞的聲音，再嘆了口臭氣。

——一種沒有人稱的語言……。

我想起曾有人說，經歷那事件後，他其實說不定已經瘋了。

他斷斷續續的說起墓園的生活，他說，其實視野滿開闊的，也很安靜。

——有明亮而完整的星空。有月光的時候更美，好像可以看到眾神在天上追逐、交配。

——幽幽藍色磷火追逐著，從一個墳頭跳到另一個墳頭，有時彷彿滿山都是螢火蟲。好像靈魂在發光。（他不會還在寫詩吧？）

——雨天的時候的蛙鳴，讓你錯覺身在沼澤。

警察比較少來煩他了，比較不擔心他會從事祕密的政治活動。

——倒是三不五時有年輕人來砍雞頭求萬字，或者不同幫派的小混混約了來談判，搞到墓頭都是血；有時是帶女人來在墓頭上搞，可能是姦夫淫婦故意做給死去的武大郎看。或者年輕漂亮的女孩死了，找不到老婆的變態王老五到墓頭求冥婚，對著人家墓碑上的相片打手槍，亂射精。最怕他們把屍體挖出來玩，趁新鮮。那會害我被炒魷魚。媽的，只好叫我印度女人扮鬼，把他們嚇走。

——有時是我扮啦，不過她比較像。

——每天晚上我都很盡責的巡啦，怕有人盜墓，你知道的，最近行情不好。也是怕新埋的不適應，鑽出來亂跑嚇人。

——眞沒想到每天都有人死，有鹹魚埋。咚咚強，最少也有三五條。讓我看透了人生。

——所以我很享受和我的印度女人搞，眞是天上掉下來的寶貝。每回當我頭暈腦脹、當她用印度話大喊大叫時，我都會想，那些死人都在聽，那些還沒有投胎的靈魂都在看吧，在考慮要不要投進她的印度子宮，將來吸印度人的奶水。

——她還滿會治家的，閒時挑了好一些（還眞不少）雜草叢生，多年沒有人來掃墓的可憐的沒有糊水泥的墳包，草鋤乾淨，放火燒一燒，整了一畦畦的，種菜。蘿蔔、空心菜、黃瓜、番薯、油菜心、南瓜、地瓜、黃薑、辣椒、茄子……。

——澆水比較辛苦就是了。

——我比較擔心的是，她堅持要把我們所有大小便都留下來，做肥料。菜是長得很好，不過好像對死人不是很尊敬。已經開始摘去賣，很受歡迎，不過只能到沒有人認識她的地方賣。

——不過我們也不是那麼沒良心，好多舊墳都已經到處破洞了，我想家屬一定是移民了。我都親自調了水泥修補。不止清明，逢年過節都有替它們上幾炷香，燒點金紙，取之社會用之社會嘛。

——她養的雞都第九代了，已經充分本土化。

——還有羊。

——她下一個計劃是全面的種果樹，榴槤，山竹，紅毛丹，波羅蜜，芒果。一定會徹底改變中華義山的荒涼景觀，讓人們有家園的感覺。她說，以後那些來掃墓的人，可以順便採果。

——心情不好時，我也會固定找幾個死人聊天，都是地方上有頭有臉的大人物。幾根菸，半打啤酒。我想他們比較可能聽懂我在說什麼，我的印度女人不知道我是個大人物，她以爲我是她亂倫的兒子。

——那是母愛啊。連我媽都受不了我這一身臭。

這令我突然想起，在他被捕前他的一封來信中，曾提出一個野心勃勃的計劃：他正在研發一套具備第四人稱的語言系統，基本架構已經完成。信中他說，如果人類不過是一個物種，所有的種族都不過是語言文化的差異，而血緣的混跡是歷史常態，非常合理的，他要創造一個新的種族。他的計劃是這樣的——先找一群各種族的女信徒，譬如第一梯二十人，每人生四個，就有八十個。「俗話說，雜種出叻仔。」那時他在信中說。還問我有沒有興趣參與這偉大的實驗，他可以幫我也找十個女信徒，成立另一個部族，「考慮一下，讓你下一代進化完全一點。」

他很興奮的說，他計劃先組織一個自給自足的社區，依短——中——長期計劃漸進的完成——有托兒所、幼稚園、小學、中學、學院；有診所、醫院、購物中心、銀行、交通車；他算了一下，大概需要一個醫生（他可能遊說過因眾所周知的原因夢想當婦產科醫師的廖），一個律師，若干教師和護士。

他說他已經找到一個熱心的合作者，據資料判斷，他說的那個人很可能即是奧爾根的領袖阿薩阿里。他集團的其中一個年輕幹部後來在新加坡被捕，同時在他家抓到七個二十來歲的女信徒，剛生下五個嬰兒，兩個女人大腹便便。被捕時他辯稱，「這一切都是奉阿拉的旨意。」

鹹魚的計劃其實和奧爾根大同小異，但後者被政治摧毀時計劃恐怕超過百分之八十已完成，現代色彩的回教理想國雛型已具。它在國內多處地方建立了完整而自足的信徒社區，信徒超過二十萬人，深入各個階層及行業。其跨國的商業投資讓它像個大公司，累積的財富超過馬幣二十億。

鹹魚難道是個模仿者，或者正相反?

近代日本和中國其實都有過相似理想主義的鄉村運動，不管是托爾斯泰式的、儒家式的、還是伊斯蘭教的。

我又想起奧爾根的領導者阿薩阿里，被捕前頭繫白巾、絡腮鬍、金邊眼鏡，慷慨激昂的演說，儼然一副宗教先知及知識份子的樣子。被捕一段日子後，他在電視畫面上細聲細氣的認錯投降，說他願意無條件解散組織。那樣子，判若兩人——被剃光了頭，鬍子刮淨，眼鏡摘掉了（看不出眼眶有沒有被權力的黑手打黑過）——如同一隻喪家犬，偷吃肉被逮的和尚。

煙霧散去後，月偏西，鹹魚的臉顯得格外黯淡，彷彿整個塌下去了。眼中有一股曖昧難言的霧。那股惡臭又飄了過來。努力的嘗試剝花生殼，兩手顫抖得厲害。我被迫再點兩根菸，遞根給他。他搖搖頭。

——我是出了點問題。

他囁囁的咬著花生仁說。

他說他最近和他的濕婆「涅盤」時，每到忘乎所以處，也許是後座力太強了，就會聽到後脊樑約略尾椎上某一節一聲「喀卡」，好像什麼東西斷了。然後整個下半身就沒了知覺，不知掉進地獄第幾層。

——我的印度女人說，她會為我生下許多小孩。

——她對自己的生育力深具自信。之前她生過幾個印度人，都長大了。之後想生支那人。

——眞是個好女人。

——但讓孩子以墳場爲花園嗎？

沉默了好久好久，久得我都差一點睡著了。

他突然又開口。

他哀傷的說，那一聲「喀卡」反覆的提醒他，「其實我已經死很久了。」射出的不是精液，而是一節節硬擠出的脊髓。

二〇〇三年六月十六日

原刊《聯合文學》二〇卷二期（二〇〇三年十二月）

原刊《星洲日報・文藝春秋》，二〇〇四年一月十八日、二十五日、二月一日

附錄二／

失落的一代

廖宏強

我從小學開始至大學畢業，完全是受華文教育，即使如此，對華文教育的堅持，恐怕還不如我祖父。祖父和其他大多數南來的中國人一樣，在祖國實在是活不下去了，才迫不得已「出國」，兩手空空坐船來到馬來西亞，其中的差異大概是沒像豬仔一樣被賣掉而已。之後的故事一長串，實在也沒必要寫出來賺他人幾滴熱淚。就談念書吧！大字不識幾個的祖父就像許多前輩一樣，對教育抱極大的期望，尤其是對華文教育的支持。

早期馬來西亞的華文教育多由華人創辦，剛開始多是私塾形態，漸漸茁壯成「校」的規模，殖民政府的政策也從不干涉轉而介入，加以約束、控制，獨立後的聯盟政府亦然。自一九六一年教育法令實施後，中學開始分為國民中學，國民型中學和以華文為主要教學媒介語的華文獨立中學。前兩者接受政府的津貼，是國家教育體系的一環，後者則被排除，經費自籌。當時政府之所以允許華文獨立中學存在，理由竟是「基於華文獨立中學具有收受政府考試落第生或超齡生等的功能」。狹義地說，在這種華文獨立中學念書的學生就叫獨中生。

人生漫漫，中學生涯是個人人格氣質養成的重要過程，而普遍認為，在這個國家被當作二等公民心態之下成長的華裔子弟，尤其是獨中生，究竟心裡想什麼呢？獨中生除了出路以及文憑承認與否常被拿來作文章討論之外，較少有心理歷程的探討，黃錦樹的〈第四人稱〉（分上，中，下發表於《星洲日報．文藝春秋》，二〇〇四年一月十八日、二十五日、二月一日），讓我等獨中生看得感慨萬分，我們這群獨中生，失落的何止一代？

錦樹和我是同鄉，同班高中同學，家族長輩與我祖父有些淵源，大學同樣待在台大。因此，〈第四人稱〉那些似眞似假，混在小說虛構與眞實情節裡頭的人頭都可以對號入座。撇開那些繁複的小說結構不說，恐怕也沒人比錦樹對我們這票失落的獨中生有這麼深沉獨特的瞭解，最終赤裸裸道出我等獨中生的失落，當然也惹毛不少舊日高中同窗。

我曾寫過一篇小文章〈人生以服務爲目的〉，講的是我中學四年當巡察員的甘苦，最令人難忘的就是送殯的時日。不僅如此，還有一大堆的義賣、園遊會、畢業特刊招廣告等等爲母校籌款的活動。獨中生課餘之外找錢的經驗，幾乎毫無例外的伴著母校而成長。其中的領導佼佼者非母校居鑾中華中學校長莫屬，也就是文中的「陳校長」。「陳校長」乃台灣師大體育系畢業，眞的還曾代過地理老師替我等上過課，可見當時師資之匱乏，華文史地的老師都是跨行相互支援。他不只記憶超人，籌款厲害，更是精明幹練權威的領導人。八〇年代獨中是眞的如政府所述，具有收受政府考試落第生或超齡生等功能，這些提早被教育體系放棄的一群，自然成爲校外不良份子急欲壯大招攬的對象。甚至前段班那些調皮搗蛋的也一樣。因此，校長如果沒兩下子怎擺得平。獨中律己的嚴厲校規，留級的考核制度，造就了異於國民型中學的校風及傳統。而從放牛班奮鬥至前段班的學生終究是少數。成績的優劣，入學分班時已定案，極少例外，直到畢業。至多只是理工商文之差而已。文中以「咖啡烏」這位同班同學爲例，道出了大多數華裔家長普遍的心態。再窮也不能窮教育，壞竹也能出好筍，也破除必須有幾個錢才能念獨中的刻板印象。周遭的同學，和我一樣沒錢的一大堆。十幾年過去，獨中早已具備招收優秀新生的吸引力，譬如南馬的老大寬中，每年都吃光大部份的頂尖學生。套句某些獨中大老的話，全世界有四百多所大學承認獨中的文憑，替國家培就了多少的人才。幾十年過去，我等也奮鬥了十幾年，獨中也還是必須伴著這樣的找錢活動成長，這就是華社所謂的第二所得稅。更諷刺的是，政府隨興的零頭施捨被當成華社的頭條新聞，政治人物配合落力演出「請惠賜一票」的荒謬劇。過去如此，現在依然，以後更不必說了，失落於焉產生。

文中的「主人廖」，同學都指向我，寫得那麼明，叫我怎麼賴？我從中學時立志當醫生，畢業後一心嚮往還國服務。爲了考那個資格考耗了半年，甚至還有一年的，譬如好友詹某。四年的強制服務後，終究還是離開。與我有相同際遇的學長姊一大票。短則一天，長的幾個月，熬完四年又回到起點的大概只我一人。其時，人事已非，留下的回憶也是當年中學「那個擁有許多回憶的著名海邊」——柔佛州豐盛港的阿依巴板海邊。我把那兩年的生活濃縮成〈小鎮醫生〉這篇散文。乾脆不回的前輩約略有四百多人，醫學系如此，其他的也好不到哪。八十年代的獨中生，選擇赴台升學的佔了極大的比例，也知道拿的是一張不被國家承認的文憑和學位，畢業後就看個人的造化。文的當獨中老師，工的在外資廠房上班，理的幹些不相關的行業，商的自行開業，大抵如此。甚至把台灣搞靈芝珠寶等等老鼠會相關的伎倆帶回去全馬走透透，最後開個文化大企業的也有。對此早有參悟並且寫成文的就是留台的大老李某，是我非常敬重的學長。之後就成了種默契，就是如此了，又能怎麼樣？直到黃錦樹不識趣的這篇〈第四人稱〉，在某種程度上解除了武裝在留台生獨中生的心理負擔，以一種戲謔嘲諷，甚至建立在墳地的烏托邦社會終結了獨中生，也可能是華裔社會的「賭爛」之聲。

我還馬五年又赴台之後，寫了篇〈血色全無的知性與感性之旅〉的文章，是以一位到馬六甲作知性旅遊的台灣女生所寫的一篇錯誤百出的文章加以延伸的個人經驗小文，因爲內人寶鑽的關係，我對馬六甲有種難以言喻的情感，離家多年，文章字裡行間所展延的也竟彷如一般遊客輕描淡寫的遊記。之所以提起這段往事，乃〈第四人稱〉的中後段用了極大的篇幅，一大堆大師的理論，艱澀難懂的遣詞用字，大談特談「我」的認同。除了賣弄文筆，其後的隱喻，一般人恐怕看不出來。對於我，或者有相同經驗的人來說，其中心路歷程的轉變實非筆墨可以形容。

我祖父南來奮鬥一輩子，直到老死還是希望能葬在他的祖國——唐山，我老爸年輕時也是一樣偷偷看中國共產黨的書籍。所謂認同，這個沉重的大帽子在我們這土生土長的一代已經劃分得很清楚。炎黃子孫的種，馬來西亞人，文化及情感上或有差異，卻也大多相互重疊，最後都必須有個抉擇。情感牽動國籍的歸依。國家淹沒了感情的氾濫，或是商人嘛！哪來的祖國？不管如何，任何答案的背後都可能是無可奈何。對於獨中生，正如作者所言，名字是有效的，從他「陳校長」的口中，一旦被叫出，就證明你是學生，你有債務，即使你決心把自己自我放逐到遠方。

一旦走進，就是種宿命。每次還家友人都會關心的問：幾時回來？彷彿不回來是種罪，整篇文章中段的精華重點乃從企圖以一種只差沒被飲水思源這塊大招牌砸死的獨中生所背負的道德良心訴求解放出來，你我他的「我」之間的掙扎，激辯到最後，簡單的來說，就是個人自由心志的選擇，人的感情隨凋零而日漸淡薄，每一次葬禮都永遠的切斷一些與故鄉的聯繫，直到舞台不知不覺的清出來，留給下一代了。

最後，僅以現任美國加州州長魔鬼阿諾的名言「我將回來」作結尾，這樣才夠無厘頭。

原刊《星洲日報・文藝春秋》，二〇〇四年六月二十日

土與火

kalau itu tanah
kalau itu api
如果那是土
如果那是火

高處掛著一顆燈泡，燈光昏暗。

幾張黯淡的熟面孔圍著小桌，手中緊捏著數張撲克牌。桌子中央散放著好一些面額不一的鈔票和銀角，紙鈔上最高元首的肖像也是神情陰鬱。

有一個人在桌面上投下最多最深的暗影。有著比在場所有人均高大的身軀，男子身著整齊的斜紋西裝，有些許暗褐污漬，像是乾掉的血跡。他身前桌面上的錢幣堆成一座小山。

他的臉發紫，原就厚大的臉頰明顯腫脹。清水一直往下淌，好像一直有水不歇的往他頭上澆。或剛從水裡被撈起來似的，衣褲都是濕的。他在努力的退冰哪。頭髮黑油油亮，然而散亂沾黏。他姿態僵硬，動作機械。脖子轉動得勉強，很費力，但挪動的幅度很小，揮手時手肘也沒多少彎曲。兩眼混濁，瞳仁反白，像是賣了太久已經很不新鮮的魚，一直不懷好意的盯著人看。驀然嘴裡喝斥著丟出手中的牌，「同花順！」說話的聲音好似被什麼阻塞了。

又是他通吃，不知道哪裡來的力量，快速伸長僵直的手臂，把錢往他身前聚攏。

同桌的三個身著黑衣的熟人低著頭，神色愁慘，似乎正經歷著悲傷的事。

他身上不斷滴滴答答的滴著水，桌上大片水漬，牌和錢都濕了。水漬更在地面上漫開來。

突然屋角都滲出水來，好似外頭已經淹水，終於浸入屋內。

屋外屋頂忽然響起嘩嘩的大雨聲。不像是剛下雨，而像是雨下了很久，可是不知道哪裡出了問題，聲音被關掉了。於是無從知悉雨何時開始下，它沒有起源。彷彿自從有了時間它就下著，只是沒有聲音。

好似天地間被一場雨連接起來了。

新的角色出現在畫面裡。

從廚房到客廳，許多女人低著頭忙進忙出，一身黑，且披麻。

他再度以很僵硬的動作發牌，水滴得更快，他臉上水珠飛快下溜。

只有他是歡樂的，努力在笑，嘴裡發出笑聲，亮出嘴裡的三排牙齒，發出耀目的光芒。

曝亮。刺目。

久已忘卻的熱帶的熱，挨擠的小車，整幅鐵殼都被曬得發熱。

車窗外曝照的光，幾乎令人睜不開眼，兩個靠在大人身上的小孩歪曲著身子熟睡，不斷淌出新的汗水。妻妹和妹夫坐前座，男的專注的開車，窗外浮光掠影。他們在新加坡工廠工作已近十年，兩顆小螺絲釘，是南馬到新加坡當勞工的數萬大軍中的兩個成員。平日小孩託付婆家，週末再花幾個小時路程趕回老家看小孩。

趕了很長的路，從一個島上的小鎮到另一座島的小鎮。連夜從山裡轉車到台中，等個把小時再搭赴機場的巴士，到機場旅館小睡一會，登上赴新加坡的早班機。四個多小時的航程，妻的妹夫在機場等我們，開車載我們過長堤和妻妹會合。

十幾個小時的旅程，我們都非常疲憊，沒法安睡。只能片斷片斷的打盹，在速度之中，就像時間打開了幽黑的裂隙，讓你巡遊闖入。疲憊讓經驗的一切顯得不眞實，空間時間裡的快速移動，從一個國度到另一個國度，進入另一個情境——某人死亡所輻射出來的怪異氣氛，吸引力的核心是一具屍體。那個人的時間突然終結了。因爲離生如此之近，所有被波及的人腦中滿滿的關於他活著的回憶，聲音和笑貌。

幾年前一個類似的旅程，父親病危。終點是墳墓、葬禮。一路趕著，換車、等待、上車、茫然的坐著。突然闖入的死亡太飽滿，帶走太多東西，好像突然被切掉部份肢體，再也殘缺不全。慌亂得無話可說，無思可想。那時我們還沒有孩子。那種感覺其實接近於孩子的降生——從一個女人的死生搏鬥中，自生殖器裡血淋淋的擠出一個幼小的生命。完全的未知等待著。原有的平靜生活被投下一顆巨石。那年我三十歲，第一次經驗家人死亡，第一次經歷家族喪禮。之前一個喪禮，三十年前，祖父猝逝。我出生於他死後，是母親的第十個孩子。彷彿女人要用伊強悍的生殖力，以生殖把死亡抵消。

父親死後一年，我們的孩子降生於另一個國度。他和我一樣，適逢家族的世代交替，生命中沒有祖父。又一年，生於清末，來自唐山，九十餘歲的老祖母過世。獨子的死亡，極為強悍的祖母默默熬過一年的喪子之痛。家人來信說，夜裡她常一個人坐在籐椅上，也不開燈，靜靜的凝視黑暗，把回家的人嚇一跳。初老時，她唐山過南洋的丈夫死去。她守寡達三十二年。

一直到她死後，久未到祖父墳前掃墓的我們，才訝然發現她的名字早已寫在夫婿的墓碑上，只是沒有塗上紅漆。多年好奇的問她的名字，不識字的老祖母常略帶難為情的以閩南語發音：「Kua yün」。被家鄉話已然失眞殘破、辭彙貧乏的孫輩笑譯為「蚯蚓」。三十年前立的墓碑上清清楚楚的寫著她的名字「柯穩娘」，她的同代人有人識字，知道她的名字。如果沒有舊碑為依，完全交給子孫處理，墓碑上會不會刻上「蚯蚓之墓」？

據她的描述，她出生於大戶人家，頗有一些家業。長兄為父，持家甚嚴。她晚年最大的心願大概是回一趟唐山，福建南安十二都祖籍地，看望僅存的家人。數十年裡提過多次，但沒有人敢帶她回去，即使她最疼的兩個小女兒（據母親說，在她故後，她倆乘家人忙於料理後事，把她的金鍊、「手尾錢」等搜刮一空。一度以為家裡有賊乘亂洗劫），與最早發家的長孫二孫。都以她老了，不宜遠行為由。「萬一中途病倒誰能負責？」互相推託、監視。沒有人認眞當一回事。沒人願擔這個責任。而父親，連獨自搭車出趟遠門也未曾有過。他一輩子守著一片橡膠園，他的家庭，一大群孩子，他的樹，他的狗。

中學時代，她曾交代我們幫忙給她家鄉寫信讀信。知道她同輩的哪些親人都過世了。姪輩邀她回去看看，他們都過得還好，有好些都在公家機關上班。後來有一封來信，說有老厝要改建，需要一些錢，希望我們能幫忙。父親知道了頗生氣，咆哮說唐山的人以爲住南洋的一定吃香喝辣，住大洋房，開進口轎車，口袋裡塞滿鈔票。他們不知道我們住破房子，「十幾個甕五六個蓋子」，捉襟見肘度日。說了也不會相信的，鐵定以爲是在裝窮。

此後便斷了音訊。

那年我沒有回家奔喪，因爲自己也大病了一場。

祖母死前到新加坡看她最疼愛的小女兒，沒料到是生命最後的旅程（和我們的奔喪之旅恰逆向）。那對夫妻非常節儉，非常精於盤算。製鈕扣起家，數十年來一有盈餘，即在柔佛新山買地，早成了大地主。母親說，祖母喊熱，受不了，嚷要回家，但姑姑不放人。一直到話也說不出了，才叫了計程車把她送回來。回到家，全身酥軟，連人都認不得，很快就走了。

已成殷實商人的長孫代替死在前頭的獨子，辦完另一場盛大的葬禮。母親說，那位熟識的道士（父親葬禮的主唱兼導演。二哥的小學同學）告訴她，儀式完整到七月半不必做公德。它的功效至少可持續三年。

仍是廣府版的科儀。

妻姊妹們不停的嘰嘰呱呱的以客家話交談，太突然的結局，需要補充許多上下文。但都是些家常瑣事。

無窮無盡的細節。

兩週前，妻與伊回故里渡假的父親通電話，邀他到我們這兒小住。他並沒有接受，說要趕回去沙巴做工。

兩天前的一個黃昏，我們正在吃晚餐，妻接到娘家的電話，說伊父親因病住院。晚飯後，又一個電話，說伊父親猝逝。

那時接電話的妻聲音突然變大，客家話：「什麼時候的事？怎麼會這樣？」伊轉頭向我拋出一句話，「我爸爸死掉了喲。」又繼續伊的長途電話。

（在看卡通習慣偷聽我們講電話的三歲兒子插話，叫媽媽把他生回來。）

說是在醫院吃東西被假牙給哽死了。

伊打到父親工作的地方，找到伊舅舅問清楚情況。

妻不斷的打電話，給在不同地方工作念書的家人，伊的母親，身爲長子的弟弟，商議後事如何處理。

妻非常冷靜，甚至沒有一滴眼淚，語音也未見哽咽。

很快話題轉入葬禮事宜。

「我覺得火葬好一些，」伊在電話裡跟不同對象強勢的闡述伊的意見。「東馬那麼遠，要運回來好麻煩。」

「而且買地做風水請師公要花好多錢。家裡打工的打工，讀書的讀書，賺的錢都有限，土葬會很吃力。」

感覺上好像所有的人都被說服了。接下來的問題是，燒成骨灰再帶回來（那就看不到最後一面——屍體——了），還是到東馬去辦喪事（全部人搭飛機過去？花的錢更多了）。

妻常說，伊父親最疼伊。

也許因爲是長女，且長得有幾分像他？

但伊舉的例證其實十分有限，譬如小時候有一回伊硬是摸走岳父錢包裡唯一的一百元馬幣去繳什麼愛校獻金（換作是他弟弟，必然換來一頓痛毆），譬如精於烹調講究口味、愛打獵的岳父每次回家都以他的獵物——野雉、野豬、大魚、穿山甲甚至大象、老虎——煮了滿桌子的好料給伊們吃，只要岳父在家，早上一定載全家人出去吃好東西，肉骨茶，或港式飲茶。我常質疑說，如果他眞的疼妳，爲什麼把他自己最好年華裡賺的錢（據估計，買下一排店綽綽有餘），都花個精光（不斷的換新車，XO不離手，豪賭，昂貴的獵槍子彈，女人），不買房子，全家數十年如一日住違建，且不爲任何子女存下教育經費？甚至自己退休後的生活也全無打算，享用一天算一天。

有一回妻在他爸爸面前因細故大發小姐脾氣，細節我已經忘了，但記得錯並不在他，可是他不但不敢發脾氣，一昧的耐心陪不是，反而是妻在大呼小叫，強詞奪理。那種情境，令人想起的其實是情人間的拌嘴。

妻的戀父情結最徹底展現在伊常批評那些令少女及婦人瘋狂的男明星「醜」、「一點都不好看」，而覺得自己的父親最帥，「只有周潤發有點像他。」年輕時曾令許多婦人著迷，大概有過不少風流韻事。典型的女兒的心態。其實伊父親大下巴、瞇瞇眼稱不上帥，雖然身材高大，但我見到時肚腩已很大，大到總是把上衣的鈕扣擠破。

多年以前第一次見到他，最怕他揪著我問，喂，小鬼，不可以欺負我的寶貝女兒哦——尤其是在結婚前，千萬莫把伊搞大肚。

幫我好好照顧伊。

但他什麼也沒問，什麼也沒說，只是瞇瞇眼笑，半醉的。

他大概知道自己的女兒不是隻貓，而是隻母獅。

妻說，只有伊在，會泡一壺好茶給他喝。注意到他沒衣服穿了。

前年回去，他剛好休假，伊懷孕害喜，想吃「納西勒罵」（Nasi Lemak，以香蕉葉包裹的辣椒醬飯包），他開車載伊搜遍整個小鎮，卻歉然的說奇怪買不到。

他常向妻抱怨工作辛苦，年紀大了，曬得受不了（烈日灼身的婆羅洲！），想回到岳母身邊。

妻在和岳母通電話中，曾斬截的建議不能讓他回去，「難道妳要幫他養他那幾個山番仔？」

他中年時，和其他那一帶在圍坵裡當承包商的華人一樣，買了個比妻還小幾歲的原住民女孩，生下三個小孩。這事件造成他和所有家人的疏離，沿襲了岳母的怨恨，有的甚至多年不和他說話，當他是死的。即使他再死一次。

後來的葬禮也沒有人流下一滴眼淚，有的子女的表情，就好像是極勉強的盡完一份義務。（妻說，如果請的是客家道士，用山歌唱一唱，大家聽得懂，可能就會掉眼淚了。）

後來那女人跑了（他們說：被他打跑了），有一回我聽到他氣沖沖的自我辯護說，「大便不在廁所大，整天在屋邊水溝裡大。」

他的事業垮後，年老體衰的單親爸爸，曾短暫的回去投靠髮妻。他兒子抱怨說，他沒做工每天至少要喝兩瓶大瓶的黑狗啤酒，要吃好料，整天到收費魚場釣魚，「一天用的錢比我做一整天賺的還多。」

家裡的女兒抱怨他的山番仔偷看她們洗澡。

妻堅持讓他去沙巴伊舅舅那兒打工，「他必須爲自己的行爲負責。」

「我早警告他不要生那麼多的。」也不像是女兒的口吻。

又一通電話，他弟弟和母親已飛車衝去機場，預備排後補班機連夜飛往東馬。

他激烈的咳嗽，聲音怪怪的，像是木頭敲擊著木頭。

動作依然僵硬，像吊絲傀儡。勉強把手伸進喉嚨裡，抓抓掏掏的，終於掏出副沾滿黏液的牙齒，掛著幾條長長的鴨屎色長莖。

一大團「鐸」的擱在桌板上。

一股撲鼻的惡臭。同桌的都捏了捏鼻子。看清楚了，是女婿們。

他清了清喉嚨，鬆了口氣似的，像平時喝了酒，逗孩子笑的耍寶語氣，以客家話說：「爸爸呢次差點哽死。」

啐的轉頭吐了口痰，擊落水面，發出驚人的聲響，像一隻烏龜翻身重重的摔落井水。水花濺上所有人的臉。

水已淹上所有人的屁股。

紙牌都泡軟了，桌面也無處不濕，看來是玩不下去了。

但他看起來興致很高，堅持繼續打牌，翻白眼，「來，阿爸做莊。」

他身旁擺了口棺木，裡頭一窪水，金光閃閃，一尾數尺長的大魚在扭著水蛇般的腰掙扎，叭噠叭噠的拍動尾鰭。

亂嘈嘈的客廳，擠滿了肥胖的成年男女，嘰嘰喳喳說個不停。手忙腳亂，大家都沒經驗。忙碌，感覺不到哀傷。商議著，香燭金紙孝服訂飲用水花生冰塊冰箱，早午晚餐外燴若干桌。有個肥仔催促著，說約了掘墓工去看地，「準備要動土挖洞了。」

——兒子才可以去，女兒不行，風水是給兒子的。長子優先，長子沒空，小兒子也可以。最好一起去。

小孩相互追逐著，有的哭有的笑有的尖叫，發出刺耳的聲音，如同什麼大節慶。大包小包衣物食物不斷的提進來，好像預備去郊遊。

——免洗孝服在這裡，一人三套。

——趕快穿好，全部要過去殯儀館了。車子快送到了，一到就要開始拜。到那裡就不能出來了，一直要到出殯。

牌糊掉了。散落得一桌子都是，感覺髒。

他打起嗝來，一陣陣發酸的酒騷味。

水陸續上升，已漫至坐著的人的胸部，漾上了桌面。桌子站不穩了，有人以手肘用力的壓著。他的臉膛發黑，吸氣時，嘴角鼓起幾個泡泡。

棺木隨水緩緩漂走了。像艘獨木舟。

棺木頭上一盞燈明亮，白瓷小杯，盛著蠟油火苗。

他撲了過去。像隻大青蛙那樣，伸展著手腳游了起來。穿過窗子，窗外是黑夜，大雨滂沱。他綠色的身軀沒入黑暗。

一身黑長袍的歪嘴道士又依依啊啊的唱了起來。一手敲竹板，一手搖鈴鐺，嘴裡唸唸有詞，鑼鈸乍響，大聲以閩南話呼喝，「孝男孝女出列！」黑鴉鴉一群男女會聚，點綴著一身藍的大群小孩。一把香，各分一支。又是跪拜又是作揖，起起落落，一忽兒向靈堂，一忽兒向外頭明晃晃的天空，遙拜，道士揮動招魂幡，大喝：「魂兮歸來！」燥熱的午後，殯儀館裡一陣陣白煙嗆鼻。簡陋的靈堂，大香爐兩炷巨大的線香，遺照裡的臉孔神情肅穆，好像有點不知所措。兩盞白燈籠晃蕩，上書藍色大字隸書，一爲「林府」，一爲「四代大父，享壽六十有二」。簡略的黃色假花靈坊，制式對聯「富貴原爲天注定，長短皆是命安排」，橫批「魂兮歸來」，後頭擺放著簇新的棺木。

從東馬空運回來，再轉冷凍車運回小鎮，和我們一樣，從遙遠的他方趕回故鄉，就爲了參與葬禮。他冰封的屍體就平直的躺在裡頭，雙目緊閉，上過妝的臉呈紫色，肌肉塌掉了，一張臉顯得很大。身著整齊的舊西裝，身旁塞滿乾冰。棺木密封，隔著一小方玻璃讓親友瞻仰遺容，玻璃上恆有霧，甚至有小水珠。

好像是呼吸造成似的。

——他在退冰。

酷熱的七月，不安的孝子孝女屢屢偷窺，回過頭來竊竊私語。

——那些乾冰，頂得住嗎？

——早聽我的話燒了，就沒有這種煩惱。

再過來，是道士的祭壇，掛了幅眞人大小的福祿壽三仙圖，陳舊，古衣冠。道士曾問家屬要做大、中還是小的三種規模及價碼，如果是大的，將是一個大團隊演出，有大量戲劇化的戲碼，譬如過十八層地獄（幾年前父親的葬禮，就是做大的，可把我們操死了）；因舉家經濟困難，選擇做小規模的。岳父祖籍福建，所以孝子爲他選了福建道士。可是他們全家（連同父親）自幼隨母說客家話，所以不止聽不懂「師公」在唱什麼（搞到後來我懷疑他簡直在亂唱，向他要唱本「參考」他不給），甚至連他的口令也聽不明，於是常常這樣：他喊跪時有人拜，他喊拜時有人坐，喊拜天公時只有前兩排先轉身，喊拜祖先時還有一半的人轉不回來，還在拜老天爺。依岳父的個性，應該可以聽到棺木裡躺著的那人，每回孝子孝女演出時，發出一陣又一陣震動棺木的哈哈大笑。

但他和三個「山番仔」溝通時說的其實是閩南話。他們應該聽得懂的，但反應一樣木愣。

當時父親臨終前，指定的卻是廣東道士，理由是「好聽」。雖然我們全家都說福建話。廣東的也確是哀惋動聽，華麗考究，但一樣會出現聽不懂口令的情況。待稍稍熟悉演出的程式，戲又臨散場了。

挑高鐵皮頂篷，偌大的空間裡，市場攤販式的隔了四個可以佈置靈堂的場所。我們借用的是最左邊的位置，它的外側，是兩組裝了冷氣的貨櫃屋，是葬禮這幾天喪家租住之處。再過來，擺了十餘組長桌長凳，讓來弔唁的親友街坊小坐敘舊，聽家屬重複敘說他的死因，「被假牙哽死」。他的媳婦說，前幾天他曾給她打過電話，說他「痲煩大了」，不能再做工了，想要回來。

——後來就去醫院，被留下來，肚子餓，向鄰床的婦人要了碗粥，夾了把蘿菜，一吞，假牙被扯落，就哽死了。

後來他的舅子說法類似，補充說他早患有糖尿病。但並不忌口，每天自己炒香噴噴的辣椒雞肉吃，佐以大黑狗啤。

他們嗑瓜子吃花生，繳費看道士引領的反覆演出。

著天藍色喪服的幼童，人數比著黑色喪服的多得多。繞完圈圈祭拜完，就殯儀館裡到處跑，追逐、捉迷藏、鑽，甚至闖進他人的靈堂。

把弄那一窩剛在殯儀館裡出生的小花貓。

鐵皮支架高處，麻雀築巢。

貨櫃屋裡冷氣強冷，剛坐完月子的肥胖婦人，屢屢回到那兒哺乳。

木柴堆得比人高，火在燒。他直挺挺的躺在上頭，顯得像個巨人。火堆旁黑鴉鴉的擠滿了人。有風，火撲撲響，火舌如花瓣包覆，難聞的燒焦味。

好一會，木柴把自己燒掉，化成炭，被壓垮、壓塌了，越來越低，好一會燒盡了，只剩一些炭和煙。可是他仍是一般巨大。

他突然坐了起來。臉色非常難看，髮被燒得精光。俐落的拍去身上的火苗，站了起來。拍一拍，卻全裸了，膚色燒得黧黑，胯間的陽物異常巨大，僵硬如冰棒。勃起了，還是局部解凍失敗？

他一張嘴，卻是連串的印度話，只從語氣中聽出是在罵人。

我竟然聽得懂其中一句，譯成客家話是：「俺又唔係燒豬！」

罵畢，竟蹲在冒煙的火堆上，嘴裡發出嗯嗯唷唷的聲音。他在大便。唦唦波波的大小聲放著臭屁，好似有一肚子怨氣。

好一會，整個火場竟然被他的大便覆蓋了，但仍冒著很臭的煙。

（響起妻嚴厲的聲音：自己做的事自己負責！）

妻的二舅趕回來了，小聲的問，「爲什麼不要用火葬？省錢又省事。」

孝男解釋說，他向岳母請示，她不反對岳父火葬，可是她以後要用傳統的方式，她怕被火燒。那是合葬的墳，她的名字已預刻在墓碑上了。道士說，要就都土葬。妻說，給蛆蟲吃會好過燒成灰嗎？不過是看不到而已，自欺欺人。但她是嫁出去的女兒，依傳統要閉嘴，但因爲做慣了強勢的大姊，沒人敢讓她禁口。

平日戲言生後事，都說好以後要燒成灰，撒覆大地。埋著腐爛，多髒多沒意思。

關於火葬的印象，童年時常經過一座貧窮印度人的墓園，就在大馬路旁。那裡的墓都沒有用水泥封起來，不過是個隆起的土坵，插木片以爲記。長滿雜草矮樹。常會聞到無法形容的難聞氣味，好像是什麼東西勉強燒焦了。大人說，他們在那裡燒死人。有一回穿過墓園中的小路去找同學，清楚發現裡頭有個亭子。是個以疙疙瘩瘩的髒粗鐵枝架成的烤爐，下方還有些剩炭。那是添放木柴的地方。

像烤肉那樣，用慢火慢慢燒成灰？因而可以清楚目睹從表皮逐漸燒進內臟，油水滋滋滴下的整個過程？

二舅談起他這個姊夫，盛讚他聰明，學會說各種方言及馬來語。只可惜沒念到書，年輕時出外當學徒，和印度人一起工作，連印度話都學會了，而且說印度話時，「和印度人一樣頭搖來搖去，而且搖得和印度人一模一樣。」

我和另一位女婿負責看收銀台，收白金，派紅線糖果，收集收據帳單，統計支出。場面比想像的冷清得多。疏疏落落的，有時好長一段時間都沒半個來弔唁的人。來的多是衣裝簡率，街坊鄰居，或岳母巴剎賣菜的販夫走卒朋友。白金多是二十元、三十元，超過五十元的就很少見了，竟還有十元的。從第一天到最後一天，妻舅預期會來的那幾條「大魚」，岳父最好年華裡一起打獵、吃喝嫖賭的那群有錢的「豬朋狗友」始終沒有出現。

大舅子掩不住的悵然。

——可能沒看到訃聞吧。

——但死訊傳得快，除非他們都移民了。

岳母早就表明立場：喪葬的所有開支，都不關她的事。那是「孝男」的責任，他自己要去想辦法。兩個兒子，小的還在念大學，花掉老母親大半積蓄之後，還在念二年級；每個寒暑假都要回去渡假釣魚，對功課成績一向灑脫。大妻舅的車衣廠事業，是典型的夕陽產業，朋友到他國去轉投資後頂讓給他的。幾年來，同住的岳母沒停止過抱怨，說他常加班到三更半夜，從沒拿過一毛錢回家，連同老婆小孩，全家都靠她養。說他兒子「只會做傻仔。」姊妹也屢勸他放棄，沒有人看好他的事業。他妻子也常偷偷向各方抱怨。

葬禮中我乘間問他，他說，他也希望能賺到錢，把老父親接回來，「畢竟我是長子。」他說那幾個異母兄弟，他想要接回來照顧，「因爲我是長子。」

但他的工作似乎一直沒有收到錢。亞洲金融風暴後，一直是那樣，沒有回來的錢。

岳父猝逝後，赴東馬押送屍首的機票和相關的開支（千多塊），也都向他其中一個妹妹借的。屍體送進殯儀館後，他又向一個妹婿借了兩千元。姊妹們在背後悄悄的說，「他的荷包常常是空的。」

據我們的推估，即使只是道士的薪資和葬禮開支，鐵定就收支不平衡，更何況還有墓地，及後續的墓地裝修（所謂「風水」）。女婿們商議，除了那不能沾的「風水」之外（以免被誤解說搶孝子的風水），其他不足的部份，就該由我們來填平。

我嘗試向他們解釋，風水說不過是以利祿作餌，以防子女棄葬父母，不必太拘泥，否則會把活人逼得活不下去。

在殯儀館，不斷有人來兜售葬儀商品，或吹噓自家的風水功夫。

最後一天，發生了個插曲。

岳父在蜆殼牌石油公司當經理賺英磅、全馬各處都有房子、長得像糞金龜的小舅，與岳父晚年的老闆，在東馬承包水電工胖得像隻鍬形蟲的三舅，在最後一天趕來弔唁。八字鬍做了個奇怪的動作，他掏出張支票，上寫「$2001/=」，要我們在白金登記簿寫上他的名字及這冠居白金簿的錢數，待寫罷，卻又交代，「支票的錢是給媽媽的，不能拿來做喪葬費。」

想了好一會方明白，他傳達了岳母家族對夫家的怨恨。岳母長年向她的弟弟抱怨丈夫的負心與不顧家（妻說，她把家搞到像豬窩，每天都有母雞在床上生蛋，滿地雞大便，又愛賭，老公不逃走才怪），害她必須從早做到晚賺錢養家（妻說，「誰叫妳爲了生兒子，多生了五個女兒來養到半死？」），抱怨兒子不會賺錢，害她做到老還在養孫子（妻說，不讓她養，她還不高興咧），博取弟弟的同情。於是舅家的怨恨發洩在這個葬禮上，他不是來弔唁，而是藉他的支票，給不顧家的死者和無能的孝子各一個巴掌。同時爲愛面子的他，在數字上搶得頭籌。他很清楚，這家族最有錢的親戚就屬他糞金龜和鍬形蟲了。

妻說，他且曾借走岳母的大筆私房錢，發跡後也一直不還。

商議後，我們把支票退回給他，請他自己交給他身旁的未亡人姊姊。理由是，既然不是白金，就不歸我們收，況且我們只收現金。於是他繳的白金，剩下0。

大舅子的「最後一線希望」也隨之破滅。

那時，天天加乾冰的岳父，有人發現他的衣服還是染濕了。

不能再放了。

他躺在棺木的水裡啜泣。終於發現自己死了。

終於到了出殯。

他們燒了紙紮的豪宅、賓士、電視、遊艇、大哥大等及整籮的冥鈔給逝者，讓他在陰間可以過豪侈的生活。熊熊烈火，結束了殯儀館裡的葬禮。

灼身烈日下，許多輛車奔赴墳場。

車子轉進往中華義山的黃土碎石路，一路流潦留下的罅隙，棺木想必激烈震蕩。

走過漫長的舊墳區，長滿了高草。再轉入一片橡膠園，瘦長的樹整齊的傾斜。大塊的光斑，被輾爛的路一汪汪污水。穿過膠林，進入新的墓區，密密麻麻的新墳，排屋式的陳列。墓碑上整齊的漢字，刻著逝者的祖籍地：福建安溪。（母親曾笑說，怎麼去買到安溪人的墓區？我們永春人的墓區在另一邊。）都是破損的黃土路，離離雜草。連續的急陡坡，一直到盡頭處，一片荒地。幾堆黃土，幾座新掘的墓穴。拉個帳篷，工人在那裡等著。

道士呼叫集合，焚香，跪拜，轉頭，棺木抬放進墓穴，胡亂唱了幾句，以閩南語朝東南西北大喊數聲「發財囉」。

喚家屬輪流灑上一把黃土。

脫孝。麻布放火燒掉。

父親及祖父母的墳其實也在附近，中華義山，一片浩瀚的華人墓園區域內。父親的墳在起伏丘陵的某座山坡上，也算是新的墳區，不久前所屬的方言會館買下的一片膠園地。

父親癌症末期了，家裡人似乎都不知道，以爲只是單純的瘦下去。有一天突然病危，母親緊急召喚所有子女趕回去。我們各自困鎖在旅途中，而他獨自上路了。母親在他耳畔死命呼喊，喚他先別走，子女還在旅途中。喊了許久，終於把他喊回來。後來他說，都聽到烏暝暝路上咚咚的鼓聲了。

這一喊，讓他後來想死一時也死不去了。幾個兄姊都在背後抱怨，如果他還是那樣（要死不死的），他們的大生意就完蛋了。在世最後幾天，父親胃口突然好起來，每餐吃兩顆半生的蛋，喝一小碗湯。吃完後扶牆躺回床上，伸長了身軀，奄奄一息。

那一天，他突然跟守在身旁的我們說要大便。前一天還能自己扶著牆走到廁所。這天卻起不來了。我和一位哥哥扛著他去，沒想到只剩一把骨頭還那麼重。廁所太窄，三個人擠不進去，只好抬進浴室，平生第一次看到父親在眼前大便，而且一口氣拉了好大的一大坨。和我共同扛父親的哥哥一向被認爲是兄弟姊妹中最自私的一位，但他毫不猶豫的替父親擦了屁股。

後來聽他說，那是黃金。父親的最後贈禮。

那幾天延長的生，好像在嘲諷人世。

終於死了，感覺所有給「孝」字壓得喘不過氣的人都鬆了口氣。在那個最後的時刻，二哥領導全家人觀看死亡。在父親青筋畢露、裸露的上半身，最後的一下心跳飛快的經過頸部大動脈，一跳一跳的像隻小動物，沒入耳後。停止後，二哥拔下一根頭髮放置他鼻下，一動也不動。

——走了。

他說。父親上路了，聽到另一個世界迎接的鼓聲。

有女眷開始啜泣。

很短的時間內，喪葬工作者就拿著工具箱登門了，枯瘦，一臉陰氣。待母親爲死者抹完身，那人從工具箱裡掏出巨大而多污漬的針筒，從一個骯髒容器裡抽出滿滿一筒液體，針頭斜插入他的肚臍，仍然軟軟的肉身陷了下去，兩手使勁把液體用力壓進肚腹裡，反覆做了幾次。再拔出來，自鼻孔插進去，往腦部注了幾劑。

之後爲他穿上天藍色長袍壽衣，一長排布紐一字扣，他召喚我們兄弟依序爲父親把衣襟逐一扣上；再男左女右依序排隊，以濕布象徵性的爲父親洗手，那還柔軟有張力的手。

他很快會在土裡爛掉。

死亡的教誨。

我覺得自己生命的沙漏，也隨之倒過來了。

死亡不再遙不可及。

岳母後來解釋她們爲什麼去東馬運屍搞了這麼久。

她說，岳父早就被脫光衣服送進停屍間冰起來，「整個人硬到死像塊冰」，沒辦法幫他抹身更衣。

她說她只好坐在哪裡等他退冰。等了一整天，才勉強用清水抹了身體，幫他穿上西裝。

——重新冰到硬硬才好再上路，不然天氣那麼熱……。

二舅把兩位異母兄弟帶回東馬繼續他們原來的勞力工作，「讓他們自己養自己」，雖然都未成年，但長得高大壯碩，良好的體質遺傳。且許久以前就「自己養自己了」。十一歲的小女兒留下來，繼續念小學。之前在東馬，就常有男人來撩撥了。原住民發育得早。他大哥信誓旦旦的說要照顧她，可以和小她幾歲的他的孩子一塊上學。

沒多久，大舅子一家搬到外頭租房子。

留下嘮叨的老母與麻煩的小妹。

岳母說，讓他兩個哥哥賺錢養她吧。

未成年養未成年？

妻問我說，「你認養她好不好？把她接過來照顧。不然她沒法申請簽證過來。只是名義上的父親……」

一個寒涼的夜裡，突然自睡夢中醒來。妻不在床上。

滿月的月光如流水。伊斜坐在靠著落地窗的籐椅上，窗外明亮如白日，但微風冷冽，輕輕掀動透明窗簾。

妻身著白紗睡衣，黑髮如瀑，近看卻是淚流滿腮。

伊膚表冰涼，微微發光。

驀然睜開眼，伸展雙手，呻吟著啜泣說：我們再生一個孩子好不好？

二〇〇三年七月七日

原刊《香港文學》二三〇期（二〇〇四年二月號）
原刊《星洲日報．文藝春秋》，二〇〇四年四月四日

附錄二／亡者的贈禮及其他

剛過去的這個暑假最令我震撼的莫如岳父的猝逝。不過六十歲左右，一慣鐵齒硬朗，年輕時且愛打老虎射山豬。妻是長女，且是他最疼愛的女兒，容不得任何考慮，舉家奔喪去也。此後發生了許多令人感慨或感傷的事，一言難盡。一個莫名其妙的意念在頗長的時間裡一直縈繞著：人，眞的是會死的。

其後妻的妹妹（她有好多妹妹）告訴我，當年我寄回來的那些書，被白蟻吃得只剩一箱了。我在岳家空置的陰暗房間裡被棄置的桌椅皮箱五斗櫃床板腳踏車羽球拍魚竿裡翻找了大半天（可能摸出一團睡眠中的蟒蛇的機率還大些），就是沒找到據說被白蟻吃剩的那箱書。

只撿回前兩年妻送給她囊空如洗的大弟遠赴緬甸打工的一個大旅行箱，還好沒給她家養的老鼠給啃了。

她家就是那樣，母雞大白天大搖大擺的走進去，在被窩裡下蛋，小心翼翼溜出去，在門外咯咯咯咯大聲炫耀。有空再偷偷進去孵。所以往年我到她家都不敢抬起頭來看人，以免踩到雞屎。

其實我已不太記得究竟是哪些書，或究竟有幾箱。

在我淡水時期的最後一年，妻回家鄉的中學當老師，其時我覺得在台灣的學院實在混得沒意思，考慮說也許畢業後就回鄉算了，就把一些「沒有用的書」（和學位論文的寫作無關的）寄了回去，大概都是些「沒有用」的文學作品，一些翻譯小說、經濟拮据的大學時期從各個舊書攤辛苦搜集的雜書。

有一年我們回鄉，妻發現她沒帶走的舊衣服、個人收集的紀念品、書信（大部份還是我的「傑作」）、相簿、日記等都像展覽品那樣在她家隨處陳列。這或許是不以女兒爲重的家庭嫁出去的女兒的感傷和難堪。而每次回去，親族裡總是有女人正懷著孕，或剛生下孩子。挺著大肚子的女人的形象，初生幼兒的啼聲，孩子身上的母乳味，坐月子的女人浮腫蹣跚的身影……讓我總是浮起這樣不敬的意念：天啊，怎麼女人老是在生小孩？

因讀大江健三郎《換取的孩子》而去看伊丹十三初出道時執導的電影《葬禮》，而想及我岳父的葬禮，及想了兩年——部份緣於材料不足——還沒動筆寫的一篇以葬禮爲主體的小說。

《換取的孩子》讀來令人震撼，把一個可能會被拖向八卦事件的垃圾箱的摯友的死亡，做知性的充分開展，以法國天才詩人蘭波的〈訣別〉爲綱領，敘述者和死者的青春盟誓：

> 秋天。我們的船行駛在靜止的迷霧之上，轉向苦難之港，火焰與污泥點染的巨大城市。啊！腐爛的衣衫、淋濕的麵包、酩酊大醉、將我釘在十字架上的萬種柔情！這吸血的女王尚

未甘心……

……一艘大金船從我頭頂駛過，晨風輕拂著繽紛的彩旗。我創造了所有的節日，所有的凱旋，所有的戲劇。我嘗試過發明新的花、新的星、新的肉體和新的語言，我自信獲得了超自然的神力。（引文據王以培譯，《蘭波作品全集・永別》〔北京：東方，二〇〇〇〕，頁二二一）

經歷了磨練與輝煌、最終是孤獨和死亡。藍波這首詩驚人的準確的概括了藝術創作者可能經歷的盛衰，和詛咒一般的命運。好羨慕敘述者出航時有這麼一個資質絕佳的伙伴。感傷那個饑渴嗜讀而沒有好書可讀的窮鄉。

晚年的大江，經由繁複的引文和沉思，把亡者的贈禮一層層昇華，讓原本向世俗醜聞墜落而腐臭的亡者的屍身，化為這對曾共同許諾過青春盟誓的舊友給下一代的金光閃閃的贈禮。不止應答了「然而竟沒有一隻友愛之手！去哪裡求救？」更以語言不可思議的力量，「發明新的花、新的星、新的肉體和新的語言」，讓他在綿綿的哀思裡藉著悼逝者強大的知性以莊重的重生。首先把死者置於日本現當代藝術與文化生產的複雜脈絡裡，勾勒出同時代的藝術許諾；再以「那件事」為核心——哪個人的成長沒經歷過或多或少難以啓齒的「那件事」？——悄悄的把死者和日本戰後的國族命運、罪與罰、日本的現代性等等勾連，於是死亡事件便昇華成為日本現代的象徵獻祭；接著把它置入母性（一種源於物種本能的徹底的愛）的框架，喚取人類最古老的力量來給日本現代的創傷做應答。小說藉由「把你再生回來」的母親對病危的孩子不可思議的母性的許諾，與及「繼承亡兒的語言」的知識人對共同體相應的倫理承擔——作爲被重生的孩子的道義承擔——更深刻的推進大江景仰的魯迅救救孩子的命題。於是個案的、偶發的死亡事件便被賦予了厚重的倫理向度。

如此的知性開發、重生儀式，發人深省。

是大江給故人辦的特殊葬禮罷：一艘大金船從頭頂駛過。

「每個人都是被偷換的孩子」、「每個人都是亡兒的重生」的確像是個存在主義的命題，也有著精神分析上的學理依據：起源的失落。那是對創傷的更具體的命名。人這種動物脆弱的自我同一性，心靈其實像爬蟲類那樣會褪皮，動力正來源於創傷。

此間新聞不止一次報導九二一後不少母親失去孩子，有的母親（印象中至少有兩個個案）堅持「要把他們再生回來」，即使她已過了適育之齡，甚至早就做了結紮。但精神科醫生說，有那種想法，表示她們沒有、或不願意走出傷痛。但她們眞的做到了。

「喂我爸死了咧」岳父死亡的消息，是妻電話講到一半向我拋來的一句孤立的話，四歲的兒子在一邊聽到了，想一想，跟我說：「叫媽媽把他生回來。」

此後讀了奈波爾（V.S. Naipaul）二十幾歲時寫的傑作《畢司沃斯先生的房子》（*A House for Mr Biswas* 1961；中譯本，南京：譯林，二〇〇二）相當震撼。這本書的中譯遲到了四十一年，它比我足足大上六歲。它的中文化也比後殖民論述的引進晚了至少十年。也許外文系的朋友對它早已熟稔，可是對於它的絲毫沒有激起什麼積極的效應——不論是創作上，還是對問題的思辨——還是十分令人遺憾。我始終覺得作品比（後殖民）論述豐富得多，雖然論述更可能也更可能佔據（學術）權力的位子，而直接在學術市場與學術權力空間中發揮它的政治及學術效應。

奈波爾的父親心臟病發猝逝於一九五三年，死時還不到五十歲（一九〇六～一九五三），夢想退休後可以多一些時間寫作，不料卻死於盛年，來不及看到自己唯一的一本長篇小說的出版，更別說看到兒子成爲名副其實的大作家。讀奈波爾父子間的《家書》（一九五三年十月），特別可以感受到死亡造成的突然中斷：其中一方的信沒有了，他不再說話，而所有的人都在談論缺席者的死亡。

是愛好文學的父親給予奈波爾最初的文學滋養，興致盎然的爲他朗讀作品裡優美的片斷，他的文學夢想也傳染了兒子，讓他十七歲就立志要當作家。很早就立志當作家讓奈波爾提早做了充分的準備，在很好的基礎上逐漸開展出宏大的視野，準確的構築他的文學地圖。

《畢司沃斯先生的房子》以四十餘萬字生動的捕捉了千里達封閉的印度人家族和社區，那種紛爭齟齬或相濡以沫，殖民地的無望和哀傷，有限的上升之路和被壓抑、甚至被摧折的夢想，在英國人借來的時間和借來的空間裡，那些永遠失去祖國的移民的孩子們。那不正是我們的世界嗎？

甚至此島，那些自認眞本土的視野狹隘的舊移民的後裔，不是被困於殖民主義給予被殖民者的封閉的想像視野裡？

小說裡那個一直想要爲自己和家人蓋一座房子卻屢敗屢戰或屢戰屢敗的父親，不正是所有殖民地移民後裔中夢想家一族的寫照嗎？

論者普遍認爲那是他追悼亡父之作。也許每個父親背後都有一個巨大的世界，端看我們是否有能力把它建構起來。父親身世投影出來的深宅大院，有老樹濃蔭。那也是孩子虔心爲他一磚一瓦搭建的墓穴，他未了的夢想。亡者的贈禮同時也是生者給逝者的愛的贈禮。若無力或無心建構就沒有遺產可供繼承，只剩下無端受之於父母的，易朽的身體髮膚。

年輕的奈波爾爲自己和父親蓋了座大房子，那也是後殖民文學的一座深宅大院。把它歸爲寫實主義而打發它，不過是錯失了一筆巨大的後殖民遺產。有時不免懷疑，我們這個貧乏的世代，是否都在抄（後）現代主義的捷徑，以致眼界愈來愈小，甚至目光離不開肚臍眼，或者下腹那巴掌大長滿毛的地方？

二〇〇一年奈波爾在接受訪談時有一段有趣的小說史觀察，以一八三四年爲起點，指出小說世界的一場接力革命：

> 就是那時，巴爾札克——爾後不久，狄更斯——開始寫作了。福樓拜在一八五七年寫出了《包法利夫人》。莫伯桑則較晚，在十八世紀八十年代。所以在不到五十年的時間裡所有這些偉大的樣板都已經出現了，接二連三的。在寫作上這是一個不同尋常的時期。我認爲以

往從來沒有一個像這樣的時期，因為這種形象的寫作使得人們可以擁有他們的社會。這就是這些作家給予人民的最不同尋常的禮物——看清他們的社會的能力。（Farrukh Dhondy，〈奈波爾訪談錄〉，《世界文學》二〇〇二年一月號，頁一三一。引者著重。）

「因為這種形象的寫作使得人們可以擁有他們的社會」不止是個了不起的論斷，更是個不凡的許諾。那需要多強大的目光呵。或許我們可據以把奈波爾稱爲小說的社會學家，在消費的——圖像的——全球化時代他重提小說的社會道義。當小說家不再觀察社會（廣大的共同體），小說（甚至文學）是否就萎縮了呢？值得深思。

有一回妻突然問我，小時候有什麼夢想。我說沒有。父母太多產了，我們都是走一步算一步的長大的，能沒殘沒廢的長大就不錯了。其實到今天也還是那樣。命運有一部份是不可測的，就給它留點餘地吧。

父親故後，有一回我想，只怕他對孩子們的期待也不過是：

一、平安健康的長大；

二、自己賺錢養活自己。

（有餘力的話，捎點錢回家支援那些過得不好的兄弟姊妹。）

小學時有個老師出了個類似的作文題，記得我的回答是海盜。鄉間教師大驚小怪，我現在還清楚的記得，那時就已恨透了樹樹遮蔽了遠方的視線，渴望大海，可以看到地球的盡處；或大草原，可以望向遠方無盡的蒼茫。

最近看了日本卡通《海賊王》，眞是心有戚戚焉。有那樣的夢想眞好。

後來也想過，或許可以在故鄉開間全國選書最精的書店。但技術上有困難。除了少數幾個大都會，凡所謂書局都只賣教科書和文具。而我覺得賣爛書會羞辱到自己，好書的話，若是購買者看起來很衰，配不上它，也不賣，免得書被玷污。

就好比這些年教書，有時發現費盡苦心找來的精采讀物，學生的表情竟像是面對一坨嚼過的甘蔗渣，或乾脆是牛屁眼擠出來的那種雜貨。

寄回家鄉的書很少聽說有人會去借來讀。新一代物質更豐裕了，可是沒聽說有誰是特別愛看書的。於是寄書回去就像是寄去給那高中初中時代的自己。當我發現這一點，就決定不再寄了。最近的一本小說集，竟也是寫給那時候的我看的，苦悶青春期的少年，需要好好的笑一笑。

不知是否充分繼承了亡兒的語言？是什麼時候被稍稍偷換了的？

從海盜的觀點來看，馬來半島和印尼之間的馬六甲海峽一直是個偉大的航道。

二〇〇二年十一月十六日

原刊《聯合文學》一九卷三期（二〇〇三年一月號）

附錄三／

讓馬華創作回到原處

——一場「干擾」的文學對談錄

胡金倫整理

日期：一九九七年八月九日
時間：下午二時正
地點：吉隆坡聯邦酒店

參與者：

黃錦樹（簡稱黃）（作家。編按：現爲國立暨南國際大學中國語文學系副教授）
胡金倫（簡稱胡）（《星洲日報》專題記者。編按：現爲出版社副主編）
黃俊麟（簡稱俊）（《學海》編輯。編按：現爲《星洲日報・星洲廣場》主編）
張錦忠（簡稱張）（作家。編按：現爲國立中山大學外國語文學系副教授）
陳紹安（簡稱陳）（《星洲日報》記者）
李天葆（簡稱李）（作家。編按：現爲大馬吉隆坡中華獨立中學教師）

胡：在你的論文〈詞的流亡——張貴興和他的寫作道路〉中，曾提到「回到原處」，似乎表示海外華人用中文創作，除了語言之外，倒也真的「無家可歸」。

黃：一般人討論六〇年代的作家如溫任平、溫瑞安等，那種模式是比較單向的，譬如談對中國文化母體的迷戀。就像台灣的大學中文系的學生，受了幾年中文系教育後，寫出來的文章充滿唐詩宋詞的語調。這種情調本來是很正常的。可是經過中文系的浸泡後，學生似乎就只能往這個方向思想和觀察。雖然這種感覺很好，但卻是假象，因爲我們可以找到這些句子的源頭。我的看法是這類作品的存在具體性會被這些東西遮蓋。他們好像和外界隔阻，在一個封閉的亭園裡寫他們自己的感情，作品的美感不回到古代就不被承認。

陳：以馬華文學來說，尤其是這幾年，在留台生的評論出現之前，馬華文學一般上是很「自然發展」的，完全不追究所謂的「研究」。留台生的衝擊，讓馬華文學產生省思，重新思考。這會否影響本來的馬華文學和自然發展的特色？例如在文字上，我們無法否認有「恐怖母體」的陰影。可是很多馬華作家不覺得那是一個恐怖的陰影。他們最直接的恐怖陰影應該是來自在馬來西亞政治、經濟、文化環境的壓抑。

黃：沒錯。

「干擾」自然發展？

陳：在這種情況下，如果我用「干擾」可能是不對的字眼，但是我找不到更適合的字眼。你們的存在，好比是「干擾」一種本來很穩定的狀況，讓它產生一種「亂局」。我們不知道這個亂局是好或壞？在這個亂局裡，會否引發一種局面，就是本來很自然發展的馬華文學會「台灣化」或「中國化」？

黃：我覺得「自然發展」論述有問題。我們知道，整個馬華文學根本沒有什麼評論。最近情況則有改善。其實文學創作和文學評論是分不開的，互相制約，同時帶來肯定。當然這同時也是一個反省。評論者的職責就是觀察、評估，和外國的作品做比較。否則一個作家寫了一輩子都是寫一樣的東西。這種叫作重複、浪費。

張：其實紹安剛才說的「干擾」，是非常正確的。譬如說中國的白話文學「干擾」了馬來西亞的古典文學運動，後來引進的新興文學也「干擾」了馬華文學的發展。「干擾」是一種反干擾的力量。在三〇年代，馬華文學出現南洋文學色彩，強調本土化，跟國際沒有關係，因爲那時候馬來西亞還不是一個國家。到了五〇年代，馬華文學過分強調本土和愛國主義的時候，現代主義又出現了。這也是一種「反干擾」。

陳：我提出這個問題，是看到目前有「干擾」的產生，但是還沒看到結果。另外一個問題是，如果用馬來文寫，算不算馬華文學？如果用中文寫，不屬於國家文學，又如何提升馬華文學的地位至國家文學的地位？你是啥可以用比較簡單、新聞方式來表達你的意見？

熱愛寫作≠熱愛中文

黃：華人文學的領域本來就很廣，中文寫作不應該是一個關係民族道德的問題。許多馬華作家一直在防衛著官方論述，認爲它是唯一選擇。其實沒有這回事。對於我，語言不是問題。許多馬華作家把語言放在第一位，這是一個大問題。

俊：在馬來西亞寫作，文學愛好者不得不把語言放在第一位，因爲所有熱愛寫作的文藝青年，都是因爲熱愛中文而熱愛文學，而不是因爲熱愛文學而熱愛中文。這有很大的差距。

陳：如果說馬華文學很有包容性，只要是華人創作的，不管是馬來文或英文，都算是馬華文學，那麼我不能想像那是一個什麼樣的情況。

黃：我覺得那樣才是自然。在馬來西亞，爲什麼一定非要中文寫作不可？我們應該是愛好文學才寫作，用什麼語言寫作都不重要。譬如說，你最擅長馬來文，就用馬來文寫作，和馬來作家平起平坐。馬來西亞有不少優秀的英文作家，都是華人，爲什麼我們始終排斥他們呢？馬華文學不能走出自己，又怎麼會有國際視野？談到世界華文文學，馬華文學在世界華文文學裡算老幾？坦白說，什麼都不是！

胡：其實最大的問題，是華社把寫作和中文教育當作是最重要的。

黃：所以我們這一代年輕的寫作者要慢慢走出這種困局，要釐清「中文」和「寫作」。寫作不是自然寫下去，這像老派的現實主義，完全沒有思考到語言問題，沒有想過語言也需要經過翻修、補充，讓它更加活潑感人。

胡：你的意思是說在創作過程中，語言應該跟著時代改進，脫離古典化？

黃：脫離僵化，不管是現實主義的僵化，或是中國化的僵化。

陳：剛開始你談馬華文學的發展中，出現「回歸母體」的潛意識，不過，創作者應該消化後再走出上述現狀。可是你也強調不需要太執著於上述因素，馬華文學可以更開放，不計較選擇語言運用，不一定用中文來表現馬華文學。這番話是否有矛盾之處？

黃：譬如你用英文寫作，那你就念好英文。你要在那個語言世界裡被承認，就要掌握那種語言能力。我們在起步的過程中，當然要向中國、台灣學習，把它當成資源，消化後走出自己。

陳：不曉得大家是否有注意到大馬華人有一種心態，在本質和內涵上可能不是眞正了解及認識文化，但是在包裝上很講究，譬如最大的鼓、最長的舞獅、舞龍等。我們不能否認這種心態已經滲透進華人社會。以馬華作家來說，他們要掙脫這個「中文情緒」枷鎖不容易。

黃：我並不是說像我們這種用中文創作的人要改。剛才你提到「自然」，現在有很多華人念馬來學校，有些人的英文也很好。像這種人，你爲什麼要逼他們以中文寫作？

胡：你的意思是說讓他們自由發展？

黃：對！自由發展。馬來西亞社會最精采之處，就是自由發展，看誰寫得好。剛才你提到鼓，這是表演性，底層是一個自卑感，是絕對正確的說法。華人用一個點來誇大，利用這種誇大和自滿來彌補他的自卑感。這是沒有意義的。在文學裡，我們找不到這一些。我們可以有最大的鼓、最長的龍，但是文學呢？比字數最多嗎？比不過大陸。比印刷最大的字嗎？我們完全沒有看見（也沒意義）。所以文學問題變得尖銳。許多馬華作家連自卑感的發洩管道都沒有，結果他們捉住現實主義、本土性。

俊：現在幾乎所有馬華作家沒有去思考什麼語言、處境和文化問題，他們幾乎都是提起筆就寫，和你不一樣。因爲你思考，你有這樣的條件和環境。可是對許多馬華作家來說，他們沒有這樣的環境。

黃：環境可以製造的。

胡：但是他們好像沒有選擇，好像一生下來就認定中文是創作的必要條件。

黃：老一輩的作家是這麼想，不過坦白說我們年輕一代沒有理由要這麼想。

俊：我聽過一種論述，就是說寫作者不一定直接受到前輩作家的影響，可是無可否認前輩作家對後輩寫作者有一定的影響力。而這個影響是來自權力的掌控，今天權力都是掌握在某些人的手中。所以影響了資源的分配！

黃：所以我們才要「干擾」……因爲改朝換代已經在進行。許多馬華作家很焦慮。

陳：馬華作家被「干擾」，所以產生困擾。

張：其實你們應該多進行「干擾」。

李：其實這是一個重要問題。如果連文學最起碼的條件都沒有，又怎麼算得上是文學作品呢？如果一部文學作品只是注重內容，又算不算是文學呢？

黃：離開所謂的文學性，內容就不存在。它的形式不成功，內容就不存在。

李：但是一般的馬華作家都會認爲形式不重要，有內容就認爲是好的作品了。

黃：其實形式就是內容。這是基本觀念，譬如一個碗，如果它是一個藝術品，我們不是只要求它能裝水就好，還要看它的手工和造型。因此，構成它成爲藝術品的不是內容，是形式而已。內容是沒有用的。當然，你也可以把藝術品拿來裝水喝，這我沒話說。

原刊《星洲日報・星洲人物》，一九九七年九月七日

附錄四／

華文的遭遇

得知獲獎，覺得意外、驚詫，甚至難以置信。也不知道評審席上究竟發生了什麼事。不過對於我這個一整個暑假都在以臨時非法外勞的方式「爲稻粱謀」的知識學徒而言，畢竟也必然的以極大的喜悅和歡忻來接受這樣的意外：好一場及時雨！

在台灣生活了七年，腳下這塊「番薯」不知不覺的已快要變成了第二故鄉。然而在綠色的本土論述和灰黃的大中華沙文主義論述的雙重搓揉之下，國籍（譬如大馬）、族籍（華裔——華僑？）、祖籍（譬如福建）……有意無意的被簡化成「外籍」，那是異鄉的標誌。在異鄉人的腳下存在的也只可能是異鄉罷了。

幾年來的摸索和觀察，從一個「不知小說爲何物」的青澀的大學生，不斷的以中文爲媒介廣泛的閱讀「土產」的台灣文學、東西洋譯書，漸漸的似乎知道文學是怎麼一回事，知曉「台灣文學」這番薯形的葫蘆裡頭究竟賣的是什麼藥……也逐漸的敢於對他人的文學評論表示不滿。寫作，便是此一生命過程中怔忡徬徨的隱密試探。始終是不確定——身爲華人，記憶裡交響著華語，一下筆就難免是「華文」，那是故鄉的情味，卻不免是大中華高雅美學憎恨的「美學雜質」。

李永平、張貴興、潘雨桐等等先行者都成功的完成了從華文到「中文」的轉換，然而當李永平企圖把筆從懸空的吉陵伸向腳下時，不料卻寫出了一個黏稠的、古典的、充滿人類分泌物的超級惡夢。在其中憂傷哭泣的不止是一個穿越時空的「異形」（林建國語），還有那同樣異形化的、帶著一身甲殼的「中文」。然而回首馬華文壇，舉目盡是貧乏（原諒我選擇這個詞），繁冗的「華文」，總是言不逮意，卻又一覽無遺。在雅俗之間，又該如何進行美學上的辯證轉換？

在本土化的潮流中，文學獎似乎也「本土化」了。於是朋友建議：「何不寫台灣？」因爲小說背景的緣故，那太過易於辨識的異己標識，終於讓我形成慣性的心理檢禁：「還是寄回大馬去吧。……」那似乎比「寫台灣」來得容易些。

在今年五——六月初夏間歇的雨中，我斷斷續續的寫著這篇爲我爭取到機會寫感言的小說。在精神上我又回到了那時間近乎停滯的荒涼的故鄉，窗外下著眞實的淡水的雨。雨同時在小說內外下著；雨一停，小說就中斷了。在一個晴天裡，我對朋友說：「我在寫一篇和雨有關的小說。如果再不下雨，就完成不了了……」

祈雨的心情，一直延續著。

原刊《聯合文學》一〇卷一期（一九九三年十一月號）

國家圖書館出版品預行編目資料

土與火／黃錦樹著 . -- 初版 . -- 臺北市：
麥田出版：家庭傳媒城邦分公司發行，
2005〔民94〕
面；　　公分 . --（麥田文學；167）

ISBN 986-7252-17-9（平裝）

857.63　　　　　　　　94004890